理知のむこう

ダニイル・ハルムスの手法と詩学

小澤裕之

未知谷
Publisher Michitani

まえがき

一人の老婆が強い好奇心にかられて窓から身を投げだし、落っこちて死んでしまった。

別の老婆が窓から身を乗りだして、死んだ老婆を見下ろしはじめた。ところが強い好奇心にかられてまたしても窓から身を投げだし、落っこちて死んでしまった。

それから三人目、四人目、五人目の老婆が窓から身を投げだした。

六人目の老婆が窓から身を投げだしたとき、私は連中を見るのにうんざりして、マリツェフスキー市場に向かった。そこでは、目の見えない一人の男に手編みのショールがプレゼントされたらしい。

これから本書が論じてゆくのは、右の奇々怪々な散文『落ちて行く老婆たち』（一九三六〜三七年）を著したロシアの詩人・小説家、ダニイル・ハルムスの創作です。

ロシア文学といえば、ドストエフスキーやトルストイの大長篇を思い浮かべる方が多いでしょう。

暗い、深刻、悲惨といった重苦しいイメージも合わせて持たれているかもしれません。たしかに、ドストエフスキーやトルストイらが活躍した十九世紀ロシアの小説には、そうした面があることは否めません（もちろん、それが魅力でもありますが）。

ところが、本書が取りあげるハルムスは二十世紀の人で、その小説はとても短く、変てこで、どこかふざけたところがあります。実際、冒頭に掲げた『落ちて行く老婆たち』には、そうした彼の小説の特徴がよくあらわれています。これまでロシア文学に重苦しいイメージばかりを抱いていた方がこれを読めば、きっと新鮮な驚きに打たれるにちがいありません。

もっとも、ハルムスは日本にも紹介済みで、右の散文も何度か邦訳されておりますので、「不思議な小説を書く作家」というイメージをすでに持たれている方もいらっしゃるかもしれません。しかしながら、この『落ちて行く老婆たち』をはじめ、紹介されているテキストは一九三〇年代以降のものにかなり偏っています。ハルムスは一九二〇年代に創作活動を開始していますから、日本では彼の創作の全貌はまだ明らかにされていないということになります。仮に創作活動を四〇〇メートル走に喩えるなら、私たちのよく知っているのはハルムスのラストスパートだけなのです。最後の直線だけで判断するかぎり、そのフォームは奇妙なものですが、スタートはどうだったでしょう。

答えをいってしまえば、それはより奇妙で、不可解です。たとえば次のような言葉からなる詩をハルムスは書いていました。「ドゥリープ　ジュリープ　ボーブー」。本書のなかで詳しく見てゆくように、これは**ザーウミ**と呼ばれる、理知・思考・意味等々を超えた新造語です。二十世紀初頭のロシアで活躍した未来派詩人の発明した、およそ翻訳には適さない言葉。このザーウミを用いて彼は詩作をおこなっていました。
最初、ハルムスはザーウミ詩を書いていました。そののち、通常の辞書に載っている日常語を用いて散文を書きはじめます。それぞれの作風は著しく異なっていますから、先行研究では、一九三〇年前後に彼の詩学は行きづまり、その破綻を映すようにして、彼の創作は不条理性を色濃く帯びはじめたと考えられてきました。

本書はその定説に反駁するものです。つまり、ハルムスの創作には初めから終わりまでひとつの詩学が、ザーウミの詩学が貫徹していることを論証しようと努めるものです。それには、初期の不可解な言葉で書かれた詩はもちろん、後期の散文さえも、同一の目論見と動機から執筆されたものであることを立証しなければなりません。また、先行研究が指摘してきたようには、彼の創作は実際には急に変貌したわけではありませんから、中期（過渡期）のテキストを丁寧に分析し、創作の背景を詳らかにする必要もあります。

この課題を解決するために、本書の注目したのが、「**意味のザーウミ**」という手法です。これは先の「ドゥリープ　ジュリープ　ボーブー」のような、音の自由な組み合わせからなる言葉（「**音のザーウミ**」と称されます）と、『落ちて行く老婆たち』等の散文にみられる日常語の、ちょうど中間にある言葉だと思っていただいて構いません。たとえば、「衣装箱を飲みなさい」のような、日常語を用いながらもコミュニケーションの役には立たない、単語と単語の不可解な結合を指します。初期から中期にかけ、ハルムスはこの「意味のザーウミ」を用いて創作をおこなっていました。

前世紀まで、「意味のザーウミ」は研究者からほとんど注意を払われてきませんでした。ところが今世紀以降、ロシアや西欧においてザーウミ研究は多様化し、新たな視点を獲得しはじめています。本書は最新のロシア未来派研究の成果に鑑み、この「意味のザーウミ」という手法に脚光を当てることで、ハルムスの創作が詩から散文へとゆるやかに変化していった様子を描きだすことができました。「意味のザーウミ」という概念／手法を援用して分析しなければ、ハルムスの創作はザーウミ詩から散文へ、という急峻な道筋をたどったというふうにしか見えてきません。ザーウミを音のザーウミと意味のザーウミに二分し、ザーウミという理知を超えたもの（理解不能なもの）の内実をより厳密に区別することではじめて、理解できないもののなかにも濃淡のあるさまを見てとることができるようになるのです。音のザーウミで書かれた詩は濃密な霧に覆われたように不透明で、いかなる理解をも拒もうとしますが、意味のザーウミで書かれたテキストはいくらか見通しがきき、理解のおよぶ点も出てきます。

　このように、ハルムスは理知を超えたものを追求してゆくなかで、それを実現するための手立てを模索しながら、音のザーウミから意味のザーウミへと、手法の重心を移してゆきました。その変化の先には散文が待っているでしょう。本書では、第一章から第三章にかけ、初期と中期のテキストがザーウミの詩学に支えられていることを明らかにしています。第四章と第五章においては、後期のテキストもまた同一の志向のもとで書かれたものであることを論証しています。

　ハルムスはロシア未来派の影響をまるで親の期待のように背中に受けつづけました。その結果、彼らから遠く隔たった地点に、まったく違う領域に達してしまいました。本書ではその足跡を丹念に追うことにします。

＊

本書は二〇一七年に東京大学人文社会系研究科に提出した博士論文『理知のむこう――ダニイル・ハルムスの手法と詩学』に適宜改訂をほどこしたものです。このたび東京大学学術成果刊行助成制度の補助を受け、刊行される運びとなりました。

もともと拙論はハルムスやロシア文学全般、とりわけ二十世紀前半のロシア文学に関心のある読者にむけて書かれたものです。書籍化に際しても、この分野の研究を本格的に志す人たちに資するよう、博士論文に付していた注はなるべくそのまま残すことにしました。もちろん、文学全般に関心のある読者も本書は想定しています。なかでも西欧の不条理文学、ダダ、シュルレアリスム等がお好きな方々がどう読まれるか、私自身、非常に興味があります。

なお、研究書という性質上、ハルムスの伝記的事実についてはあまり触れられませんでしたので、それを補うため、巻末に略年譜を掲載しました。お役立ていただければと思います。

博士課程に進学してから博士論文を書きあげるまで、かなり長い時間を要してしまいました。それは自分の無能力と、そして端的にいって、辛い出来事が何年にもわたってつづいたことに主な原因があります。そのあいだも支えてくれた家族、友人にまず感謝したいと思います。それから、日本で最も早くハルムスに関する論文を発表した石橋良生と本田登の両氏にも、深く感謝したいと思います。お二人それぞれの論文には幾度となく助けられました。

博士論文の審査員を務めていただいた沼野充義先生、村田真一先生、楯岡求美先生、阿部賢一先生、八木君人先生には、論文審査という場以外でも、大変お世話になりました。特に、指導教員である沼野先生には、最上の謝辞を百遍お送りしてもまだ足りないほど、お世話になりました。私がハルムスを知ったのは、もとはといえば、沼野先生が御著書『永遠の一駅手前』のなかで紹介してくださっていたからです。先生がこの本をお書きになっていなければ、私の博士論文も、そしてもちろん本書も存在しなかったでしょう。その沼野先生が巻末に文章をお寄せくださることになりました。本当に本当に光栄なことです。厚くお礼申し上げます。

最後になりましたが、本書の出版を快諾してくださった未知谷の飯島徹氏に、心より謝意を表します。ロシア文学の専門家以外にも開かれた本にしたい、という願いを筆者が口にする前に、それとまさに同じ目標を逆に提案していただけたことは、望外の喜びでした。

理知のむこう　目次

第三章　ファウストの軌跡　オベリウ期のテキストにおけるモチーフの研究　152

理知のむこう　ダニイル・ハルムスの手法と詩学

凡例

・本書で言及した作品・作品集・雑誌の名前は、原則としてすべて『　』で括った。ただし、あるテキストが雑誌等に収録されたものであることを明示する場合は、「　」で括っている。たとえば、アンソロジー『出来事』は『　』で、そこに含まれる一篇の「出来事」は「　」で括った。

・本書で引用した文献の翻訳は、特に断りがないかぎり、すべて筆者による。

本書は、二十世紀前半のロシアの詩人・小説家ダニイル・ハルムス（一九〇五〜四二）を中心に論じた、日本では最初の研究書である。彼はロシア・アヴァンギャルドの影響下で詩作をはじめ、ロシア未来派の発明したザーウミ（理知を超えた言語／概念）の詩学を継承し、発展させた。ところが従来の研究では、ロシア・アヴァンギャルドの文脈のなかで論じられるというよりは、不条理という別の領域に進出した作家としてしばしば評価されてきた。第一に、戦後の不条理文学の先駆者として、第二に、彼が生きたソ連社会の非人道的な不条理を風刺ないし予見した作家として括られてきたのだ。しかしながら、このようにハルムスを先駆者や予言者とみなす視座からは、彼が多大な影響を受けた同時代のロシア・アヴァンギャルド、とりわけロシア未来派の伝統は克服された過去として把捉されてしまう。

そこで本書では、ハルムスをロシア・アヴァンギャルドの文脈に改めて置きなおし、その時代の文学的／文化的事象、および彼自身の様々なテキストと照らしあわせることで、その詩学の全体像を浮かびあがらせたい。彼は未来派詩人から不条理作家へ変貌したのではなく、あくまでロシア未来派の

注46頁以下

詩学を独自の手法で達成しようとしたのである。

序章では、ハルムスの生涯と先行研究を概観したうえで、本書の目的と構成をより具体的に述べることにする。

1 ハルムスの略歴

ダニイル・ハルムス（本名ダニイル・イワーノヴィチ・ユヴァチョーフ）はロシア未来派の影響下で文学活動を開始した、ペテルブルグ生まれの詩人・小説家である。母親のナジェージダ・イワーノヴナ・コリュバキナは貴族の娘であり、刑期を終えた女性たちを支援する慈善院の管理を任されていた。父親のイワン・パーヴロヴィチ・ユヴァチョーフは、一八六〇年、宮廷の床磨きを生業とする家に生まれた。一八八二年に革命グループ「人民の意志」派に加入した彼は、しかし翌年逮捕され、シユリッセルブルグ要塞に収監された。そこで急進的な革命家から、信心深い宗教家へ変貌を遂げている。元革命家という経歴は、ついに革命の成ったソ連において、息子ハルムスに思いがけない恩恵をもたらした。ハルムスがのちに逮捕されたとき、ユヴァチョーフはその経歴を活かして息子の早期釈放に奔走し、減刑させることに成功しているからである。[1]

ユヴァチョーフはサハリンに流されるが、当時そこを訪れていたチェーホフの知遇を得る。チェーホフは『サハリン島』のなかで次のように彼に言及している。「非常に仕事熱心で善良な人」[2]。ユヴァチョーフはサンクト・ペテルブルグへ帰還すると、「ミロリューボフ」という筆名（「平和」と「愛」からなる筆名）でサハリンに関する本を出版しはじめる。一九〇二年、彼は未来の妻ナジェージダと出会い、一九〇五年にダニイルが誕生した。

ダニイルは長じて詩人になったのち、実に様々な筆名を用いたが、ほとんど本名代わりに頻用したのがハルムス Хармс である。およそロシア的ではないこの筆名の由来には諸説あるものの、彼の愛読したシャーロック・ホームズ Холмс から採られたともいわれる。[3] その真偽は定かではないが、しばしば服装に意匠を凝らした彼は、実際にホームズに扮装することがあった。

ハルムスの二度目の妻となったマリーナ・マリッチは、初めて出会ったときの夫の「おかしな服装」を回想している。

> 玄関には、背が高くて、おかしな服装をした若い男性が立っていました。彼はつば付きのハンチング帽をかぶって、チェックのジャケットを着て、ゴルフズボンとゲートルを穿いていました。手には重たそうなステッキをもち、指には大きな指輪をはめていました。[4]

ハンチング帽、チェックのジャケット、ステッキなど、一見してホームズを思わせる身繕いに、今よりなお男性には稀だった指輪を加えた「おかしな服装」でマリッチを当惑させたハルムスにつき、奇抜な格好で道行く人々を驚かせたロシア未来派を想起するのは、決して的外れなことではない。なぜなら、彼は一九二五年にアレクサンドル・トゥファーノフという未来派詩人と出会い、その文学結社「ザーウミ派結社DSO」に参加、中心的メンバーとして活躍するようになるからである。
ハルムスはやがてトゥファーノフから距離を取りはじめ、一九二七年十月に仲間とともに新しいグループを立ちあげる。それが「オベリウ ОБЭРИУ」である。「リアルな芸術の結社 Объединение реального искусства」の頭文字を変則的に組み合わせた名前を掲げるこの集団は、トゥファーノフを中心とする二つのグループ「ザーウミ派結社DSO」と「左翼」に加え、国立芸術史研究所の演劇科の学生たちの実験演劇グループ「ラジクス」を母体としていた。ハルムスのほかに、ヴヴェジェンスキー、ザボロツキー、ヴァーギノフ、バーフテレフ、レーヴィン、ラズモフスキー、ミンツ、ウラジーミロフ等が所属しており、なかでもヴヴェジェンスキー以下の最初の三人はロシア文学史に大きな足跡を残した。

「オベリウ」には文学部門のほかに、造形芸術部門、演劇部門、映画部門が設けられており、さらには音楽部門の創設も目指されるなど、その関心は芸術全般におよんでいた。彼らの最初にして最大の催しが、一九二八年一月二十四日に出版会館で開かれた夕べ「左翼の三時間」である。「一時間目」にはオベリウ派の面々による詩の朗読、「二時間目」にはハルムスの代表作となる戯曲『エリザヴェータ・バーム』の上演、「三時間目」にはラズモフスキーとミンツが監督した映画『肉挽器』の上映がおこなわれた。[5] 朝までつづいた討論会によって締めくくられたこの夕べは、盛況のうちに幕を閉じたという。

一方で、ハルムスは「オベリウ」とは別に、「チナリ」というサークルにも属していた。[6] ドゥルースキン、リパフスキー、ヴヴェジェンスキーの三人に、ハルムス、オレイニコフ、ザボロツキーらがのちに加わった。「オベリウ」が世間に開かれた芸術家グループであったのにたいし、「チナリ」は一種の芸術家仲間の集いであったといえる。「チナリ」として公衆の面前で活動することはなく、主にリパフスキーのアパートに集まっては哲学談義を交わすのが常だったからだ。また、「オベリウ」が芸術全般に目配りしていたのに比べ、「チナリ」には哲学的・神秘学的な傾向が強く、神や幸福といった抽象的なテーマについて語り合うことが多かった。[7] その理論的支柱であったリパフスキーや、哲学者・数学者であったドゥルースキンとの交友は、ハルムスの著作にも大きな影響を及ぼしている。たとえば「使者」というリパフスキーの考案した概念はこの三人のあいだで共有され、ハルムスはそれを題材に『どのようにして使者が私のもとを訪れたか』(一九三七年)を創作した。

のちに社会主義リアリズムと称されることになる、社会建設やプロレタリアートによる階級闘争を鼓舞した、古典的なプロットや価値観を備える作品ばかりが賞揚される一方で、アヴァンギャルド芸術への政治的締めつけが厳しさを増すなか、[8] ハルムスは一九三一年十二月に反革命分子として逮捕され、「オベリウ」も消滅してしまう。およそ一年後に流刑地からレニングラード(ペテルブルグ)に帰還できた彼は、児童文学の仕事に本格的に従事しはじめる。ロシアの著名な児童文学作家サムイル・マルシャークの紹介により、一九二〇年代末から着手していたこの仕事は、一九三〇年代には糊口をしのぐ手段となった。オレイニコフが編集を務める『ハリネズミ』と『マヒワ』という児童/幼児雑誌に彼は多くの詩や散文を書き残している。しかしながら、スターリンによる圧政のもと、彼は必ずしもいつも著作を雑誌に掲載できたわけではなく、暮らしは貧窮を極めた。一九四一年、ハルムスはふたたび逮捕される。そして今度は二度と帰らず、翌一九四二年、監獄病院で死去した。

ハルムスのテキストは児童文学をのぞけば生前に出版されたものはほとんどない。だが彼は「机の引き出し」に多くの原稿を書きためていた。その大部分は友人のドゥルースキンが戦火から守りぬき、やがて日の目を見ることになる。彼はハルムスの生還を信じてテキストを保管しつづけたが、それが叶わない望みだと知るや、テキストを地下出版で広めはじめたのだ。次第にそれらは国内外の研究者の耳目を集めるようになり、ついに一九八八年には『天空飛行』というソ連で最初のハルムス著作集が出版されるにいたった。

以下、ハルムスの先行研究をその黎明期から現代にかけて概観しながら、重要な成果をひとつひとつ順番に取りあげてゆこう。

2　研究史

概観

黎明期

戦後しばらく忘却されていたハルムスのテキストは、一九六〇年代後半以降、ロシア国外でごく一部の人の関心を惹きはじめる。[9]『エリザヴェータ・バーム』が最初に活字になったのは、ポーランドの雑誌『対話』においてだった（一九六六年）。ポーランド語に翻訳されたこの戯曲はワルシャワで上演もされている。また、のちに『天空飛行』を編纂することになるアレクサンドロフは、やはりのちにハルムス作品集を次々と編纂するようになるメイラフとともに、エストニアはタルトゥ大学の発行する雑誌にハルムスとヴヴェジェンスキーに関する論考を寄せている（一九六七年）。アレクサンドロフはチェコスロヴァキアの雑誌二誌にも論文を書き、「オベリウ」紹介に努めた（一九六八年）。そのうちの一誌『ソビエト文学』（第六号、一九六八年）では、オベリウ派のテキストがチェコ語に翻訳されている。

ハルムスのテキストが世界中で広く認知されるようになった契機は、アメリカのロシア文学研究者ジョージ・ギビアンによる英訳・編集の『**ロシアの失われた不条理文学**』が、一九七一年にアメリカやイギリスで刊行されたことである。ハルムスの多くの短篇や『エリザヴェータ・バーム』、『老婆』といった代表作のほかに、ヴヴェジェンスキーの戯曲『イワーノフ家のクリスマス』も翻訳されており、両人のテキストがはじめて大々的に紹介された、記念碑的な作品集となった。ギビアンは『エリザヴェータ・バーム』をロシア語ではじめて刊行するという栄誉にも浴している[10]（一九七四年）。ただし、彼のこの『ハルムス選集』が収載しているテキストには誤りが多々あり、草稿研究の進展した現在では、信頼のおける定本とみなすことはできない。

一九七〇年代末から一九八〇年代にかけ、ハルムスの著作集や彼に関する本格的な研究論文がロシア国外で相次いで出現しはじめる。メイラフとエルリが編纂した『ハルムス作品集』はドイツで（一九七八年）、ナヒモフスキーの研究書『**虚無のなかの笑い**』はアメリカで出版された[11]（一九八二年）。後者はハルムスとヴヴェジェンスキーの創作全般を幅広く分析しており、黎明期においては際立った成果をあげた研究のひとつといえる。

一方、ロシア国内では、児童文学の分野にかぎり、一九六〇年代からハルムスは再評価されはじめている。一九六二年にはチュコフスカヤ編『あそび』、一九六七年にはハラートフ編『なんだった?』が出版されるなど、子ども向けに書かれた詩や散文はいくたびも絵本になった。[12] それらは学校読本にも採用されたという。[13] だがハルムスの創作の大部分を占める、児童文学以外のテキストをも収録した著作集『天空飛行』が出るのは、ソ連崩壊を三年後に控えた一九八八年のことだ。

ハルムス研究が端緒についたこの時期の業績のなかで特筆すべきは、ゲラーシモワの研究論文『**オベリウ(滑稽の問題)**』である。[14]「滑稽」を切り口に、オベリウの詩学全般を分析しているほか、オレイニコフ、ザボロツキー、ヴヴェジェンスキー、ハルムスの各々についても鋭い考察を加えている。ハルムス論に関していえば、その要諦は滑稽の問題というよりは倫理学の問題といえる。ハルムスの初期から後期への詩学の移行を、美学的実験から倫理学的実験への移行として捉え、テキストの倫理学的側面に一際強い照明を当てているのだ。彼女の論文においては、滑稽は無意味と結びつき、さらに非功利的なものと言い換えられ、この無意味ないし非功利的なものの限界――初期においては「言葉」の、後期においては「行為」の限界――を究めることがハルムスの実験課題になっているとされる。テキスト上に無意味な言葉を実験的に記述することは、すなわち美学的な領域に属し、無意味な行為を実験的に記述することは、すなわち倫理学的な領域に属すると、ゲラーシモワは述べる。このように、彼女は「滑稽」を媒介として、ハルムスの初期から後期への詩学の転換を、「美学(エステチカ)から倫理学(エチカ)へ」と鮮やかに定式化してみせたのである。

この論文は現在でも有益な観点を提供してくれるとはいえ、ハルムスの詩学が変容した背景については説明不足が否めないため、「美学から倫理学へ」という定式を支える土台は脆弱であり、定式そのものも図式化・簡略化されすぎているといわねばならない。

ジャッカールの登場

一九九〇年代に入ると、ハルムスの著作はロシア国内外で一層広く知られるようになる。一九九七年には、手帖・日記を収録した分も合わせて全六巻の『ハルムス全集』の刊行が開始された。また、その研究も飛躍的に前進する。一九九一年にはニール・コーンウェルが編纂した論文集『**ダニイル・ハルムスと不条理の詩学　論文と資料**』がロンドンで出版された[15]。そこでは編者コーンウェルがハルムスの「小さな物語（ミニ・ストーリー）」に着目するなど、散文、詩、戯曲といった彼の様々な創作が多角的に考察されている。さらには、ハルムスのテキストを題材としたスロボダン・D・ペシチ監督によるセルビア映画『ハルムスの幻想』（一九八八年）の分析、『エリザヴェータ・バーム』の英訳、ドゥルースキンの著したエッセイ『チナリ』、そしてハルムスの略歴表も掲載されており、一九九一年の時点において極めて充実した内容になっている。

しかし一九九〇年代以降のハルムス研究を黎明期のそれと分かつ最大の事件は、ジャッカールの著書が出現したことである。ハルムス研究史に一里塚を築くことになった『**ダニイル・ハルムスとロシア・アヴァンギャルドの終焉**』はまずフランス語で執筆され（一九九一年）、のちにロシア語に翻訳された[16]（一九九五年）。その大きな特徴は、書籍全体の半分近くを占めるおびただしい量の注釈だ。各国に散逸していたハルムス関連資料を網羅的に蒐集・整理し、惜しげもなく開陳している。その驚異的な博捜の成果は二〇年以上経った今なお価値を失っていない。徹底的に蒐集された各種資料に拠ったうえで、ジャッカールはその後のハルムス研究の方向性を決定づけることになる結論を導出した。ザーウミ詩人として出発したハルムスを、不条理文学の先駆者として西洋文学史上に明確に位置づけたのである。

ジャッカールは第一章において、クルチョーヌィフ、フレーブニコフ、トゥファーノフという三人のザーウミ詩人の影響下にあった初期ハルムスの詩を吟味している。つづく第二章と第三章では、ロシア未来派の詩学を発展させたマレーヴィチやマチューシンら芸術家たち、そして「チナリ」の仲間ドゥルースキンとリパフスキーとの関わりのなかで、ハルムス独自の哲学や詩学が形成されてゆく様子を追っている。「リアルな芸術から不条理へ」と題された第四章では、ハルムスの戯曲『エリザヴェータ・バーム』や後期の散文をイヨネスコやベケットら西欧の不条理作家の著作と比較しながら、そのテキストの具有する不条理性を炙りだそうとしている。

『ダニイル・ハルムスとロシア・アヴァンギャルドの終焉』は、ハルムスの生涯にわたる創作全般を、ロシア国内外の多くの詩人・芸術家・小説家たちとの緊密な関係性のなかに置いて解明しようとしており、その射程の広さ、詳細さ、緻密な論理の諸点において、画期的な著作となった。なるほど彼以前にもハルムスのテキストは不条理とみなされることがあったが[17]、「不条理」という用語は必ずしも厳密に定義されていたわけではなかったため、ジャッカールがこの言葉を西欧の不条理文学の文脈に限定して用いたうえで、「不条理作家ハルムス」という像を打ち立てたことには、非常に大きな意義があったといえる。

しかしながら、「不条理文学」という用語がまだ誕生していなかった時代の作家にこの用語を適用するのは、同時代性を閑却した行為だともいえる。むしろ二十世紀前半のロシア・アヴァンギャルド芸術の文脈のなかにハルムスを辛抱強く置きつづければ、のちの不条理文学を強く喚起する彼の散文さえ、ロシア文学の文脈に照らして再解釈できるのではないだろうか。実はそれこそが本書を通して達成したい課題にほかならない。ジャッカールへの反駁は、とりわけ第二章と第三章でなされるだろう。

ロバーツ**『最後のソビエト・アヴァンギャルド　オベリウ——ファクト・フィクション・メタフィクション』**[18]（一九九七年）、ヤムポリスキー**『源泉としての記憶喪失　ハルムスを読む』**[19]（一九九八年）の二冊も見過ごすわけにはいかない。前者はハルムスのみならず、ヴヴェジェンスキー、ザボロツキー、ヴァーギノフらオベリウ派の創作全般を幅広く扱っている。純粋に分量だけからいえば、前述したゲラーシモワの同工の論文をはるかに凌駕しており、個別研究の進んだ現在では類例のほとんどない稀有な研究書といえる。

後者は「窓」、「転落」、「消失」、「球」、「連鎖」といったハルムスのテキストに頻出するモチーフについて、多彩な文献を縦横に駆使しながら、ときに緻密に、ときに大胆に考察を加えている。一般にハルムス研究においては、いわゆる作品論をおこなうにはひとつひとつのテキストが短すぎるため材料に乏しく、その結果、多くのテキストに出現する同一ないし類似のモチーフがしばしば注目される。それらのモチーフがハルムスの思想の一端をあらわしている場合も少なくない。ヤムポリスキーの本はそうしたハルムス研究のひとつの可能性を積極的に追求しており、重要といえる。ただし、両書とも個々の指摘は鋭いものの、前者はその論述範囲の広さゆえにハルムスの扱いは比較的小さく、後者は総合を志向しない記述スタイルゆえに散漫になっている箇所が見受けられる。

コブリンスキー『ロシア・アヴァンギャルド文学の文脈における「オベリウ」の詩学』（二〇〇〇年）はこの時期にロシア語で執筆されたもののなかで最も充実した研究書である。[20] 書名に記されているとおり、ハルムスのみならず「オベリウ」の詩学に照準を合わせている。著者は象徴派や未来派詩人フレーブニコフからオベリウ派の面々が受けた影響について論じてゆきながら、「オベリウ」の詩学がいかなるものかを析出してゆく。とりわけ、テキスト内の相互に矛盾する情報を共存させる「相対性の原則」は主要な特徴だと考えられており、この原則によって、オベリウ派の創作は意味の不確実性を帯びるようになるという。また、因果律の破壊も同様に主要な特徴だとみなされている。彼らの創作においては、原因と結果の関係はしばしば逆転もしくは歪曲され、破壊されているからだ。

その分析対象はオベリウ派の個々のテキスト同士の相関性から、一個の詩的テキストにおける文法の偏差や語彙の使用法まで幅広い。そのうえ論証は緻密で説得力がある。ただし、コブリンスキーのように、「オベリウ」の詩学なるものにオベリウ派がみな則っていたとみなすには、さらなる議論が要求されるだろう。なるほど同じグループに所属している以上、メンバーのあいだにゆるやかな連帯はあったかもしれないが、第一章で詳しく見るように、むしろ彼らは自分たちの創作方法の個性を際立たせようとしていた。そして実際に、それらは大きく異なっている。ジャッカールが述べているとおり、このグループはメンバーの芸術観の違いによっていずれ消滅していたはずであり、「オベリウ」

の詩学なるものには注意深くアプローチせねばなるまい。[21]

今世紀に入り、ハルムス研究はますます盛んになっている。生誕一〇〇周年を記念して開催された二〇〇五年の国際学会の成果として、様々な視座からその創作にアプローチした論文集が二冊刊行されるなど、[22]研究者や論文の数は劇的に増加した。また、第一線の研究者らによる伝記も著されるようになる。コブリンスキー『**ダニイル・ハルムス**』[23]（二〇〇八年）とシュビンスキー『**ダニイル・ハルムス　吹きさらしの人生**』[24]（二〇〇八年）だ。後者はかなり大部の伝記であり、それまでヴェールに包まれていたハルムスの人生にまつわる細部を掘りおこし、明るみに出している。日常生活をより入念に取材しているこちらに比べ、ハルムスの創作の諸問題についても多くの紙面を割いて論述している前者は、研究書により近いといえるだろう。

ジャッカールが確立した「不条理文学の先駆としてのハルムス」という作家像を刷新しようとする意欲作が、二〇〇九年のアメリカにあらわれる。ヤーコヴレヴィチ『**ダニイル・ハルムス　エクリチュールと出来事**』である。[25]著者によれば、ハルムスはその創作において、「再現＝表象」から「出来事」への交替を志した。つまり、イメージや出来事といった何らかの対象を言葉によって「再現＝表象」しようとするのではなく、その反対に、言葉そのものを「出来事」にしようとしたというのだ。そのような「出来事」のなかには伝えるべき情報など存在せず、「出来事」を理解するのにどんな知も記憶も役に立たないと、彼はいう。それは目的のない、外部と一切の関係をもたない、ただの「出来事」として、そこにあるからだ。この「出来事」という表現形式において、ハルムスの創作の特質である「断片性」が実現されているという。反‐再現的なものを肯定するドゥルーズの『意味の論理学』『差異と反復』『襞』といった諸作に依拠しつつ、現代哲学の水準からハルムスのテキストを捉えかえしたヤーコヴレヴィチの著作は、その詩学の全体像を「出来事」と「断片性」という鍵概念を主調として新しく描きなおしている。その意味で、ジャッカール以後の主要な成果のひとつに数えられるだろう。

もちろん、問題がないわけではない。従来顧みられることの少なかったテキストに脚光を浴びせることで、たしかに彼は斬新なハルムス・イメージを作りあげることに成功した。だがその反面、『エリザヴェータ・バーム』や『老婆』といった重要なテキストにたいする配慮も分析も明らかに不足している。その結果、先行研究の網目をかいくぐったようなハルムス論になっている感が否めない。また、初期のザーウミ詩もほとんど等閑に付されている。

以上が先行研究の概観である。このなかから特に不条理というテーマに焦点を絞り、より詳しく見てみよう。

不条理への接続

不条理文学

ハルムスはこれまでくり返し不条理の観点から論じられてきた。だがジャッカールが指摘しているように、不条理という言葉は多義的である[26]。ハルムス研究においては主に二種類の不条理が楕円の二つの中心をなしてきたといってよい。第一に、人間の実存にかかわる不安や恐怖を苗床にし、戦後の西欧に開花した不条理文学としての不条理。第二に、不合理とも換言可能な不条理。前者はハルムスの創作を不条理文学の先駆と捉える研究に直結し、後者は彼をスターリン時代のソ連の不条理性を暴きたてた反逆者ないし風刺作家とみなす研究に直結した。ソ連社会の不合理性＝不条理性とは、たとえば無実の人間が次々と逮捕・銃殺されてゆくという、従前の常識では説明のつかない出来事に端的にあらわれている。このタイプの不条理は、無意味＝ナンセンスとも隣接している。

本項では、先行研究がこの二種類の不条理をハルムスの創作のなかにどのように看取してきたのかを瞥見したい。なお、拙著はこれらの不条理がハルムス研究における重要な立脚点となってきたことを批判するものであっても、ハルムス作品が不条理にみえること自体を否定するものではない。それが不可解で不合理にみえるのは衆目の一致するところだろう。しかし不条理の外観の内側に不条理の詩学が根付いているとはかぎらない。だからこそ、不条理的なものに覆われているテキストの下へ潜行し、彼の詩学の根本を究明する試みに意義があるのだ。踊るのは踊子だけではあるまい。

第一の不条理をハルムスの創作に見出す代表的な研究者は、もちろんジャッカールである。[27] 彼はハルムスを不条理文学の文脈に組みいれるため、二段階の手続きを踏んでいる。一段階目は、その創作に「不条理の感覚」を認めること。二段階目は、不条理文学（とりわけイヨネスコ）との具体的な類似点を指摘すること。最初の手続きにあたって彼が取りあげるのは、「私」と「世界」との関係を問うたテキスト『われらせかい Мыр』（一九三〇年）である。タイトルに用いられた造語は明らかに「われら мы」と「世界 мир」という二つの単語を合成したものであり、そのこと自体がすでにテキストの性格を示唆している。世界が断片＝部分へと瓦解してしまったのち、「私」が世界との関係を内省する後半部を引用しよう。

しかし、このとき私は、自分が部分を個別に見ているのではなく、すべてを一遍に見ているのだと分かった。最初、私はこれが「無」だと思った。だが、これは世界なのだということ、私がこれまで見ていたものは世界ではなかったということがやがて分かった。

世界がどんなものなのか、いつだって私は知っていた。しかし、私がこれまで何を見ていたのか、いまや分からなかった。

部分が消えてしまうと、その知的な性質は知的であることをやめ、その知的でない性質は知的でないことをやめた。全世界は知的であることも知的でないこともやめたのだ。

(……)

いまや世界がない。あるのは私だけ。だが、そのうち私が世界だということが分かった。

しかし世界は私ではない。

それと同時に、私は世界だ。

世界は私ではない。

私は世界だ。

世界は私ではない。

私は世界だ。

世界は私ではない。

私は世界だ。
私はこれ以上何も考えなかった。(2, 308-309)[28]

「私」は世界に属していると主張する一方で、世界が「私」ではないことも「私」は受けいれざるをえない。「私は世界」だが「世界は私ではない」というこの引き裂かれるような矛盾のうちに、ジャッカールは「不条理の感覚」の萌芽を見てとっている。なぜなら、「不条理」という概念を哲学的な次元にまで高めたカミュが、ハルムスの死去したまさにその年(一九四二年)に出版した『シーシュポスの神話』のなかで述べているように、「人間的な呼びかけと世界の不当な沈黙とが対置される、そこから不条理が生れる」からである。[29] こうして、ハルムスのテキストにのちの不条理文学を胚胎した「不条理の感覚」が萌していることを指摘してみせたジャッカールは、その感覚が不条理な作品として結実しているテキストを実際に分析する段階へと進んでゆく。

二番目の手続きに際し彼が注目するのは、戯曲『エリザヴェータ・バーム』である。ディスコミュニケーション性という観点から、ハルムスのこの戯曲とイヨネスコの戯曲の類似を指摘している。彼はソ連の言語学者レヴジン夫妻がドラマツルギーの手法として析出した規範的コミュニケーションの諸公理を援用して、それらが両者の戯曲において破壊されている様子を見てとってゆく。「決定論」「共通の記憶」「情報」「同一性」「真実」「記述の不足」「意味の関係性」にかかる諸公理の破壊の様相を今ひとつひとつ眺める余裕はないので、これらすべての公理の根幹をなす「決定論」の公理にだけ着目しよう。

「決定論」の公理とは、因果律のことである。したがってこの公理の破壊は因果関係の破壊を意味する。ジャッカールによれば、因果関係の破壊はハルムスのテキストにおいては常道ともいえる手法であり、それがテーマになっていることさえある。[30]『エリザヴェータ・バーム』もそのひとつといえる。なぜなら、ヒロインであるエリザヴェータ・バームはまだ犯していない罪で逮捕されるからだ。ここでは罪（原因）と逮捕（結果）の関係が逆転している。「決定論」の公理が破壊されている例はイヨネスコの戯曲『禿の女歌手』にもあると、ジャッカールはいう。玄関のベルが鳴るものの、ドアを開けても誰もいないという状況が連続して起こる場面である。

スミス氏　おや、ベルが。
スミス夫人　もう行くもんですか。
スミス氏　うん、でも、だれか来たのに違いない！
スミス夫人　はじめも、だれもいなかった。二度目もそう。
　こんどはだれかがいるとどうしてお思いになるの？
スミス氏　ベルが鳴ったもの！
スミス夫人　理由になりませんわ。[31]

最終的に、スミス夫人はこう結論づける。「ベルが鳴っても、けっして人はいないと経験が教えてくれたわ」。こうして、イヨネスコの戯曲においても原因と結果の関係は脱臼してしまう。ジャッカールによれば、因果律の破壊はテキストの円環構造に直結し、不条理劇の特性ともなっているという。[32] 実際、『禿の女歌手』はもちろん、『エリザヴェータ・バーム』も同様の構造を備えている。

しかしながら、因果律の破壊にせよ円環構造にせよ、当然その特徴は不条理劇にのみあらわれるものではない。バームの不当逮捕についていえば、たしかに罪と罰の逆転は不条理劇における原因と結果のねじれというモチーフと重なっているようにみえるかもしれない。だが、一見して明らかなそうした表面的な類似に着目する前に、罪と罰の内実をより丁寧に追究するべきではないだろうか。そしてそれは、本書第二章で詳述しているとおり、『エリザヴェータ・バーム』を当時のロシア文学の状況と突きあわせてはじめて達成することができるのである。この戯曲を二十世紀ロシア文学の伝統のなかで正しく把握しておかなければ、ハルムスの死後上演された不条理劇と比較しても、片手落ちというものだろう。

ソ連社会の不合理

ソ連の不合理性＝不条理性を暴いた風刺作家としてのハルムス像を逸早く提示したのは、「チナリ」の仲間ドゥルースキンである。『チナリ』と題するエッセイのなかで、彼はハルムスの詩学の特徴を三つの側面から説明している。「奇蹟」、「悪」、そして「無意味と脱論理」だ。「無意味と脱論理」について、この哲学者・数学者は次のように述べている。「彼の短篇や詩のなかには、無意味や脱論理と呼ばれているものがある。無意味で脱論理的なのは彼の短篇ではなく、彼がそこに書いている生活のほうなのだ[33]」。ドゥルースキンによれば、ハルムスのテキストにおける無意味や脱論理は、ハルムスが現実のなかに見ている無意味や脱論理の反映にすぎない。彼のテキストは現実の無意味さを暴きだす手段だというのである。テキストに照らしてソ連社会の無意味と脱論理、要するに不合理性＝不条理性を浮上させるこの手つきは、先行研究のなかにひとつの潮流を作りあげてきた。

その派生例が、先述したロバーツの『最後のソビエト・アヴァンギャルド』にみられる。彼によれば、言葉は現実を形成し、変容させることができるとハルムスは考えていたという。[34] したがって、それは現実を創造することも破壊することもできるだろう。言葉は現実を変えられるというハルムスの思想が、全体主義のなかでは「痛ましい皮肉」になりうることを戯曲は示していると、ロバーツはいう。彼の意見にしたがえば、そこには口にだした言葉を必ず実現させることで、現実を悲劇に変えてしまえる「力＝権力」をもった男たちが登場する。それに対抗するものとして注目されているのが、ヒロインの「不条理」な言葉の数々である。

バーム　　どうして私が罪人なの？
ピョートル　あなたは声をすべて奪われているからです。
イワン　　声をすべて奪われているのです。
バーム　　でも私は奪われてなんかいないわ。時計で確認していただけるわ。（2, 243）

ピョートルとイワンによる不当な告発に抗弁するべく発せられる「時計で確認していただけるわ」という彼女の台詞を、ロバーツは「不条理」と形容している。「声をすべて奪われている」と宣告することで、実際に彼女を沈黙させようとする「支配者階層」に属する男たちへの対抗措置として、「不条理」な言葉が用いられていると、彼は主張するのである。ドゥルースキンの用語を借りるなら、この「不条理」は「無意味と脱論理」と言い換えることができるだろう。「不合理」や「ナンセンス」と同義と考えてもよい。その馬鹿馬鹿しい発言のおかげで、権力による問答無用の裁決が、一時的にではあれ、引き延ばされるというのだ。ロバーツのいうように、不当逮捕がテーマになっている『エリザヴェータ・バーム』がスターリンの恐怖政治を予見していたとすれば、ハルムスは「不条理」によってそれに対抗しようとしていたということになるだろう。

ハルムスのテキストをソ連社会に接続させるこのタイプの先行研究には、根本的な牽強付会が生じている。彼自身は周囲の世界をテキストに鏡映させるような（まして予言しようとするような）試みには、明らかに無関心だったからだ。詩でも戯曲でも小説でもよい、彼の書いたテキストを手にとってみれば、伝統的な意味でのミメーシスに即した写実的な描写はほとんど存在しないことが分かるだろう。それどころか、書かれている出来事の多くは表象されることを拒絶しているようにさえみえる。したがって、彼がスターリン体制下のソ連だけを表象したとみなすのは、論理的に不自然であるといわざるをえないのである。

もちろん、彼が弾圧の犠牲になったのは歴史的事実であり、また時の政権への反抗心がなかったと言い切ることは難しいが、それは詩学の探究とは別問題だろう。ヤンケレーヴィチはより挑発的にこう言明している。――ソ連政府がハルムスの詩を反ソビエト的なものとみなしたのと同じことをわれわれはしているのではないか、スターリンにとって反革命的だった者は、われわれにとっては革命的な英雄なのだ、と。[35]

「不条理」という言葉／概念を軸に、二つのタイプの先行研究を瞥見してきた。いずれもハルムスのテキストを二十世紀前半のロシア・アヴァンギャルドとは別の文脈――西欧で戦後隆盛した不条理文学とソ連社会――に接続させている。翻って本書では、彼のテキストをふたたび同時代の文脈のなかへ、彼自身の数多のテキストのなかへ還し、そうすることで新たなハルムス像を立ちあげたい。そのためには、ザーウミというロシア未来派の手法／概念をまず再考しなければなるまいが、その前に、日本がハルムスを受容してきた過程も簡単にふり返っておこう。

日本におけるハルムスの受容

日本人がはじめて「ハルムス」という四文字を目撃したのは、沼野充義「傷だらけの魅惑」（『肉体言語』一〇号、一九八〇年）という論考のなかであったと思われる。そこではハルムスのテキストもいくつか訳出されている。この論考はのちに『永遠の一駅手前』（一九八九年）に収録された。[36] わが国最初の、そしてこの時期としてかなり高水準な先行研究である。また、やはり随分早い時期に風間賢二もハルムスを日本の読者に紹介している。[37] ロシア文学／文化の専門家以外では最初のハルムス紹介者として評価すべきだろう。

一九九〇年代には、早稲田大学の研究同人誌『あず』四号のなかで、ハルムスが所属した「オベリウ」の特集が組まれたほか、八巻本の『ロシア・アヴァンギャルド』シリーズのうち一冊でオベリウ派の創作が大々的に翻訳・紹介された。また、工藤正廣『ロシア・詩的言語の未来を読む』（一九九三年）や井桁貞義『現代ロシアの文芸復興』（一九九六年）においても、「オベリウ」の紹介に多くの紙面が割かれている。

今世紀に入るとハルムス翻訳の動きが加速する。『ハルムスの小さな船』（二〇〇七年）、『ハルムスの世界』（二〇一〇年）、『ズディグル アプルル』（二〇一〇年）、『シャルダムサーカス』（二〇一〇年）、『ヌイピルシテェート』（二〇一一年）といったハルムス作品集が相次いで刊行されたのだ。さらには「ロシア児童文学翻訳誌」と銘打たれた『アグネブーシカ』五号において、ハルムスの子ども向けの詩や小説の特集が組まれた。石橋良生や本田登らによる、ハルムスに関する本格的な論文が学会誌等の学術誌に発表されるようになったのも、今世紀のことである。

次に、ザーウミという手法／概念の誕生した歴史的背景を押さえたうえで、本書の主要な目的と構成について述べたい。

3　理知のむこう

二十世紀初頭に興ったロシア・アヴァンギャルドは、同時期に生じたロシア革命にたいし、芸術革命であるといわれる。それはたしかに絵画、文学、建築等々の芸術分野に激震を走らせた。文学の場合、幾人もの詩人が奇抜な言語実験をおこない、読者を驚かせた。しかしながら、ロシア・アヴァンギャルドは芸術革命であるだけではない。それは芸術を超える。あるいは、この革命の神髄を正当に理解するには、芸術という概念を拡張しなければならない。それは世界を新たに把握する術を探求し、人間が世界について思惟する際のあらゆる認識論的枠組みを刷新しようとした。結果的に、それは人間を超えようとしたのである。

ロシア・アヴァンギャルドは人間的な尺度を用いて世界を測量するのではなく、世界を世界としてあるがままに認識しようとした。非人間的な尺度を利用することのできる人間は、旧式の認識方法に制約された古い人間ではありえないだろう。このとき、古い人間から新しい人間への変貌が目指されることになる。

人間の認識論的・生理学的刷新への志向は、まず既成の約束事を打破しようとする衝動としてあらわれた。人間の慣習的な知覚方法・思考方法・使用言語といった、これまで自らの世界観を形作りそれを表現してきた道具を破壊し、かつ乗りこえ、新たな知覚と新たな表現方法を獲得しようとする試みが、二十世紀初頭のモスクワやペテルブルグで繰り広げられたのだ。その代表例が立体未来派の言語実験、とりわけザーウミである。

「**заумь** ザーウミ」とは、「**за ум** ザ・ウーム」（理知を超える）という言い回しを基にした新造語であり、「**заумный язык** ザウームヌィ・イズィク」（理知を超えた言語）、つまり理解不能の新造語全般を指示する記号である（そのため、「超意味言語」と意訳されることもある）。しかし、それのみならず、「理知を超える」という志向性を体現する概念にもなりえている。

この「理知を超える」という志向性こそ、ロシア未来派全体を貫く通奏低音である。その担い手たちは広い意味での「理知」——既存の論理的思考や言語を含む——を超越しようと様々な活動を展開した。極度に単純化すれば、彼らの営為を理知や意味との闘いと要約することさえ可能だろう。その影響下で文学活動を開始したハルムスについても同じことがいえる。それを端的に示しているのが、一九三七年十一月に彼が自らの手帖に記した次の言葉である。「幾何学におけるロバチェフスキーのような存在に、ぼくは人生におけるロバチェフスキーになりたい」(6, 196)。彼は数学者ロバチェフスキーの功績に、すなわち非ユークリッド幾何学の発見に、憧れを抱いているのだ。

非ユークリッド幾何学とは、われわれの生活に根差しているユークリッド幾何学に疑問を感じた十九世紀の数学者ガウス、ロバチェフスキー、ヤーノシュ・ボヤイ(あるいはボヤイ父子)らがそれぞれ独自に樹立した、新しい幾何学である。ロシア・アヴァンギャルドの思想にとってとりわけ重要だった点は、[38]この世界にはユークリッド幾何学とは別個の、いまだ人間には把握しがたい幾何学が存在している、という事実が証明されたことだ。なるほど、われわれの生活している現実世界において支配的なのがユークリッド空間であることは間違いない。しかしわれわれの理知を超えたところ、たとえば極小の世界や極大の宇宙においては、ユークリッド空間が展開しているとはかぎらない。むしろわれわれの居住する空間のほうが特殊で、非ユークリッド空間はユークリッド空間よりもはるかに広いらしいのだ。二十世紀前半のロシアの自然科学者にして思想家でもあるフロレンスキイの言葉を借りれば、「ユークリッド幾何学は無数にある幾何学のひとつ」にすぎないのである。[39]「人生におけるロバチェフスキーになりたい」というハルムスのメモ書きは、彼が実生活における超‐理知的な空間の発見者になりたがっていることを如実に示している。ロバチェフスキーが非ユークリッド幾何学を発見したように、自らもこの人生における非ユークリッド幾何学を、既存の世界認識を超出する新しい世界認識を手中にせんと希求していたのだ。この願いこそ、おそらくロシア未来派全体の抱いた夢であった。こうしてロシア未来派は守旧されている約束事を破棄し乗りこえ、それとは別個の次元、すなわち理知を超える「ザーウミ」の次元を開拓しようとした。同じ野望を胸に、ロシア未来派につづいて駆けていったのが、ハルムスなのである。

狭義のザーウミは新造語にのみ適用される用語だが、ザーウミを概念の領域にも拡張しなければ、ハルムスの創作を総合的に把握することは難しい。ザーウミは言語のレベルにとどまるものではないし、とどめるべきでもない。それは単語を超え文を超え言語を超え、意味の領域に参入してゆく。音や形態素やシンタクスといったレベルを超えた、概念のレベルからも考察されなくてはならない。したがって、言語のレベルを超えて、ザーウミ的な絵画やザーウミ的な建築が制作されうるし、また、ザーウミ（新造語）を用いずに書かれたザーウミ的な詩や小説もありうる。だが、いずれもザーウミ的な地平を目指している点に変わりはない。

実際、ザーウミを考案したクルチョーヌィフは自らそれを言語的領域の外へ拡張している。彼自身がその拡張された領域で創作をつづけることはなかったものの、ハルムスは果敢にもそこへ飛びこみ、やがてそこを己の根城とさえした。ザーウミを手法としてのみならず、概念としても捉えることで、新造語を用いずにザーウミ的な＝理知を超えた文学空間を立ちあげることに成功したのである。

本書で「ザーウミ」というとき、それは第一に新造語としてのザーウミであり（手法としてのザーウミ）、第二に理知を超えているもの・こと（ザーウミ的なもの・こと）全般を指すザーウミである（概念としてのザーウミ）。その概念としてのザーウミのひとつとして、ザーウミ的な地平（目的としてのザーウミ）があると考えてもらえればよい。

理知を超えたものを志向したハルムスの実践を詳らかにすることは、一見すると彼の理念に背いているようにみえるかもしれない。なぜなら、それはザーウミを理知の領分に還す行為にも等しいといえるからだ。だが本書は決してザーウミ的なものを合理的に理解しようとするものではない。まずは、何が分からないのか、どのように分からないのかを明確にしたうえで、解明しうるものと解明しえないものとを区別する。そして前者には解を与え、後者については、なぜ分からないように書かれているのかを追究する。『エリザヴェータ・バーム』を例に出せば、プロットは解明しうるが、劇中で用いられているザーウミは解明しえない。しかし、それがなぜ解明しえないものとして持ちだされているのかを説明することは可能だろう。晦渋さが読み手の無知にのみ起因しているテキストを、ハルムスの詩学に照らしながら詳らかにしてゆけば——いわば理知の領土を開拓してゆけばそれだけ、彼の求めた超‐理知の領域に近づくことができるようになるはずである。

彼は典型的なザーウミの手法をやがて放棄してしまうものの、「理知を超える」という概念としてのザーウミは生涯守りつづけた。逆説的にいえば、ハルムスはザーウミという理念を実現するために、手法としてのザーウミを捨てたのだ。その過程と、新しい手法による創作のありようを詳らかにすることが、本書の目標である。

4　本書の構成

本書は序章と結論をのぞき、五章からなっている。

第一章「変貌するザーウミ」では、まずザーウミという手法を音のザーウミと意味のザーウミの二つに峻別する。前者が新造語としてのザーウミであるのにたいし、後者は新造語を用いずに既存の単語だけを非慣習的に組み合わせることによって理知を超えた内容を獲得したザーウミである。「オベリウ」結成以前のハルムスが、音のザーウミから意味のザーウミへ手法の軸足を移してゆく様子を捉えたい。

この時期の彼の詩作品にはロシア未来派の影響が透けでている。とりわけ文学の師となったトゥファーノフから受けた影響は絶大だった。しかし、やがてハルムスが師のもとから離れてゆくのと軌を一にして、詩作にも変化の兆しがあらわれてくる。それこそが音のザーウミから意味のザーウミへの移行である。いかなる意味をも拒絶しているかのような最初期のザーウミ詩から、意味の地層が露わになったザーウミ詩へと、彼の創作は景色を変えはじめる。

第二章「音のザーウミへの鎮魂歌」では、オベリウ時代のみならず生涯を通じての代表作となった戯曲『エリザヴェータ・バーム』を論じる。ここで着目するのは、戯曲の源泉になったと思しき五つの題材——広くヨーロッパの地に伝わるレノーレ譚、クルチョーヌィフの詩および詩論、フレーブニコフの『ザンゲジ』、鐘の音、そして画家エリザヴェータ・ビョームである。

最初の二つの源泉が明らかにするのは、この戯曲がロシア未来派の編みだした手法＝音のザーウミへの鎮魂歌として機能していることである。次の三つの源泉は、エリザヴェータ・バームという名前の由来を明らかにしている。これらの源泉によって、戯曲が当時のロシア文学／文化の状況ときつく結びついていること、そしてそれが今後のハルムスの方向性を示唆していることが確認されるだろう。『エリザヴェータ・バーム』ののち、ハルムスは独自の詩学の構築に真正面から取り組むようになる。そのなかで彼は少しずつ創作方法を変えていった。その試行錯誤と手法の変遷がくっきりと反映されているのが、劇詩『報復』と『フニュ』である。

第三章「ファウストの軌跡」では、この二つのテキストを中心に、一九三〇年前後のオベリウ期の様々なジャンルにおよぶハルムスのテキストを俎上にのせる。オベリウ期の創作はザーウミと日常語の混淆によって際立っているが、『報復』では両者の共存が図られるのにたいして、八ヶ月後に書かれた『フニュ』では日常語への志向が明確に打ちだされている。

二種類の手法＝言葉（ザーウミと日常語）のあいだで揺れているハルムスの思想上の迷いは、右記の二作に多くみられるモチーフの対比（天と地、水と火、自然界と俗世間など）に反映されている。これらのモチーフをつぶさに検証してゆけば、そこに重ねあわされている彼の手法と思想の内実も明らかになるだろう。

第一章から第三章までは、ハルムスが純粋なザーウミから脱却して、ある種の意味の構築を、ザーウミ的な意味の構築を目指すようになってゆく変遷を観察している。これにたいし、第四章「分散と結合」では、視線を「意味の構築」に固定し、ザーウミ的な世界を目指した後期ハルムスの散文小品を分析対象に据えることにする。『出来事』だ。一九三〇年代に書かれた三〇篇の散文テキストをまとめたこのアンソロジーは、断片性と統合性という二面性を有している。そこで、分散かつ結合する粒子として一篇一篇のテキストを捉え、二つの異なる相のもとに『出来事』を観察したい。その結果、後期ハルムスの創作全体のありようも詳らかになるだろう。

第四章で焦点化される「出来事」という概念は、ハルムスの創作において重要な位置を占めている。理知に侵される前の——物語化される前の剝きだしの事実を意味する「出来事」は、ロシア未来派の発明した新造語としてのザーウミにかわってそれを表現するための新たな手法でもある。彼は「出来事」という独自の概念／手法を考案しているのだ。

第五章「ハルムスは間違える」では、彼の創作のなかで最長の散文『老婆』を、「これ」「妨害」「あれ」という三位一体の概念を用いて読み解きたい。これらの用語は、第一に、友人の哲学者ドゥルースキンの「小さな過ちを伴うある平衡」をめぐる考察に、第二に、彼の提案した「これ」「あれ」という用語に立脚している。ハルムスは彼の哲学を参考に用語体系を構築しているのだ。この友人によれば、矛盾のない哲学体系はトートロジーに堕すため、そこには理性や論理を超えた「小さな過ち」が内在していなければならない。この理知を超えた＝ザーウミ的な「小さな過ち」が「妨害」に対応している。一方、ハルムスの考えでは、「これ」と「あれ」は世界の異なる部分であり、相補的な関係にある。そして「これ」と「あれ」をまさに異なる部分にしてしまうものこそ「妨害」だという。「妨害」が世界を「これ」と「あれ」に分割することで世界は創出されるというのだ。したがって、理知を超越したザーウミとしての「妨害」とは、存在するものすべての発端となる根源的な要素を意味することになる。

このような理論が言語のレベルで実践されているテキストが『老婆』である。そこでは言葉（指示するもの）と対象（指示されるもの）との関係が破綻している。双方を「これ」と「あれ」に、指示関係を分断する作用とその効果を超‐理知的な「妨害」に見立てることで、このテキストがザーウミの詩学を原動力にしていることが明らかになるだろう。「これ」「妨害」「あれ」という三竦みの概念は、言語に適用されたとき、理知を超えたもの（「妨害」）は言語に本質的に内在しているという結論を導出する。こうしてハルムスはザーウミ的なものを、ザーウミから最も遠い場所にあるはずの日常語のうちに、それを存在させるのに必須の要素として見出すのだ。

本書が描きだすのは、ハルムスが初期から後期までの創作において、手法とジャンルを変化させながらも、人間の理知を超越しようと様々な実践をおこなってゆく、その軌跡である。

＊

ハルムスが日本に紹介されて三五年あまりが経った。すでにその散文の多くは邦訳され、研究成果も蓄積されつつある。しかしながら、いまのところハルムス一人に焦点を絞ったモノグラフは日本で出版されていない。それどころか、博士論文ないしそれに代わるような質・量の論文もまだ公になっていない。本書が呼び水となり、ハルムスやその仲間たちの紹介が今後日本で夏のように盛んになることを願う。

1　*Кобринский А. А.* Даниил Хармс. М., 2008. С. 221.

2　*Чехов А. П.* Остров Сахалин // Полное собрание сочинений. В 30 тт. Т. 14-15. М., 1978. С. 160. アントン・チェーホフ（原卓也訳）「サハリン島」『チェーホフ全集13』中央公論社、一九七七年、二〇〇頁。邦訳書では「実に勤勉な善良な人物」と訳出されている。

3　*Кобринский.* Даниил Хармс. С. 57.　ハルムスの筆名問題に関しては、次の文献が網羅的に扱っている。ちなみにこの論文の著者はホームズ説には懐疑的である。*Остроухова Е. Н., Кувшинов Ф. В.* Псевдонимы Д. И. Хармса // «Странная» поэзия и «странная» проза. Филологический сборник, посвященный 100-летию со дня рождения Н. А. Заболоцкого / Под ред. Е. А. Яблокова, И. Е. Лощилова. М., 2003.

4　*Глоцер В.* Марина Дурново. Мой муж Даниил Хармс. М., 2005. С. 31.

5　フィルムは現存していない。同時代人の回想によれば、スクリーンには列車が走行しつづける映像が延々と流されたという。*Кобринский.* Даниил Хармс. С. 123.　やはり列車が駅に滑りこんでくる様子を撮影しただけのリュミエール兄弟の映画『ラ・シオタ駅への列車の到着』（一八九六年公開）を彷彿させる。

6　「チナリ чинари」という言葉の意味は定かではない。ドゥルースキンによれば、それはヴヴェジェンスキーの考案したもので、「階級 чин」に由来しており、精神的な階級を意味しているという。*Друскин Я. С.* «Чинари» // Аврора. 1989. № 6. С. 103.　一方、ハルムスの伝記を著したコブリンスキーによれば、その言葉は当時のロシアではタバコの吸い殻を意味していたという。*Кобринский.* Даниил Хармс. С. 36.

7　一九三三〜三四年のあいだに重ねられた話し合いは『会話集』として記録が残っている。*Липавский Л. Л.* Исследование ужаса. М., 2005. С. 307-423.

8　ボリス・グロイス『スターリン様式』刊行を機に活発化した、アヴァンギャルド芸術が抹殺された原因をめぐる議論については、ロシア・アヴァンギャルドの美学原則が時の政権に利用されたという立場をとるハンス・ギュンターの分析が非常に明快で説得力がある。たとえば以下の論考を参照せよ。*Гюнтер Х.* Художественный авангард и социалистический реализм // Соцреалистический канон / Под общ. ред. Х. Гюнтер, Е. Добренко. СПб., 2000. С. 101-108.

9　一九六〇年代のロシア国外でのハルムス再発見の事情については、以下の文献を参考にした。*Жаккар Ж.-Ф.* Даниил Хармс и конец русского авангарда / Пер. Ф. А. Перовской. СПб., 1995. С. 441; George Gibian, trans. and ed., *Russia's Lost Literature of the Absurd* (Ithaca, London: Cornell UP, 1971), pp. 4-5.

10　*Хармс Д. И.* Избранное / Под ред. Г. Гибиана. Würzburg, 1974.

11　Alice Stone Nakhimovsky, *Laughter in the Void* (Wien: Wiener Slawistischer Almanach, 1982).

12　ハルムスが児童文学作家として生前から評価されてきた経緯や、この分野における彼の創作の特徴については、ハラートフの解説を見よ（頁数表記なし）。*Халатов Н.* Его звали – Даниил Хармс // Что это было? / Сост. Н. Халатов; Рис. Ф. Лемкуля. М., 1967.

13　*Александров А.* Чудодей (личность и творчество Даниила Хармса) // Полет в небеса / Сост. А. Александров. Л., 1991. С. 7.

14　*Герасимова А.* ОБЭРИУ (проблема смешного) // Вопросы литературы. 1988. № 4.

15　Neil Cornwell, ed., *Daniil Kharms and the Poetics of the Absurd: Essays and Materials* (London: Macmillan, 1991).

16 *Жаккар*. Даниил Хармс и конец русского авангарда.

17 前注15の論文集のタイトルはまさしく『ダニイル・ハルムスと不条理の詩学』であった。

18 Graham Roberts, *The Last Soviet Avant-garde: OBERIU—fact, fiction, metafiction* (Cambridge: Cambridge University Press, 1997). 本文で引用する際には、ペーパーバック版（二〇〇六年）を用いている。

19 *Ямпольский М*. Беспамятство как исток: Читая Хармса. М., 1998.

20 *Кобринский А. А*. Поэтика «ОБЭРИУ» в контексте русского литературного авангарда. В 2 тт. СПб., 2000 (переизд: *Кобринский А. А*. Поэтика ОБЭРИУ в контексте русского литературного авангарда XX века. СПб., 2013).

21 *Жаккар*. Даниил Хармс и конец русского авангарда. С. 118.

22 Столетие Даниила Хармса. Материалы международной научной конференции, посвященной 100-летию со дня рождения Даниила Хармса / Под ред. А. А. Кобринского. СПб., 2005; Хармс-авангард / Под ред.-сост. К. Ичина. Белград. 2006. ベオグラード大学で開催されたこの学会の模様は、自身も報告をおこなった村田真一によって日本ロシア文学会のＨＰ上で紹介されている。村田真一「ベオグラードのハルムス生誕一〇〇年記念国際学会『ダニイル・ハルムス——活動と消滅のアヴァンギャルド——』」[http://yaar.jpn.org/robun/kokusai/2005kharms.html] 二〇一七年五月八日閲覧。

23 *Кобринский*. Даниил Хармс.

24 *Шубинский В*. Даниил Хармс: Жизнь человека на ветру. СПб., 2008.

25 Branislav Jakovljevic, *Daniil Kharms: Writing and the Event* (Evanston, Illinois: Northwestern University Press, 2009).

26　*Жаккар Ж.-Ф.* «CISFINITUM» и смерть: «Каталепсия времени» как источник абсурда // Абсурд и вокруг / Под ред. О. Бурениной. М., 2004. С. 75.

27　ジャッカール以外では、たとえば以下の研究者らを挙げることができる。*Гречко В. Д.* Хармс и А. Введенский: Язык абсурда // Japanese Slavic and European Studies. 2000. Vol. 21; *Токарев Д. В.* Курс на худшее: Абсурд как категория текста у Д. Хармса и С. Беккета. М., 2002; Neil Cornwell, *The Absurd in Literature* (Manchester and New York: Manchester University Press, 2006). また、二〇一三年にロシアで催されたハルムス展では、彼の所属した「オベリウ」は「不条理の詩学」を培ったと位置づけられた。Случаи и вещи: Даниил Хармс и его окружение: Материалы будущего музея. Каталог выставки в Литературно-мемориальном музее Ф. М. Достоевского 8 октября — 5 ноября 2013 года / Под общ. ред. и сост. А. Дмитренко. СПб., 2013. С. 14.

28　*Хармс Д. И.* Полное собрание сочинений. В 4 тт. СПб., 1999-2001. Т. 2. С. 88. 本書では、ハルムス全集から引用する際は（巻数、頁数）と表記する。また、手帖・日記（*Хармс Д. И.* Полное собрание сочинений. Записные книжки. Дневник. В 2 кн. СПб., 2002）は全集の第五巻・六巻とみなす。

29　*Жаккар.* Даниил Хармс и конец русского авангарда. С. 112. カミュの言葉は次の訳書から引用した。カミュ（清水徹訳）『シーシュポスの神話』新潮文庫、一九八六年、四四頁。「不条理の演劇」を世界ではじめて分析したエスリンによれば、人間と世界が調和していないという、人間の実存にかかわる不安や恐怖が不条理の感覚であり、これが戦後の不条理文学を生みだす土壌になったとされる。マーティン・エスリン（小田島雄志訳）『不条理の演劇』晶文社、一九六八年、一五～一六頁。

30　*Жаккар*. Даниил Хармс и конец русского авангарда. С. 218-219.

31　Там же. С. 220. 邦訳は次の訳書にしたがった。イヨネスコ（諏訪正訳）「禿の女歌手」『ベスト・オブ・イヨネスコ　授業　犀』白水社、一九九三年、二二頁。

32　Там же.

33　*Друскин*. «Чинари». С. 112.

34　Roberts, *The Last Soviet Avant-garde*, p. 145.

35　Matvei Yankelevich, "Introduction: The Real Kharms," in Matvei Yankelevich, ed. and trans., *Today I Wrote Nothing: The Selected Writings of Daniil Kharms* (New York: The Overlook Press, 2009), p. 29.

36　沼野充義『永遠の一駅手前』作品社、一九八九年。

37　風間賢二「不条理文学の奇才ダニール・ハルムス」『幻想文学　特集ロシア東欧幻想文学必携』21号（一九八八年）。ここでは「ある美しき日の始まり」と「レジ係」の二篇の掌篇が英語から重訳されている。

38　非ユークリッド幾何学の思想的側面については、とりわけ次の書籍が充実している。近藤洋逸『新幾何学思想史』ちくま学芸文庫、二〇〇八年。

39　パーヴェル・フロレンスキイ（桑野隆・西中村浩・高橋健一郎訳）『逆遠近法の詩学——芸術・言語論集』水声社、一九九八年、九七頁。

第一章　変貌するザーウミ　オベリウ以前のハルムスの詩学

注102頁以下

0　オベリウ宣言

　ハルムスは二十世紀初頭に産声をあげたロシア未来派の最後の世代の一人に数えることができる。最後の世代というのは、ソ連ではまもなく未来派をはじめとするロシア・アヴァンギャルド運動が頓挫してしまうからだ。一九二〇年代も半ばを過ぎ、この運動を代表する詩人や画家たちが一人また一人と去って、その熱気が急速に冷めゆくなか、ザーウミ詩が発表される機会も減少していった。ハルムスらが「オベリウ」という芸術家グループを結成したのは、こうしてロシア・アヴァンギャルド運動の灯がいまや消えんとする、一九二七年秋のことである。

「オベリウ」は自分たちの宣言文のなかでザーウミを敵視し、こう非難した。「ザーウミ以上にわれわれに敵対している流派はない。骨の髄まで現実的で具体的な人間であるわれわれは、言葉を去勢し、それを無力で無意味な私生児に変えてしまうような連中の最大の敵である」[1]。しかし、本章を通じて明らかにしたいのは、二〇年代のハルムスが実際にはザーウミに「敵対」しておらず、理知を超えるというザーウミの理念に則り、それを使用しつづけていたということである。

やはり「ザーウミ派」として初期のハルムス像を定立しようと図るジャッカールは、オベリウ以前のハルムスの詩学とオベリウ宣言で謳われた反ザーウミとのあいだの齟齬に注目している。彼は最初にウスチーノフとの共著論文のなかで、[2] 次いで『ダニイル・ハルムスとロシア・アヴァンギャルドの終焉』のなかで、[3]「オベリウ」が反ザーウミを掲げるにいたった理由をいくつか推測している。列挙してみよう。

①一九二〇年代末には、自らをザーウミ派に含めることが危険になっていた。②権力者にとって「ザーウミ」という言葉（流派）は「反革命」と同義になった。③一五年前に勃興した前世代の未来派との違いを明確にする必要があった。④ザーウミに激しく反対していたザボロツキーが宣言文の該当箇所を執筆した。⑤「ザーウミ派」という用語は、「オベリウ」の面々のかつての頭領であったザーウミ詩人トゥファーノフにとって最も大きな価値があったため、その影響下から脱したい者らにとって、ザーウミに敵対するというフレーズは、トゥファーノフへの当てこすりとして機能した。

本章で着目したいのは、④と⑤である。「オベリウ」に所属していたバーフテレフは自らの回想記のなかで、グループ設立時の事情について述べている。彼によれば、オベリウ宣言を執筆したのは、ザボロツキー、レーヴィン、バーフテレフ、ラズモフスキーの四人であった。このうちザボロツキーが「反ザーウミ」の箇所を執筆したという。[4] 重要なのは、彼がザーウミ派や無対象派との関係を拒絶していたことだ。つまり、オベリウ宣言におけるザーウミへの敵対は、グループの総意というよりザボロツキーの敵愾心を反映したものといえるのである。
⑤で名前の挙がっているトゥファーノフとは、ハルムスに作詩法を文字通り伝授した文学の師匠である。一九二〇年代前半から彼はザーウミ詩人かつザーウミ理論家として活動しており、一九二五年春には「ザーウミ派結社 DSO」という文学グループを結成している。ハルムスは創作活動をはじめてすぐにこの文学結社に加入し、その指導を仰いだ。だが、やがてハルムスは師のもとを去り、独自の創作術を模索するようになる。宣言文のなかで表明された反ザーウミについて、「ハルムスとトゥファーノフとの間にあった対立のコンテキストにおいて吟味されねばならない」とジャッカール／ウスチーノフが解説するのは、このためだ。[5]
ところが実際には、トゥファーノフとハルムスの師弟対立は先鋭化していない。むしろザボロツキーやヴヴェジェンスキーなど他のメンバーとトゥファーノフとの人間関係上の対立のほうが顕著だった。ザボロツキーやヴヴェジェンスキーはトゥファーノフからの自立を目指しており、ザボロツキーがザーウミを敵視したとき、そこにこの年長のザーウミ詩人への反発が毒のように忍ばされていたとしても不思議はない。彼らにとってザーウミはトゥファーノフに直結する手法であるため、「反ザーウミ」は「反トゥファーノフ」と容易に読みかえられるのである。

「オベリウ」は宣言文のなかでザーウミに敵対してみせたとはいえ、それは必ずしもハルムスの意向を反映したものではないのだ。多彩なメンバーのうちの一人、ザボロツキーの主張にすぎない。あまつさえ彼は一九二六年にはハルムスの盟友ヴヴェジェンスキーの詩作にさえ異議を唱えていた。[6] そればかりか、宣言文を執筆後まもなく「オベリウ」を脱退している。このグループは「創作において独自の個性」をもつ「様々な人々」によって結成されているように、「反ザーウミ」をグループ全体の統一見解とみなすべきではないだろう。

ハルムスがザーウミの詩学を継承・発展させていったことを示すために、本書では、音のザーウミと意味のザーウミという二つの用語を明確に区別して用いることにする。そのうえで、彼が理知を超えたものに肉薄するべく、音のザーウミから意味のザーウミへ力点を移動させていった様子を追いたい。

1　ザーウミとは何か

ザーウミの定義

序章でも述べたとおり、「за ум ザ・ウーム」（理知を超える）という言い回しを基にして造られた「заумь ザーウミ」は、「заумный язык ザウームヌィ・イズィク」（理知を超えた言語）、すなわち理解不能の新造語全般を指示する記号である。しかし、それのみならず、「理知を超える」という志向性を体現する概念にもなりえている。

全体としてみれば、ロシア・アヴァンギャルド運動は近代の合理的知を否定しようという破壊性と、世界を新たに把握しようという革新性とを推進力にしていたといってよい。プリミティヴィズム、直観、神智学といった、啓蒙主義時代以降のヨーロッパで培われてきた近代的知と相容れない領域への彼らの関心は、そのことを如実に物語っている。[7] たとえば、理知によって把握可能な現実よりも巨大な現実を把握する術として、神秘思想家ウスペンスキーや哲学者ベルクソンの提唱した直観能力がロシア・アヴァンギャルドの担い手たちを強く惹きつけたことはよく知られている。[8]

従来の知を超え新しい世界を把握しようとするこの志向性は、ロシア未来派においてはザーウミという概念／手法に集約的に体現された。[9] 当然、多くの未来派詩人たちがザーウミを用いているが、その用法や形態には著しい差異がみられるばかりか、その使用目的も大きく異なっている。そのため、ザーウミを一意的に定義するのは甚だ難しい。そこで本書では、近代的理性にたいし疑義が突きつけられていた二十世紀初頭のヨーロッパの思想・芸術状況に鑑み、**二十世紀前半のソビエト＝ロシアにおいて、「理知を超える」という志向性をもち、かつ「理知では把握できない」言葉ないし概念を「ザーウミ」あるいは「ザーウミ的なもの」として捉えることにする。**

ザーウミについて史上はじめて質量ともに充実した本格的な研究書を上梓したヤネーチェクは、ザーウミを「意味が曖昧で不確定の単語や言語を記述するのに用いられたロシア未来派の新造語」と大きく捉えたうえで、[10] 二つに分けている。「超シンタクス的ザーウミ」とそれ以外のザーウミだ。後者はさらに、「音声のザーウミ」、「形態素のあるザーウミ」、「シンタクスのザーウミ」へ下位分類されている。「音声のザーウミ」の例としては、「ドゥイール　ブール　シシュイール」のような音の自由な組み合わせを挙げることができる。また、「形態素のあるザーウミ」の例としては、後出の「ビシレーチした」など、形態素をもっているものの意味を確定できない新造語を、「シンタクスのザーウミ」の例としては句読点の除去を、それぞれ挙げることができる。
ヤネーチェクがそのザーウミ論のなかで主に取りあげているのは、これら音・形態素・シンタクスのレベルのザーウミだが（超シンタクス的ザーウミは分析対象外）、彼によれば、これらは複合的にあらわれることが多いため、三つの分類は議論するうえでの「便宜的」なものにすぎず、総体として捉えたほうがよいという。むしろヤネーチェクにとって──そして本書にとっても決定的な違いをみせているのは、音・形態素・シンタクスという言語単位に作用するこれら三種類のザーウミと、意味論のレベルに作用する「超シンタクス的ザーウミ」の二つである。
この二種類のザーウミを、われわれは音のザーウミと意味のザーウミと呼ぶことにする。[11] この用語はハンゼン＝レーヴェに倣っている。彼は「音のザーウミ」と「意味のザーウミ」を区別した。純粋な「音のザーウミ」を用いたテキストでは、言葉は完全な「音＝物」として振る舞い、原初的な感覚がそこに反映されているのを看取できるという一方、「意味のザーウミ」を用いたテキストでは、言葉は文法的・意味論的に正当な言語構造を有しているものの、しかしそれは決してコミュニケーションの規範にはならないという。[12]
ハンゼン＝レーヴェはこの「音のザーウミ」という用語を比較的狭い範囲で用いているが、本書ではヤネーチェクの提示した先の三種類のザーウミに適用したい。すなわち、音の自由な組み合わせ、辞書にはない新造語、規範的な文法からの逸脱を理由に正確な意味を突きとめることのできない狭義のザーウミを総称して、「音のザーウミ」と呼ぶことにする。その代表的な例が、のちにザーウミの記念碑となったクルチョーヌィフの「ドゥイール　ブール　シシュイール」である。[13] もっとも、音のザーウミに意味の介在する余地がまったくないわけではない。形態素のあるザーウミとシンタクスのザーウミには、曖昧ながら意味を嗅ぎとることができる。その点で、この二つは意味のザーウミとの境界線から比較的近い場所に位置しているといえるだろう。

一方、意味のザーウミ（超シンタクス的ザーウミ）に関しては、用語こそ違っても、ヤネーチェクとハンゼン＝レーヴェの見解はほぼ一致している。後者にとって、意味のザーウミが用いられているテキストでは、既知の単語が既存の文法に則って配列されているようにみえても、実はその意味内容は通常の人間の理解を超えたかたちでしか構築されておらず、それを他者に伝達することは叶わない。そうしたザーウミが用いられている領域では、ヤネーチェクがいうように、かえって「意味がますます重要な役割を演じてゆく」だろう。それは、不条理、パロディ、ユーモア、自動記述、シュルレアリスムといった現象と見分けがつかないという。[14]

たしかに意味のザーウミはその外見上は不条理な散文に接近しているが、より重要な点は、それが後期ハルムスの散文への橋渡しの役目を果たしていることだ。これから詳述してゆくように、一九三〇年頃のハルムスはザーウミ的な＝理知を超えた世界を現出させるために、音のザーウミから意味のザーウミへ創作の重心を移動させていった。この歴史的経過を押さえておくことで、彼の詩学の推移がザーウミから不条理への突然の乗り換えではなく、ザーウミ的な＝理知を超えたものを求める同一線上の発展であることが明らかになる。ザーウミを音のザーウミと意味のザーウミに二分したうえで、ハルムスが過渡期にはザーウミ的でありながら不条理にも映る意味のザーウミへの志向を打ちだしていたことを確認してはじめて、後期のテキストを不条理文学以外とも接続できる回路が見えてくるのだ。
意味のザーウミという概念は、ハルムスが創作を開始する少し前にロシア詩の世界に持ちこまれた。一九二三年、クルチョーヌィフは『劇場の音声学』という論考において、ザーウミの歴史をふり返るなかで、その概念を「全く新しい」ものとして強調している。

今までどの研究者も主としてザーウミの音や発声の側面にばかり注目して、われわれが詩を音楽の状態に変換しようとしている、すなわち、詩からその最も重要な部分を――言葉のイメージを剝ぎとろうとしていると、われわれを非難さえしてきた。だが、ズドヴィークさせた語やザーウミ的に合成された語をわれわれが作ることによって、イメージのザーウミ性という全く新しい状態が押しだされてきたことを、彼らはすっかり忘れている。[15]（……）

音のレベルにとどまらない、「全く新しい」ザーウミの側面だというこの「イメージのザーウミ性」を、クルチョーヌィフは『ロシア詩におけるズドヴィーク学』という直前に書かれた別の論考のなかでも扱っている。そこで「イメージのザーウミ性」は「ズドヴィークされたイメージ」と言い換えられ、偶然の予期せぬイメージのことだと説明されている。[16] たとえば、「妊娠した男」といった矛盾したイメージがその一例だ。これこそ本書における「意味のザーウミ」にほかならない。
もっとも、こうした用例それ自体は初期のザーウミ詩のなかにすでに存在していたし、一九一〇年代後半には、難渋なイメージが積極的に支持される環境が整えられてきていた。未来派の実験を擁護していたシクロフスキーは『手法としての芸術』(一九一七年)の冒頭で、イメージに簡明さを要求するばかりで、詩においては「印象を強める手段としての詩的イメージ」が存在することに無関心だとして、当時ロシアを代表する言語学者だったポテブニャを批判している。[17]

だが、難解なイメージはあくまで対象を知覚する行為を長引かせるために、あるいは韻律や脚韻など音響的側面に動機づけられた結果として、用いられた。ザーウミ詩における、そもそも理解されることを完全に拒絶し、何物にも動機づけられていない奇怪なイメージや多義性に関心が集まるようになるのは、一九一七〜一九二一年のチフリス(現トビリシ)でクルチョーヌィフやテレンチエフらによって進められた、「41°」グループでの実験以降のことである。

ザーウミの概念/手法が音声学から意味論の領域へ進出してきた歴史的意義は、一九九六年に刊行されたヤネーチェク『ザーウミ』が意味のザーウミ(超シンタクス的ザーウミ)を論述対象外としたことに端的にあらわれているように、従来の研究では軽視されてきたきらいがある。しかし、「オベリウ」を主要な分析対象のひとつに含めた近年のロシア・アヴァンギャルド研究は、その意義を重く受けとめはじめている。たとえばテリョーヒナがそれに関心を払うのは、意味のザーウミが「無意味や不条理への志向を作りだし、ロシア・アヴァンギャルドの次の世代によって引き継がれる伝統を生みだしている」からにほかならない。[18] ここで彼女がいう「次の世代」とは、ハルムスやヴヴェジェンスキーのことだ。

ハルムスの後期の散文がザーウミの詩学を発展させていった延長線上にあるというテリョーヒナの示唆は、本書の基本路線に一致する。とはいえ、彼女の論考には重大な疑問点もある。ザーウミの詩学を継承している散文を不条理文学と同一視してしまっていることだ。また、具体的な検証をほとんどおこなっていないため、せっかくの指摘があくまで示唆にとどまっている。そこで本書では、ハルムスの創作がのちの不条理文学とは本来繋がりをもたず、ザーウミの詩学を独自に追求した成果だということを実証するために、彼のテキストにおいて意味のザーウミが前景化されてゆく過程を詳しく見てゆくことにする。

無意識との関わり

奇怪で予期せぬイメージをもたらすザーウミの「全く新しい」側面と結びついていると思われるのは、不条理の哲学というより、無意識の領域である。『ロシア詩におけるズドヴィーク学』のなかでクルチョーヌィフはこう書いている。「意識が抜けおちていると思われるところでは、ズドヴィーク、すなわち秘められた創作が明るみに出てくる。それはときに作者の多くの秘密を洩らすだろう！」[19]

彼にとってズドヴィークとは、ザーウミを作りだす技術であるとともに「新しい読み」の技術でもあり[20]、その読みは作者の無意識を炙りだそうとする。それは『五〇〇におよぶプーシキンの新たな洒落と語呂合わせ』（一九二四年）において徹底されるだろう。[21] 理知を超えようとするザーウミ派の関心が無意識の領域へ向かうのは自然なことだといえる。その方向性は、やはり理知の介入しない無意識を自分たちの創作の根幹に据えていたシュルレアリスム[22]の方向性とほとんど一致する。『シュルレアリスム事典』において「ロシア」の項目を執筆したチャーギンは、一九二〇年代初頭のクルチョーヌイフを念頭に次のように述べている。

ロシアのザーウミが音声学と語創造から意味の領域へ侵入したとき、ザーウミの詩学とシュルレアリスム的なエクリチュールの原則とのあいだの境界は、ほとんど透明になった。[23]

ここでは、意味のザーウミとシュルレアリスムとの類似が明言されている。本書にとって重要なのは、予期せぬイメージをもたらす意味のザーウミが、たとえ外見上は不条理な散文に似ていたとしても、それはシュルレアリスムと同様、理知のおよばない領域を目指そうとする志向性に裏打ちされたものだということだ。こうして、音のザーウミと意味のザーウミを峻別することで、後者の用いられたテキストを不条理文学の文脈に投げいれることなく、理知の超越を志向する同時代の芸術・思想の文脈のなかへ正統に位置づけることができるようになる。

意味のザーウミへ

理知のおよばないものを追求する過程で、ハルムスはその創作において音のザーウミより意味のザーウミを前面に押しだすようになる。その理由を推測するための根拠として、外的要因と内的要因の二つを挙げることができる。一つ目は、ザーウミを取りまく社会状況の変化。二つ目は、ハルムスの創作哲学だ。

一九二〇年代後半、ザーウミの実践を先導してきたクルチョーヌィフはザーウミから距離を置きはじめる。また、ハルムスにザーウミ詩の手ほどきをした師トゥファーノフもやはり一九二八年以降はザーウミとの関わりを断ってしまう。当時のソ連はザーウミの使用者を反革命的な人物として敵視しており、公の場でザーウミ詩を披露することはすでに危険でさえあった。

それを図らずも実証してしまったのが、一九三〇年春にレニングラードでおこなわれたオベリウ派のパフォーマンスである。この催しはすぐに批判の対象となり、その批判記事がきっかけで、同年の年末にハルムスやヴヴェジェンスキーなどザーウミ詩人は逮捕されてしまう。この記事は、「ザーウミ的」という言葉を「意味不明」や「内容空疎」といった意味合いで用いており[24]、当時「ザーウミ」という言葉がほとんど「無意味（ナンセンス）」の同義語として否定的に理解されていたことを伝えている。ハルムスはそのようなレッテルが貼られるのを政治的に回避するために、最も典型的なザーウミである音のザーウミとは別のかたちでその理念を実現することのできる手法を探求したのではないだろうか。

ザーウミを無意味と考える者は、それに一定の評価を与える批評家にも多かった。この場合の「無意味」は馬鹿馬鹿しい（ナンセンス）という否定的ニュアンスをもっていない[25]。たとえば二十世紀前半に活躍した構成主義者ゼリンスキーは『意味としてのポエジー』（一九二九年）において、ザーウミを意味のなかの「沈黙」、意味をさらに活性化させるための無意味とみなしている[26]。その際、彼はトゥイニャーノフの提起した「テキストの等価物」という概念を「グラフィック・ザーウミ」と呼び、無意味としてのザーウミと同一視した。テキストの欠落部（詩句や詩行の代わりに置かれる点線

「…」）がテキストと等価な物になるばかりか、かえって詩の構成原理や韻律を露わにするとすれば、[27]言語の外部が言語を活性化させている点で、なるほどゼリンスキーのいう意味を活性化させる無意味としてのザーウミと同様の効果をもっているといえるだろう。だが、どちらも理知を超えるという志向性を有していないばかりか、むしろ理知による認識を強化する働きを与えられている。したがって、本書はこれらをザーウミとみなすことはできない。

ただし、意味のなかの無意味がかえって意味を活性化するという発想それ自体は注目に値する。なぜなら、第五章で述べるように、最終的にハルムスは日常のなかに内在している超‐理知を見出すに至るからである。しかしそのような超‐理知は理知の働きを強化することなく、むしろ日常的な理知を破壊する、内に孕まれた異物として機能するだろう。

ハルムスが意味のザーウミへと軸足を移したもうひとつの理由は、純粋に創作上の要請である。これに関しては、彼のテキストを詳しく分析してゆく必要があるので、第三章の後半（「サーベル」）で改めて論じることにするが、結論だけを先に示しておこう。音のザーウミという個人的・私的な言語を用いて個人的な感情をありのままに表出するという、初期ロシア未来派の主張にハルムスはまったく関心を抱いておらず、それどころか反発さえしていたため、個人的ではない、ありふれた日常語を用いた意味のザーウミを前景化させたのである。

本章では、オベリウ以前のハルムスの詩作を分析することで、その目立った特徴が音のザーウミから意味のザーウミへと早くも移り変わってゆく様子を記述したい。意味のザーウミが前景化されるようになるのは、音のザーウミの使用が相対的に減少しはじめる一九二六年半ば以降のことだ。彼は最初から意味のザーウミを使用していたものの、意味の希薄な音声的要素の充溢によってそれは覆い隠されていたのである。

2　音のザーウミから意味のザーウミへ

音のザーウミ

未来派の末弟

初期ハルムス作品におけるザーウミの使用法について考察するため、本章では一九二四年から一九二七年までの四年間に、つまり彼が「オベリウ」グループを結成する前に書いた詩を組上にのせることにする。[28]

この時期のハルムスはロシア未来派からの強い影響を受けていた。たとえば、彼が手帖（一九二五年）に記した「暗唱できる詩作品」のリストには、カメンスキー、セヴェリャーニン、マヤコフスキー、フレーブニコフ等の未来派詩人の作品が数多く挙がっている（5, 34-35）。また、ハルムスは『ヴィクトル・ウラジーミロヴィチ・フレーブニコフに』と題した二行詩（一九二六年）を残しているほか、[29]自分が「ヴズィーリ・ザーウミ」という流派に属していると表明することさえあった。[30]

初期ハルムスの詩は極めて難解である。その理由として主なものに、「新造語」、「内容の支離滅裂さ」、「綴り（正書法）の誤り」、「句読点の欠如」等を挙げることができる。一九二四年六月十二日に書かれた詩には、この四つのうち最初の二つの特徴が際立っている。一部を引用しよう。

Ты посмотришь в тишину,
Улыбнешься на луну,
Углынешься на углу,
Покосишься на стену…
君はしじまを見
月にほほえみ
隅にほぼ住み
壁は目の隅……（4, 15）[31]

この詩では意味内容が後景に追いやられている一方で、音には過度なほど重きが置かれている。たとえば、「隅にほぼ住み Углынешься на углу」（Uglynesh'sja na uglu）というロシア語／日本語の呈をなしていないような言い回しには、直前の「月にほほえみ Улыбнешься на луну」（Ulybnesh'sja na lunu）という詩句をもじった造語《Углынешься》が用いられている。これは「月にほほえみ Улыбнешься на луну」と「隅 углу」の二つの言葉の音の響きを掛けあわせてできた新語であり、辞書には存在しない。ハルムスは音の連想に依拠したこのような新造語をたびたび用いて詩作をおこなった。音を重視する傾向は（少なくとも）一九二七年まで彼の詩に一貫してみられるが、この引用した詩においてそうした特徴があらわれていたことは、とりわけ大きな意味をもっている。なぜなら、この詩が書かれたのは、ハルムスと彼の師トゥファーノフが出会う前年のことだったからである。

トゥファーノフ

一九二〇年代半ばのハルムスの詩学を詳らかにするのに必ず顧慮されねばならない人物が、未来派詩人トゥファーノフである。駆け出しのハルムスはこの詩人の「絶対的な影響」下において詩作していたと研究者らの言うとおり[32]、彼はこの師のもとでザーウミについて学んでいた。

アレクサンドル・トゥファーノフ（一八七七〜一九四三）が本格的に文学活動を開始したのは、ロシア革命の直前（一九一五年）、三十七歳のときだった[33]。それから彼はリアリズムや象徴派を経て、ついにザーウミ派に行きつく。一九一七〜一八年頃のことである。そのあとアルハンゲリスクでチャストゥーシカとよばれる当地の俗謡を研究した彼は、ベルクソン哲学を学び、ロシア・フォルマリストの著作に触れ、徐々に自らの詩学を形成していった。

一九二〇年代初頭にトゥファーノフがベルクソン哲学と出会った際、主に摂取したのはその「生成」という概念であった。彼はベルクソンに倣い、不動の状態には適用できるものの、現実世界のような生成のプロセスには応用できないとして「知性」を斥け、本能と直観を重視した[34]。こうして、不断に変化し流動し生成している現実を捉えることが可能なのは、「知性」を超越したもの＝ザーウミだけだと考えるに至る。彼のザーウミは数年後に「音韻音楽」と呼ばれるようになるだろう。自身の詩学を彼は次のように説明している。

形象が通常のレリーフと輪郭をもっていないという意味において、ザーウミ創作は無対象なものである。ところが新しい知覚方法を用いるときは、我々の「無対象性」は流動的な輪郭で表現される自然のままの完全にリアルな形象性なのである。[35]

かなり難解な言い方がされているが、その意味するところは単純だ。現実は流動的であり捉えがたいので、それをリアルに（ありのままに）表現するためには、従来の方法とは別の「新しい知覚方法」を採らなければならない、それこそがザーウミという「無対象」で「流動的」な手段だというのだ。ここで言及されている「新しい知覚」とは、未来派を代表する画家マチューシンの提言する「拡張された視覚」に拠っている。

ミハイル・マチューシン（一八六一〜一九三四）は未来派の中心人物として絵画制作をおこない、色彩論を著すなど、ロシア・アヴァンギャルドの歴史に大きな足跡を残した芸術家である。なかでも見過ごすことのできない業績が、「ゾルヴェド」の理論だ。「ゾルヴェド Зорвед」とはマチューシン率いる芸術家集団のことで、「ゾル зор」と「ヴェド вед」という、それぞれ「見ること взор」と「知ること ведание」を意味する単語の語根を連結させた造語をグループ名に冠している。一九二三年、彼は「ゾルヴェド」の芸術活動の本質をあらわしたマニフェスト『芸術ではなく、生を』を発表する。冒頭を引用しよう。

「ゾルヴェド」は見る行為それ自体に備わった本質（三六〇度の視野）によって、経験の開拓されざる処女地を踏む。

「ゾルヴェド」は従来の観察方法の生理学的交代を徴しづけ、眼前のものをまったく別様に反映させる方法となる。

「ゾルヴェド」はそれまで隠されていた「後景」をはじめて観察し、かつ経験する。その「後景」とは、経験しえないがために人間の領域の「外」に留まっていた空間すべてである。[36]

これまで人間が観察しえなかったものを観察しようとマチューシンは目論む。それが「三六〇度の視野」による「後景」だ。この考え方は、中心視と周縁視を統合した「拡張された視覚」として、彼自身によってのちに厳密に理論化されることになるだろう。[37]
いまだ人間には隠されている知覚できない世界を描くために、彼は目を閉じたまま絵画を制作したり、後ろむきでネヴァ河の風景を描いたりした。目で見るのではなく、いわば後頭部で見ようと修練を積んでいたのだ。[38]「拡張された視覚」によって制作された絵画では、通常の狭い視覚だけに頼ったそれとはちがい、キャンバス内に描かれたものは現実世界の対象の形態を正しく反映していない。いや、それどころか、現実世界のなかで視認できる対象が描かれていない。しかし、マチューシンの考えでは、人間の通常の知覚のおよばないものが描かれているのだ。「拡張された視覚」によって描かれた世界は、目に見える現実の反映ではなく、目に見えない現実の反映だというのである。それは人間の知覚や理性を超越しているといえるだろう。
トゥファーノフのいう「新しい知覚」は、この「拡張された視覚」を受けている。まず「新しい知覚」を適用することで、本来理知を超えた流動的な存在である世界を捉える。そしてその流動的な現実（リアル）を芸術において正しく反映させるためには、特定の意味に固定されない流動的な手段、つまりザーウミに頼らねばならない。一見何も意味しない無対象な言葉＝ザーウミを用いてこそ、現実をリアルに反映させることができると彼は考えたのである。ジャッカールはこうしたトゥファーノフの詩学を実に的確に要約している。

世界は流動しており、世界を構成する物は明確な輪郭をもっていない。人間はこの揺れ動く現実に留まろうとしている。そのために人は言葉というレッテルを利用するのだ。芸術の領域において、それはあるいは世界を訂正し、あるいはありのままの世界を表現し、あるいは世界を粉飾する。いずれにせよ、それは理性から命じられた法則に服従しているに過ぎない。現実にまったく対応していないこのシステムの枠組みから出ることは不可能である。理性には制約があり、現実の動きをその流動性のなかで捉えることはできない。したがって、「超 - 理知＝ザーウミ」に着手して「流動的」に書くほかないのである。[39]

たとえ通常用いられている言語では現実を正しく把握することができなくとも、ザーウミにはそれがなしうると、トゥファーノフは信じたのである。では、そもそも「新しい知覚」で感知されるべき現実とはどのようなものだろうか。マチューシンが拡張された知覚で空間を認識しようとしていたのにたいし、彼は「拡張された世界知覚」と「時間の非空間的知覚」を目指していたという。[40]「ザーウミ派結社DSO」の宣言文のなかで彼は次のように述べている。「マチューシンは空間に関する「拡張された」知覚の提唱者であり、私は時間に関する「拡張された」知覚の提唱者である」[41]。畢竟、トゥファーノフは拡張された知覚で時間を把握しようとしていたのだ。

また、彼が「未来派」にたいして「生成派」と自称していたという事実も勘案する必要がある。「結社が集結させるのはあらゆる生成派、すなわち生成している者たちであり、過去の者や未来の者ではない（プーシキンや未来派ではない）[42]」。ここで「生成派」とは、「生成変化しつつある現在を知覚する人間」という意味で用いられている。過去や未来とは異なり、現在を把握することはできない。知覚できる時間とは、過ぎ去ってしまったか、あるいは未だ来ていないかのいずれかであって、現在という一瞬は摑もうとしてもすり抜けてしまう。それはつねに「流動」し「生成変化」しているからだ。そのような現在こそ、トゥファーノフが「拡張された世界知覚」ないし「時間の非空間的知覚」によって捉えようとした対象である。彼が流動的な言語（ザーウミ）を用いて表現しようとしたのは、過去でも未来でもない、流動的な現在であったといえる。

このような思索は『ザーウミへ』（一九二四年）という詩論／詩集に結実した。ロシア各地に伝わる俗謡であるチャストゥーシカを扱った一九二三年の論文においてすでに、詩においては思考や意味よりも音を重視する姿勢を強く打ちだしていた彼は、[43]『ザーウミへ』のなかで詩における音の特性を突きとめようとしている。「言葉の復活」（ロシア・フォルマリズムを代表するシクロフスキーの言葉）

ならぬ「音素機能の復活」を提唱し、個々の音に備わっているという機能をひとつひとつ追究しているのだ[44]。とりわけ子音に着目した彼は、どの子音の音もそれぞれに固有の動きの感覚と結びついていることを発見したという。それは「不完全な20の法則」としてまとめ上げられた。たとえば「法則」の第一項目である/m/の音は次のように説明される。「空間的には閉ざされているものの、その覆いのもとでは自由に動けるという感覚と心理的に連結している」。

トゥファーノフは自らの法則に立脚した詩を「音韻音楽」と名づけ、「あらゆる民族に等しく**理解される**」と書いた[45]。『春』と題された次のような詩がその代表例として掲げられている。最初の二連だけを引用しよう。

Сиинь соон сиий селле соонг се
Сиинг сеельф сиик сигналь сеель синь

Лиий левиш ляак ляйсиньлюк
Ляай луглет ляан лилиин лед

S'ïin' soon s'ïi selle soong s'e
siing s'eelf s'ïik signal seel' s'in'

l'ii l'eviš l'aak l'ajs'iin'l'uk
l'aa luglet l'aa vlil'iinled[46]

詩は新造語で溢れかえっている。典型的な音のザーウミといえそうだ。いずれの単語も子音字から始まっており、第一連はすべて《с》/s/、第二連はすべて《л》/l/ から始まる単語である。トゥファーノフによれば、/s/ の音は「光が二重の波動になっている感覚」と心理的に連結しており、/l/ の音は「波線が動点に向かう感覚」と連結しているという。引用した連につづく第三連、第四連の語頭もやはり /s/ ないし /l/ の音が支配的である。

『春』というタイトルや、《с》と《л》の文字を含む「太陽 солнце」を思わせる《Соолёнсе》という単語が第四連の最終行に置かれていること、さらに未来派画家ボリス・エンデルによって作成された巻末の「言語音一覧表」もあわせて勘案すると、おそらく春の陽をイメージした詩ではないかと思われる。[47]

自ら発見したという各々の子音に固有の運動感覚に基づいて詩を作ることで、言語を超え、民族を超えて、誰にでも理解できる表現を彼は試みたのだ。すなわち理知を超えて身体感覚に直接働きかけることを目指したのである。だが、「太陽 солнце」を連想するにはロシア語の知識が必要であることだけを考えても、公平にいって、『春』が本当に「誰にでも理解できる」詩だとみなすのは難しい。他の民族はおろか、ロシア人にさえ理解は至難だろう。

子音の音機能に注目し、それに基づいて造語されたザーウミによる世界語を志向した点で、トゥフアーノフは敬愛する未来派詩人フレーブニコフに倣っている。[48]「フレーブニコフとトゥファァーノフにおける個々の音の性格は一致している」場合さえあり、[49]その影響関係は明らかである。どちらも動点／不動点、振動や波動、直線運動／円運動といった用語で音の性格を説明している点も共通している。実際、一九二二年にフレーブニコフが死去したのち、トゥファァーノフは「詩人フレーブニコフ記念サークル」を組織しようとし、「フレーブニコフ記念」の夕べに登壇、自らを「時間王国のヴェレミール II 世」あるいは「ザーウミ地球議長」と称した。[50]トゥファァーノフはフレーブニコフにつづいて音機能の研究とザーウミによるその実践に勤しんでいたわけだ。

ハルムスの最初期の詩が書かれ、トゥファァーノフの『ザーウミへ』が発行された一九二四年の時点では、両人はまだ互いの顔を知らない。ところが、いま見てきたように、どちらも詩の音声的側面に強い関心を抱いていた。翌年三月に二人が出会ったとき、トゥファァーノフの設立した「ザーウミ派結社 DSO」にハルムスが加入したのは、自然な成り行きであったといえる。

音声のザーウミ

ハルムスはこのザーウミ派結社の中核を担っていた。ロシア作家事典の編集者コズミンに宛てた手紙のなかで、トゥファァーノフはこう書いている。「グループの核は三人います。私、ハルムス、ヴィギリャンスキーです。ハルムスとヴィギリャンスキーは弟子で、私のスタジオでいつも作業しています」。[51]

ザーウミ派結社は月曜毎にトゥファァーノフのアパートに集合していた。そこで彼は、弟子たちが朗読する詩を形式的・音声的側面から分析した。また、次の月曜日までに弟子たちに練習テーマを与えて、「抽象的コンポジション」や「原スラヴ語および古代ロシア語」、「英語、ドイツ語、その他の言語の形態素」を研究するよう要求した。当時トゥファーノフは四十八歳、ハルムスやヴィギリャンスキーら結社の他のメンバーは二十歳前後であり、そこには自由な競作のかわりに厳格な指導体制が敷かれていた。

一九二五年十月九日、ハルムスは全ロシア詩人同盟レニングラード支部に加盟するため、申請書のほかに自作の詩を支部に提出している。これらの詩はトゥファーノフ指導のもとで創作されたものであり、師からの影響を見ないわけにはいかない。ハルムスの初期の詩作をより厳密に検討するために、音のザーウミをヤネーチェクの区別にしたがって分類し、まずは「音声のザーウミ」、次いで「形態素のあるザーウミ」が彼のテキストに用いられているさまを確認してゆこう。前者が顕著なのは、『セーク Сек』と題された詩(『切断した』と訳すことも可能)である。

N　きみは　これかれをぉ
フィーニチ　ファーニチ　フーニチ
b m　のこぎろぉ
フーヌチ　ファーニチ　フィーニチ
イーア　イーア　ウィイーア

（咎めるように頭を揺する）

ZZZ

わたし床を洗ったわ

ZZZ

ドゥリープ　ジュリープ　ボーブー（1, 36）[52]

語義を無視して繰り広げられるこの音の饗宴は、トゥファーノフの『春』に一脈通じるところがある。ここから明確なストーリーや文意を汲みとるのは至難だろう。詩形式についていえば、韻律と呼べるものはないものの、強引とはいえ交差脚韻を一応もっている。それによって行末の音を共鳴させることができている。「咎めるように頭を揺する」という演劇的身振りを指示する自注が付されていることからも推測されるように、この詩が（黙読ではなく）あくまで音読にむけられている点は注目に値する。ロシアの詩は伝統的に聴衆に開かれてきたとはいえ、ザーウミ詩は内容を把握することが困難であるため、朗読する際は音がなおのこと前景化される。[53]人はそれを意味の満たされた単語としてではなく、まるで楽器に奏でられた音楽のように感じるだろう。

ザーウミ派結社では、トゥファーノフの弟子たちが自作の詩を朗読していたことが知られている。[54]ハルムスはといえば、一九二四年頃より様々な場所に定期的に登壇しては自他の詩を朗誦していた。[55]彼の声は力強く表情に富んでいたという。[56]意味を充塡せずに音そのものの響きを味わうこうしたザーウミは、初期ハルムスの詩作品に顕著である。彼が師のように各々の子音に固有の機能を見ていたかどうかを明示する史料はないが、少なくとも音声的側面をことのほか重んじた詩を作っていたことは窺えるだろう。

さらに、右に引用した詩の最終句「ドゥリープ　ジュリープ　ボーブー дриб жриб бобу」が、クルチョーヌィフの有名な「ドゥイール　ブール　シシュイール дыр бул щыл」という詩句を連想させることも付け加えておこう。[57] 語調が似ているのはもちろん、どちらの場合も、音を自由に融合させて産出した新造語に何らかの意味が補塡されることはない。ハルムスはクルチョーヌィフの詩学を継承しているといわれる通り、[58] たしかに双方の詩作には共通項が多い。ハルムスの一見とらえどころのない詩は、トゥファーノフ（シイング　セエリフ Сиинг сеельф）やクルチョーヌィフ（ドゥイール　ブール　シシュイール дыр бул щыл）も使用した音声のザーウミを用いて創作されたものなのだ。

形態素のあるザーウミ

『セーク』と同年の一九二五年に書かれた詩『馬丁たちが大地を発明したそうだ』には、音声のザーウミとは別種のザーウミが見受けられる。それは冒頭から三行目に出現する。

вертону финикию
зерном шелдону
бисирела у заката
криволиким типуном

ヴェルトンにフェニキアを

シェルダンに穀物
夕焼けでビシレーチした
歪形のあかぎれ（1, 30）

ほとんど意味をなさない詩行がつづいているが、ここで着目したいのは「ビシレーチした **бисирела**」という単語である。[59] これは新造語であるにもかかわらず、その語尾から動詞の過去形であろうと推測することができる。もし動詞だとすれば、主語が存在しない破格の文法になってしまうため、名詞の可能性も否定できないものの、少なくともその形態から見るかぎりは、動詞である蓋然性が高い。

ヤネーチェクのいう「形態素のあるザーウミ」は、「音声のザーウミ」に比べれば語義を推測できる余地がある。しかしそれを完全に突きとめることは叶わないため、形態素のあるザーウミもやはり「意味が甚だしく不明瞭である」といわなければならない。[60] まさに「ビシレーチした **бисирела**」という単語こそこの種のザーウミの典型といえるだろう。

意味を定められないかわりに、この詩でもやはり音の響きが強調されている。実際、「ビシレーチした **бисирела**」の語尾《 **-ла** 》は、明らかに「夕焼け **заката**」の語尾《 **-а** 》に対応している。原文では他の詩行においても語尾だけは共鳴しており、こういう近似している音の連想から詩が生成されている様子が窺い知れる。

また、『長詩『ミハイル家』のスケッチ』（一九二五年）にも音声のザーウミとは異なるザーウミが出現する。「ミハイルⅡ世」と題された章から抜粋しよう。

ときどきこわかった
周りを見るのが
エレミヤの上に立てられていたのは
石
ヤーフェル
それはフロックコートで馬っこを
こわヤーフェルト——　(1, 27)

はっきりと文意を察知するのは難しいとはいえ、『セーク』に比べれば、手がかりが皆無というわけではない。音声のザーウミ「ヤーフェル яфер」でさえ、旧約聖書のノアの息子「ヤフェト Яфет」ないし「ヤフェト理論 яфетическая теория」を連想させる。[61] しかし、いま注目したいのは最後の「こわヤーフェルト забояферт」である。これは一行目の「こわい боязно」と「ヤーフェル яфер」を重奏させたザーウミと考えることができる。これら二つの音響が「こわヤーフェルト забояферт」として共振するのだ。「こわヤーフェルト забояферт」には既知の単語が編みこまれているため、これも形態素のあるザーウミの一種と見てよいだろう。その意味はかすかに仄めかされているものの、確定することができない。この単語の音声から聞きとれるのは、別の単語の残響にすぎないのだ。

初期ハルムスの詩的テキストは、こうして音が新たな音を呼びおこし、新造語を次々と生成してゆく音響装置になっている。そこではしばしば言葉の意味は曖昧にぼかされ、音だけがこだましている。音重視の創作法は、ジャッカールがいうように、正確な意味を欠いた単語を存立させるにとどまらず、その存在を不可欠なものにしてしまうのである。[62]

音声のザーウミや形態素のあるザーウミといった手法がのちにハルムスのテキストの支配的な要素であることをやめたときでさえ、音を重視する傾向は維持され、言葉は意味の縛めから自由でありつづけるだろう。こうした彼の詩的感性は、もともと自らに備わっていた素質をもとに、音韻音楽を目指したトゥファーノフからの影響を受けて醸成されたものだといえる。

ところで、『馬丁たちが大地を発明したそうだ』も『長詩『ミハイル家』のスケッチ』もやはり全ロシア詩人同盟レニングラード支部にハルムスが提出した詩作品である。これら一連の詩についてコブリンスキーは次のように記している。「詩人同盟に提出されたハルムス初期の詩は、何よりも発声すること、詩を音節／韻脚に分けて明瞭に発音することが目指されていた」[63]。

とりわけ『長詩『ミハイル家』のスケッチ』は一九二五年十月十六日の夕べでハルムス本人によって朗読されており[64]、その際立った声調はいかなる意味上の問題をも後景に押しやってしまうほどだったという[65]。一九二六年初頭まで自作の詩にしばしば強調符を付していたことも、彼がアクセント＝音声にこだわって朗誦していたことを伝えている。

そのことをさらに裏付けてくれるのが、同詩の第一章「ミハイルI世」の最後の二行だ。ここではすべての母音字に強調符が打たれ、文字は分離し、単語が解体されているため、音が意味を凌駕している。「き・ょ・う・は・し・な・い・と／さ・い・し・ん・の・シ・ョ・べ・ル・ま・で　а́ се́ го́д ня́ на́ до́ во́т ка́к / до́ по́с ле́д ня́ го́ ко́в ша́」。

「音のザーウミ」と総称されるべき音声のザーウミと形態素のあるザーウミは、ハルムスのテキストのうえに長いあいだ留まりつづけるものの、やがて少しずつ姿を消してゆく。[66] 代わりに、その下から新しいものが露わになってくる。意味の地層である。一九二六年に書かれた『鉄道での出来事』第一連を引用し、それを確認してみよう。

いつだったかお婆さんが振ったら
すぐさま汽車が
子供たちに与えて言った
お粥と衣装箱を飲みなさい。
朝になると子どもたちは戻っていった。
子どもたちは柵のうえに腰かけて
言った。黒毛の馬
こき使われたりしないぞ
マーシャもそんなじゃない
お好きなようにもしかすると
ぼくらは砂だって舐める

空が表現したこと。
駅に這い降りてください
こんちは　こんちは　グルジア（1, 57）

沼野充義はこの詩を「断片の集積」または「世界のモザイク」と評している。[67] 彼によれば、この詩にはハルムスが生涯にわたって描きだしていた作品世界の特徴——非論理性と断片性——が「みごとに呈示されている」という。一九八〇年というかなり早い時期に発表された批評にもかかわらず、その指摘は的を射ている。実際、断片性をキーワードにすれば、『鉄道での出来事』を後期ハルムスの創作の先駆けと受けとることも可能だろう。

しかしながら、最初期の詩を読んできたわれわれにとって、この詩から真っ先に受ける印象は、むしろ意味の充溢にちがいない。ここにはもはや音声のザーウミや形態素のあるザーウミは見当たらず、なるほど断片的であるとはいえ、既存の単語からなる一行一行は文意の推測を可能にしている。最初期のハルムスの詩からは、どんな出来事が起きているのかを読みとることさえほぼ不可能だったのにたいし、この詩は少なくとも「鉄道旅行に題材をとったと思われる詩[68]」と判断することができるのだ。

ハルムスの詩は一九二六年頃より徐々に有意味性が強まる傾向にある。たとえば同年十月に書かれた詩にたいして、コブリンスキーは次のように述べている。「以前のハルムスの作品よりも意味の構築がはるかに複雑で興味をそそるものになっている。ザーウミ的なテキストの合間にかなりはっきりとプロットと登場人物が描かれている[69]」。同年十一月九日、ハルムスは手帖にこう記した。「どうしたらいい！　どうしたらいい！　どうやって書いたらいい？　意味がぼくのなかで大きくなっている。それが要請されているのが分かる。でも意味は必要なんだろうか？」(5, 94)。事実、ハルムスの創作に変化が生じるのは――新造語に覆われていた詩から意味の地層が露頭しはじめるのは――この年の半ば以降のことである。

トゥファーノフとの関係に亀裂が生じだすのは、これより少し前のことだ。一九二五年十一月、「ザーウミ派結社」は「左翼」へと名称変更されている。当時の議事録によれば、このとき新たに組織に加盟したボリス・チョールヌイ（一九〇四～？）とヴヴェジェンスキーがトゥファーノフの提案した新しい名称を拒絶したという。[70]結果、ヴヴェジェンスキーとハルムスの提案した「左翼」が採用された。[71]この議事録にはトゥファーノフとその弟子たちとのあいだに漂う不穏な空気が明確に言語化されている。

「左翼」グループにおいては、「ザーウミ派結社」に特徴的だった中央集権的性格からの脱却が図られていた。「左翼」の報告メモによれば、「組織の綱領はジンテーゼではなく、個々のメンバーの綱領の総和である」という。[72]「ザーウミ派結社」においては、トゥファーノフが弟子たちを指揮し自らの詩学を彼らに植えつけようとしていたのにたいして、「左翼」ではメンバー個々の詩学を尊重することが目標に据えられているのだ。この転換の裏には、弟子たちのトゥファーノフへの反発が隠されているだろう。

しかし、実際には「左翼」は厳格な規律でもってメンバーを縛りつけていた。集会にたいする不真面目な態度へは一時的な除名措置がとられるよう決議され、また定例会議への欠席理由を次の会議で説明させるなど、規律は非常に厳しい様子であったことが窺われる。[73] 個々の主義主張を尊重することを謳いながら、その実トゥファーノフはメンバーたちに自由を許さなかった。師を頂点とするヒエラルキーが形成されていたのである。

ヴヴェジェンスキーら若いメンバーと師とのあいだの溝の深まりは、次の事件で決定的になったと推察される。トゥファーノフと彼に次いで年長だったマルコフ（一九〇〇～一九八二?）がヴヴェジェンスキーの詩を出版する提案に反対したのだ。この事件は、「左翼」時代にトゥファーノフとヴヴェジェンスキーとのあいだで口論があったというバーフテレフの回想とも符合する。[74]

一九二六年一月二十七日、ヴヴェジェンスキーとヴィギリャンスキーの友人二人とともに、ハルムスはついに「左翼」から脱退、「左翼」自体も消滅することになる。もっとも、自身の手帖に記しているように、ハルムスは「左翼」解体後もトゥファーノフやマルコフとの交友をつづけており（5, 69; 70; 79; 81）、トゥファーノフとの関係はそれほど悪化していない。脱退したメンバーで新たな文学グループを組織しようとした際には、師の勧誘を計画していたほどだ。ヴヴェジェンスキーとザボロツキーの反対にあって撤回されてしまうとはいえ、[75] その立案はハルムスがトゥファーノフと激しく敵対していたわけではないことを示している。前述したように、ザボロツキーがオベリウ宣言に書いた「ザーウミ以上にわれわれに敵対している流派はない」という文言がトゥファーノフへの反発を暗に秘めていたとしても、そこにハルムスの意向が介在していると主張することはできないのだ。

そののちハルムスらは国立芸術史研究所の演劇科に所属する学生たちの演劇グループ「ラジクス」と合流し、[76] 一九二七年三月には「左翼的古典作家アカデミー」と名乗りはじめる。これが「オベリウ」の母体である。

意味のザーウミ

　音声のザーウミや形態素のあるザーウミといった、比較的純粋で典型的なザーウミがハルムスのテキストにおいて主役の座を降りたとしても、彼が詩の音声的側面を重視することをやめたとみなすのは、いかにも早計である。

過剰な共鳴

　詩を書きはじめた当初から持ちつづけてきた音への強い執心が彼から失われていないことは、多くの詩作品に残る**執拗なほどの音の共鳴**や**強引ともよべる脚韻**が示している。前者についていえば、たとえば一九二六年から一九二七年初頭にかけて執筆されたと推定される『共産主義者ピョートル・ヤーシキンの詩』の次の一節で、ハルムスは数種の音のこだまを響かせている。以下、本文では、音の構築が意味の構築を凌駕している点を重視して意訳し、直訳が必要なときは注のなかに示すことにする。

на последнее сраженье
мы бежали как сажени
как сажени мы бежали

！пропадай кому не жаль！
最後に攻める
何メートルも足早める
足早める何メートルも
！うせろ　何もめとる！[77]（1, 60-61）

ほとんど意味をなしていないこの一節において、音声面でまず特筆すべきは、同じ音や単語の反復だろう。それは二行目と三行目で顕著だ。また、興味深いことに、三行目の**《мы бежали》**（my bezhali）と四行目の**《кому не жаль》**（komu ne zhal'）は厳密にいえば韻を踏んでいないにもかかわらず（ただし近似的脚韻とみなせる）、ほとんど合成韻を思わせる調べで、類似した音を含む言葉（**《мы》**と**《кому》**、および**《бежали》**と**《не жаль》**）を共鳴させている。**《кому》**は二・三行目でくり返される**《как》**の/k/の音とも照応しているはずだ。似た音をこれほど重ねれば、詩は語呂合わせに転じて滑稽な効果を生みはじめるものだが、ハルムスはそうなることを厭わない。音声を第一義に考えるのである。

強引な脚韻

単語が力づくで押韻されてしまう例として、ロシア・アヴァンギャルドを代表する画家マレーヴィチに捧げられた劇詩『誘惑』（一九二七年二月八日）を挙げよう。

Полковник ручкой помахал
и вышел зубом скрежеща
как дым выходит из прыща.
大佐はお手々を振った
そして歯ぎしりしながら出ていった
煙がニキビから出ていくように。（1, 69）

二行目と三行目それぞれの末尾が押韻している。しかし「ニキビ **прыща**」（pryscha）という単語はあたかも「歯ぎしりする **скрежеща**」（ckrezhescha）という単語と韻を踏ませるためだけに選択されたように思われる。なぜなら、文脈が完全に無視されており、語義はその音の支配下に置かれているからだ。別の詩も見てみよう。

乳母「ああ神様！　でも秩序は一体どこにあるんですか？
あんなに褒められていた規律はどこに？」
消防隊長「あんたのペーチャはお隣だ
ツェッペリン号のところで寝ているよ」（1, 72）

『火事』（一九二七年二月二十日）という詩の一節である。「秩序 **порядок**」（porjadok）と「隣 **рядом**」（rjadom）という同じ音をふくむ単語が呼応しているほか、「規律 **дисциплина**」（distsiplina）と「ツェッペリン号 **цеппелина**」（tseppelina）が韻を踏んでいるのが分かる。だが、火事に巻きこまれ部屋にとり残されていたはずの子ども（ペーチャ）が飛行船（ツェッペリン号）のもとにいるという設定はあまりに突飛で、唐突すぎる。「規律」と押韻させるために——この場合はむしろ語呂合わせといったほうが適切だが——「ツェッペリン号」という単語が無理矢理ここに嵌めこまれたと考えるのが妥当だろう。

ただし、この詩の途中でペーチャは「風船のように割れてしまう」、または「幽霊みたいに飛んでいく」といわれており、「飛行」のモチーフと絡めて描写されている。これらの比喩が彼の「焼死してしまった」事実をも仄めかしているとすれば、墜落事故の多発していたことが有名なツェッペリン号のもとで彼が寝ているという報告には、意味深長な暗示が込められているとみなすことができる。たしかに「ツェッペリン号」の出現は突飛すぎるとはいえ、脚韻を優先した結果生じた不可解な場面が、詩のモチーフ（飛行）と連動してひとつのテーマとさえ呼べるものを構成している点で、『火事』はこの時期のハルムスの詩として、古典的な意味での芸術的完成度が高いといえる。

意味のザーウミ

初期ハルムスの詩においては、近似している音を互いに共鳴させることが何よりも優先されている。しかしそのために、単語と単語をあたりまえに並べれば成立するはずの通常の意味の関係がないがしろにされてしまう。テリョーヒナが指摘するように、一九二〇年代半ばのハルムスの詩作で実践されているのは、「あるフレーズにおける単語と単語のあいだにある意味上の繋がりを破壊すること」なのだ。[78]

それにもかかわらず、『誘惑』や『火事』といった詩に臨むと、最初期のものに比べて意味の地平が開けているように見えるのは、意味の領野を展望するための眼を遮蔽していた鎧戸――すなわち音のザーウミ――が取り払われたからだ。それはちょうど、暗室に反響する音の調べだけに耳傾けていたところに、突然光が射しこみ、様々な色の斑点が眼前に踊りだしたのに似ている。人はその色がなにを形作りなにを表現しているのかを理解することはできないものの、それが赤・青・黄色に輝いて、瞬間的にどこか見覚えのあるかたちを壁に映してはすぐほどけてゆくのを、部屋にこだましつづける音を聴きながら観察することになるだろう。

全体として何を伝えているのかは漠として分からないとしても、既存の単語ひとつひとつは意味をとることができる。理解を超えているという点では、最初期の詩も一九二六年半ば以降の詩も同様だとはいえ、その超‐理知の様相ががらりと変わったのだ。単語と単語を並べれば通常構築されるはずの意味を破壊して産み落とされた、この新しいタイプの超‐理知こそ、「意味のザーウミ」である。本章の最初に書いたように、ヤネーチェクは言語的なレベルでは捉えきれないザーウミを「超シンタクス的ザーウミ」と呼んだ。それは不条理、パロディ、ユーモア、自動記述、シュルレアリスムといった現象としてあらわれ、そこでは「意味がますます重要な役割を演じてゆく」という。こうした「超シンタクス的ザーウミ」が「意味のザーウミ」なのだ。「ドゥリープ　ジュリープ　ボーブー」のような音のザーウミにたいし、「お粥と衣装箱を飲みなさい」(『鉄道での出来事』)のような詩句を意味のザーウミの典型とみなすことができるだろう。

ところで、この「意味のザーウミ」という言葉は、ときどき別の用語に置き換えられることがある。たとえば「意味のズドヴィーク」だ。[79] ジャッカールはハルムスの詩的テキストにおける「シンタクスの誤り、モチーフのもつれ、あるいは単語と単語のあいだにある通常の関係の逸脱」を「シンタクスのズドヴィーク・意味のズドヴィーク」と換言しているが、われわれの文脈でいえば、これは「意味のザーウミ」のことだ。ズドヴィークという手法はザーウミと並びハルムスの詩学において重要な位置を占めているので、これを切り口にしながらハルムスの手法をさらに細かく分析してゆこう。

3 手法の分析

ズドヴィーク

詩におけるズドヴィークはクルチョーヌィフの発展させた手法／概念である。[80] たとえば、『ロシア詩におけるズドヴィーク学』や『五〇〇におよぶプーシキンの新たな洒落と語呂合わせ』のなかで、彼はズドヴィークを分類、分析、実践している。その最も基本的な手法である「音のズドヴィーク」は、次のように定義される。

二つの音（音素）または音の単位としての二つの単語を、一つの音の斑点に融合させることを、音のズドヴィークと呼ぼう。[81]

たとえば、「優しい声 голос нежный」はズドヴィークによって「雪のゴロ голо снежный」という不可解な言葉に変容させられる。「声 голос」の語末にある«с»の文字を「優しい нежный」の語頭に接合させて「雪の снежный」という新しい単語を創出することで、もともとの意味を解体するのだ。これは既製品（レディ・メイド）ならぬ既製詩にたいし読み手がおこなう操作であり、新たな読みの提案である。読む技術といってもよい。もちろん、このようにズドヴィークされることを念頭に、あるいはすでにズドヴィークされてしまったと仮定して、詩を書くこともできる。

クルチョーヌィフはさらに「イメージのズドヴィーク」や「シンタクスのズドヴィーク」、「コンポジションのズドヴィーク」、「プロットのズドヴィーク」、そして「意味をずらすズドヴィーク」など多くの種類を挙げて、それらの用例を紹介している。このうちハルムスの詩作にもしばしば見られる[82]、イメージ・シンタクス・意味それぞれのレベルにおけるズドヴィークについて、できるだけ簡潔に説明してみよう。

1　イメージのズドヴィーク…予期せぬイメージ、偶然得られたイメージの結合。たとえば、「妊娠した男」といった語結合がこれに相当する。

2　シンタクスのズドヴィーク…格・性・数の不一致や、しかるべき品詞の欠如など、文法やシンタクスにかかわる規則の違反。たとえば、「階段よじのぼる лезу лестницу」といった、しかるべき前置詞《на》が欠如しているフレーズまたは文がこれに相当する。

3　意味をずらすズドヴィーク…意味の二重性、語呂合わせ、行間読み、パラレルな意味、シンボルなど、複数の意味を一箇所に込めること。たとえば、「自然の美しい景観で／口のなかが一杯だ полон рот / красот природ」(polon rot / krasot prirot) のような、《от/од》(ot) という同じ音を共有しながらも意味のまったく異なる単語を用いた語呂合わせがこれに相当する。

いずれにせよ、ズドヴィークは二つ以上の音、イメージ、単語、意味を前提とし、それらを癒着させたり、本来あるべき位置からずらし別の位置へ移動させたりすることで、今まで隠れていた音、イメージ、単語、意味を裸出させる手法である。また、一種類のズドヴィークが単独で出現することは稀で、違う種類のものを伴うことがままある。

さて、クルチョーヌィフのいうこの「意味をずらすズドヴィーク смысловой сдвиг」とジャッカールのいう「意味のズドヴィーク семантический сдвиг」が別物だということには注意しておかねばならない。前者が語義を複数化する操作、つまるところ語呂合わせに近い手法／概念を指しているのにたいし、後者は既存の単語を用い、既存の文法に則って、理知を超えた意味内容を構築することを指す用語だからだ。

ここでジャッカールが言及している意味のズドヴィークとは、クルチョーヌィフの用語でいえば、イメージのズドヴィークのことだと思ってよい。これこそ、われわれの定義した意味のザーウミに相当する。[83] もっとも、この未来派詩人は「意味のずらされるズドヴィーク сдвиг смысла」という用語も使用している。これは、見かけ上はイメージのズドヴィークと同じ現象を指しているものの、そこには音を志向したゆえに意味がずらされてしまうという含意がおそらくある。このように、クルチョーヌィフはズドヴィークという手法をとめどなく細分化してゆく。その説明はやや混乱を来しており、それらを截然と区別することは難しい。

一方で、ジャッカールの「意味のズドヴィーク」という用語には、「理知のむこう за ум（ザ ウーム）」という概念が忠実に反映されていない。そこで本書では、「意味のザーウミ」という用語に統一することにする。

意味のザーウミを作る技術

慣習的な語結合を逸脱した意味のザーウミが生じている事例を具体的に検討してゆきたい。音へのこだわりが奇怪な意味を生成してゆく様子はすでに見てきたが、ここではそれ以外にも、ズドヴィークを中心とする様々な手法を用いてハルムスが意味の領域におよぶ実験をしているところを観察してゆこう。意味のザーウミを編みだす手法として、これから説明する五つのタイプをその代表的なものに数えることができる。

音のズドヴィーク

ハルムスは典型的な音のズドヴィークをしばしば用いる。クルチョーヌィフはこの手法をズドヴィーク韻と呼んでいるが、一般的な詩学においては合成韻と称される。押韻する部分が二つの単語にまたがっている脚韻のことだ。

Задовали ножи тона
бежит она.
ナイフは知った
彼女走った。[84]（4, 155）

これは一九二六年五月にメモ書きされていたものであり、習作と思しいが、典型的な音のズドヴィークである。**«ножи тона»**（nozhi tona）と**«бежит она»**（bezhit ona）のあいだでズドヴィーク韻（合成韻）が生じている。«т»の文字が前後にずらされる＝ズドヴィークされることで、語呂合わせのような効果が生まれている。音のズドヴィークによって、ひとつの音／単語（**«тона»**）から、そこに含まれていた別の音／単語が分泌されてくるわけだ（**«она»**）。

ここで「ナイフは知った」と訳した詩句は、直訳すると「ナイフは範を垂れた」になる。音が意味を生成してゆく現場をできるだけ忠実に日本語に移植するために意訳した。「ナイフは知った」にせよ「ナイフは範を垂れた」にせよ、文法的には正しいとはいえ、慣習的な意味からは逸脱している。

これこそ意味のザーウミにほかならない。ズドヴィーク韻が意味のザーウミをもたらしたのである。

ちなみに、«Задовали»は«Задавали»の「誤り」である。コブリンスキーはこうした綴りの誤りを「正書法のズドヴィーク」と呼んでいる。[85] ハルムスによく見られるタイプのズドヴィークだ。別の例も引いてみよう。

正書法のズドヴィーク

наши очи опустели
мох казался нам постелью
ぼくらの眼（まなこ）はうつろになった
苔がベッドのように思えた（I, 60）

一行目の「うつろになった**опустели**」と二行目の「ベッド**постелью**」とが韻（近似的脚韻）を踏んでいるが、「うつろになった**опустели**」のかわりに「伏せた**опустили**」と表現したほうが、より自然な言い回しといえるだろう（「眼を伏せた」）。そう考えることができるのは、ハルムスの詩においては、しばしば«и»（i）と«е»（e）、«а»（a）と«о»（o）といった母音字が入れ替わるからだ。この交替を単なる書き間違いとみなすことも可能だが、「ベッド**постелью**」（postel'yu）の音により接近させるために、「伏せた**опустили**」（opustili）ではなく「うつろになった**опустели**」 (opusteli) のほうをハルムスがあえて選択したと見るほうが、当時の彼の音声への執着を勘案すれば、説得力がある。時代は下るものの、『ガリーナ・ニコラーエヴナ・レーマン＝ソコローワに』（一九三〇年）という次の詩の一節では、詩人が滑稽な効果を狙っている蓋然性が一層高い。

На коньках с тобой Галина
на котке поедем мы
ガリーナと君はスケート靴をはいて
ぼくらは猫をはいて走る。（1, 112）

「猫 котке」は本来「スケート場 катке」になるはずだろう。たったひとつの母音字の交替が、こうして非常に馬鹿げたイメージを胎生してしまう。正書法のズドヴィークによって、ひとつの単語／意味の背後に別の単語／意味が浮かびあがってくるのだ。いわば意味が多重化されるのである。

また、子音字を脱落させることで同じ効果を狙ったものもある。しかも詩人は意図的にこの操作をおこなっている。一九二六年元日に書かれた詩句「大声の頭巾を громкую кичку」がそれだ。「頭巾 кичку」(kichku) は中世ロシアの晴れ着用の被り物を意味するやや特殊な用語でもあり、（大音声の）「雄叫びを клик/клич」(klik/klich) や（大仰な）「あだ名を кличку」(klichku) の書き間違いにみえるが、そうではない。ハルムスは欄外の自注でこれが「あだ名」ではないことを強調し、おのが手法を露呈させているからだ。

規範的な言い回し（「大仰なあだ名を」）を透かし模様のようにみせながら、いわば羊皮紙（パランプセスト）の消えない染みとして残しつつ、尋常ではない言葉（「大声の頭巾を」）をそのうえに書きつけているのである。正書法のズドヴィークはこうして意味のザーウミを作りだす。

シンタクスのズドヴィーク

シンタクスの破壊によって意味のザーウミが生じることもある。先述した『鉄道での出来事』（一九二六年）から冒頭を引こう。

いつだったかお婆さんが振ったら
すぐさま汽車が
子供たちに与えて言った（1, 57）

「振った **махнула**」と訳した動詞は、本来なら目的語を要求するはずだが（たとえば「手を振った **махнула рукой**」）、ここではそれが欠落している。また、「与えて **подал**」と訳した動詞にもやはり目的語がない。この破格の構文によって、詩の内容がかなり不透明になっている。同じ詩から、別の例を見てみよう。

マーシャもそんなじゃない

お好きなようにもしかすると
ぼくらは砂 писочек だって舐める
空が表現したこと。

まず目につくのは、適切な句読点が失われていることだ。その結果、一文の範囲が曖昧化している。それに加え、副詞句や名詞句が断片的に配置されており、それがどの語句にかかるのかが明確ではないことも、内容の不透明さに一役買っている。このように、文法規則の違反や曖昧な構文は単語と単語のあいだを結ぶはずの意味上のつながりを壊乱するのだ。

また、本来は「砂 песочек」と綴られるべき名詞において、《е》が《и》の文字と交替していることも付記しておこう。前項で述べたように、これは正書法のズドヴィークに相当する。

脚韻と共鳴

ハルムスの詩においては、押韻や音の共鳴を最優先した結果、不可解なイメージが誕生することがある。単語同士の思いがけない出会いによって生まれたそういう常ならざるイメージこそ、意味のザーウミの大きな特徴だ。

物憂げな夢はまるでグライダー
長い腕はまるでバインダー[86]（1, 59）

一九二六年に書かれた詩『吝嗇』からの抜粋である。「まるでグライダー **как перелёт**」(kak perelyot) と「まるでバインダー **как переплёт**」(kak pereplyot) が過剰なほど押韻している。ここで「グライダー перелёт」と訳した単語は、正確にいえば「遠距離飛行」の、「バインダー переплёт」と訳した単語は「装幀」の意味だが、原詩における豊かな脚韻をとり逃さないように、[87] 意訳した。いずれにしろ突飛な比喩だといえるだろう。だが、次の詩はより異常な世界を現出させている。

Блестели дрожжи.
Прутик робко рыл песок.
Ай на дыбы становилася матрешка
Ай за корой соловей пересох.
馬車は輝いていた。
細枝はこわごわ砂を掘っていた。
あっ　マトリョーシカが直立していた
あっ　樹皮の裏でナイチンゲールが干乾びてしまった。(1, 74)

一九二七年の詩からの抜粋である。「馬車 **дрожжи**」(droshki) と「マトリョーシカ мат**решка**」(matryoshka) が響きあい、「砂 **песок**」(pesok) と「干乾びてしまった **пересох**」(peresokh) が共鳴

しているのは明らかだ。ある単語に別の単語を呼応させることが優先されているため、語義と語義とのつながりはおよそ慣習的なものではなくなり、奇怪な世界が立ち現れている。

規範の破壊

音声に動機づけられずとも意味のザーウミは生じうる。その場合、意味のザーウミはもっぱら常識や規範を破壊することを目指している。たとえば、前出の『誘惑』(一九二七年)という劇詩には、「麻薬タバコから肩を脱ぎ捨てよう」という意味のザーウミがあるが、その前後にこれと音の照応している詩句はみられない。もっとも、その数行前に「剝きだしの肩からシャツを脱ぎ捨てなさい」という詩行があり、これを踏まえてなされた表現と推測できるため、単独で意味のザーウミが生じたわけではない。しかしながら、ここで常ならざる語結合を動機づけているのが、少なくとも脚韻や音の共鳴といった音声的側面でないことは確かだろう。正書法のズドヴィークを用いるときがそうであるように、ハルムスは定型的な表現やあたりまえの情景(肩からシャツを脱ぎ捨てる)を攪乱し、それを奇異なものに変質させているのだ。

先に引用した『鉄道での出来事』の一節「お粥と衣装箱を飲みなさい **пейте кашу и сундук**」は典型的な意味のザーウミであり、かつ何物にも動機づけられていない。衣装箱は無論のこと、お粥でさえ「飲む」という単語とは普通結合しない。ここでハルムスは、たとえば「コーヒーとジュースを飲みなさい **пейте кофе и сок**」といった日常的な表現を土台にして、それを構成する単語を別の文脈で使用される単語と置き換えることで、グロテスクな光景を立ちあげたのだ。

ハルムスは規範を破壊する。音を移動させ、母音字を入れ替え、子音字を脱落させ、必要な品詞を省き、音を揃える。日常的に見慣れ、固定化している表現・文法に少し（だが的確に）手を加えてやるだけで、このほとんど手品のような早業のうちに、思いがけない意味の地平をハルムスは開示してみせる。新規にこしらえた道具（新造語＝音のザーウミ）を用いず、既成の言葉の成分を組み替えるだけで（意味のザーウミ）、彼は新しい意味を——たとえそれが理知を超えた意味であったとしても——召喚することに成功しているのである。

4　意味の地層

オベリウ以前のハルムスの詩について、その特徴の変化を「音のザーウミから意味のザーウミへ」と定式化することができる。ハルムス最初期の詩に目立っていた音のザーウミは、次第に彼の詩から姿を消してゆく。それにかわり顕著になったのが、意味のザーウミである。それは音のズドヴィーク、正書法のズドヴィーク、シンタクスのズドヴィーク、そして共鳴などの手法を用いて達成されている。

ほとんどの場合、意味のザーウミは規範的な意味を格下げする。慣習的な言い回しをあえて隠さずに、むしろ露呈させたまま、それを滑稽で不可解なものに変えてしまう。まるでモナ・リザの顔に口髭を書き足すように。そうすることで、言語や価値観といったこの日常の基盤がいかに脆く、その表皮がいかに剝がれやすいかが誰の目にも示されるだろう。こうして日常を切開しはじめた亀裂の隙間から別の世界が垣間見えてくる。その世界こそ、「ザーウミ的な地平」と序章でわれわれが名づけたものにほかならない。

ところで、意味のザーウミの多くは、その詩にこだまする言葉の響きから発生してくる。つまり、ハルムスの詩からたとえ純粋な音のザーウミが減少していったとしても、彼が音声に抱いていた強いこだわりまで縮減したわけではないのである。

それと同時に、彼が最初から意味の領域にまるで無関心だったともいえない。たとえば、「ミハイルI世」（一九二五年）には次のような対句が存在していた。

по́яс утка́н
по́яс у́бран
腰は織りこまれる
腰は片づけられる（1, 26）

不適切な語結合、単語と単語をつなぐ通常の意味の結びつきの破壊、すなわち意味のザーウミがここにある。この手法は、全ロシア詩人同盟に提出されたハルムス最初期の詩のなかですでに用いられているのだ。ところが、音のザーウミという難解な新造語の数々が詩における意味の地層を落葉のように覆っていたため、新造語が後退するまでそれは露わにならなかったのである。

一九二〇年代後半から、ハルムスは音のザーウミの助けを借りずに、「理知のむこう」に広がる地平を目指してゆくことになるだろう。

1　［*Заболоцкий Н. и др.*］ ОБЭРИУ // Афиши Дома печати. 1928. № .2. С. 11 (цит. по: Случаи и вещи. С. 164).「オベリウーの宣言」（貝澤哉訳）『ロシア・アヴァンギャルド5　ポエジア　言葉の復活』国書刊行会、一九九五年、二二八頁。

2　*Jaccard Jean Philippe, Устинов Андрей.* Заумник Даниил Хармс: Начало пути // Wiener Slawistischer Almanach. 1991. Bd. 27. С. 164-165.

3　*Жаккар.* Даниил Хармс и конец русского авангарда. С. 196-197.

4　*Бахтерев И.* Когда мы были молодыми // Воспоминания о Н.Заболоцком / Сост. Е. В. Заболоцкая, А. В. Македонов, Н. Н. Заболоцкий. М., 1984. С. 88. なおレーヴィンとバーフテレフは「オベリウの演劇」、ラズモフスキーは「新たな映画への道で」という項目を担当した。

5　*Jaccard, Устинов.* Заумник Даниил Хармс. С. 164.

6　*Введенский А.* Полное собрание произведений. В 2 тт. Т. 2. М., 1993. С. 174-176.

7　広く西欧のアヴァンギャルド運動全体についていえば、近代の生んだヒューマニズム、あるいは理性を備えた個人としての「人間」の否定がその運動の推進力になったとされる。アヴァンギャルドの反ヒューマニズム運動としての側面については、次の文献を参照せよ。マテイ・カリネスク（富山英俊・梅正行訳）『モダンの五つの顔』せりか書房、一九八九年、一七七〜八七頁。

8　この点に関しては多くの先行研究があるが、とりわけ次の著書は、ロシア未来派を代表する画家マチューシンの知覚方法に両人が与えた影響を深く掘りさげ、ロシア・アヴァンギャルドにおける直観の重要性を論証しており、非常に有益である。*Тильберг М.* Цветная вселенная:

Михаил Матюшин об искусстве и зрении / Пер. Д. Духавиной, М. Ярош. М., 2008. なおマチューシンからオベリウ派への影響については、同書二九一～九二頁を参照せよ。

9　『ザーウミ』の著者ヤネーチェクは直観をザーウミの重要な源泉のひとつに挙げている。Gerald Janecek, *Zaum: The Transrational Poetry of Russian Futurism* (San Diego and California: San Diego State UP, 1996), p. 37-45.

10　Ibid., p. 1. ヤネーチェクのザーウミ論の重心は、意味の不確定性にある。彼によれば、ザーウミは決して無意味と同義ではない。本書もそれに同意する。ザーウミが理知を超えるものである以上、それは無意味にみえるものの、合理的知では把握できないというに過ぎず、無意味とはいえないからだ。

11　ヤネーチェクは音・形態素・シンタクスそれぞれのレベルのザーウミの総称を提示していないので、新しい用語を導入する必要がある。

12　*Ханзен-Лёве Оге А.* Русский формализм / Пер. С.А. Ромашко. М., 2001. С. 94.

13　*Крученых А. Е.* Помада. М., 1913 (цит. по: *Крученых А. Е.* Избранное. München, 1973. С. 55).

14　Janecek, Zaum, p. 5. ヤネーチェクは具体例を示していないので、不条理劇を代表するイヨネスコ『禿の女歌手』からひとつ挙げておこう。「もしご主人のお棺をくれるなら、義母のスリッパを差し上げますわ」。イヨネスコ「禿の女歌手」『ベスト・オブ・イヨネスコ　授業　犀』三六頁。ここでは既知の単語が既存の文法に則って使用されているものの、いやそれゆえに、その単語の不適切な使用が不可解な内容を惹起している。こうした不条理性は「禿の女歌手」という題名そのものに端的にあらわれているといえる。

15　*Крученых А. Е.* Фонетика театра. М., 1923. С. 40.

16　*Крученых А. Е.* Сдвигология русского стиха. М., 1922. С. 18-24 (цит. по: *Крученых А. Е.*

Кукиш прошлякам. М.-Таллинн. 1992. С. 50-56). 本来「ズレ」を意味するズドヴィークはザーウミと相補的なロシア未来派の手法／概念であり、しばしばザーウミを生成させるための実践的な手法となる。詳しくは、本章第三節を見よ。

17　*Шкловский В. Б.* Искусство как прием // Гамбургский счет: Статьи – воспоминания – эссе (1914-1933). М., 1990. С. 61. ヴィクトル・シクロフスキー（水野忠夫訳）「方法としての芸術」『散文の理論』せりか書房、一九八二年、一〇頁。

18　*Терехина В. Н.* Русский футуризм: Становление и своеобразие // Авангард в культуре XX века (1900-1930 гг.): Теория. История. Поэтика / Под ред. Ю. Н. Гирина. Кн.2. М., 2010. С. 191.

19　*Крученых.* Сдвигология русского стиха. С. 35.

20　Там же.

21　ここで試みられているのは、プーシキンの詩句を前後の詩句と結合／切断することで、彼が意識していなかったはずの（しばしば下品な）意味の層を露わにし、その詩を格下げすることである。*Крученых А. Е.* 500 новых острот и каламбуров Пушкина. М., 1924 (переизд: *Крученых.* Избранное. С. 279-339).

22　シュルレアリスム運動の先導者アンドレ・ブルトンは「シュルレアリスム宣言」（一九二四年）において、これを次のように定義している。「心の純粋な自動現象（中略）。理性によって行使されるどんな統制もなく、美学上ないし道徳上のどんな気づかいからもはなれた思考の書きとり」。アンドレ・ブルトン（巖谷國士訳）『シュルレアリスム宣言・溶ける魚』岩波文庫、一九九二年、四六頁。同じ宣言のなかでフロイトが言及されていることからも明らかなように、シュルレアリストたちは理性も意識もおよばない無意識や夢の領域の「書きとり」に専念した。

23　*Чагин А.* Россия // Энциклопедический словарь сюрреализма / Под отв. ред. и сост. Т. В.

Балашовой, Е. Д. Гальцовой. М., 2007. С. 425. なお、チフリス・グループの一人テレンチエフもまた、フロイト主義や無意識への関心と、自動記述を思わせるその詩作において、シュルレアリスムと比較される。*Никольская Т. Л.* Игорь Терентьев – поэт и теоретик «Компании 41°» // Авангард и окрестности. СПб., 2002. С. 56.

24　*Нильвич Л.* Реакционное жонглерство // Смена. 1930. № 81 (републ.: *Введенский.* Полное собрание произведений. Т. 2. С. 152-154).

25　『ノンセンス大全』の著者・高橋康也は、出鱈目なものを「ナンセンス」と呼び、旧い意味を破壊し新しい意味を創造する機能をもった「ノンセンス」と峻別した。本書でも、原則としてこの区別を踏襲する。高橋康也『ノンセンス大全』晶文社、一九七七年、一六頁。

26　*Зелинский К. Л.* Поэзия как смысл: Книга о конструктивизме. М., 2015. С. 235-238.

27　トゥイニャーノフの用語「テキストの等価物」について詳しくは、次の文献を見よ。ユーリー・トゥイニャーノフ（水野忠夫、大西祥子訳）『詩的言語とはなにか』せりか書房、一九八五年、三〇〜四〇頁。

28　『ハルムス全集』第一巻の巻頭には、一九二二年と日付の入った短詩が掲載されているものの、この詩がハルムスのオリジナルでないことはすでに証明されており、第四巻に収録されている一九二四年の詩を彼の最初期の創作とみなすことができる。詳しくは、以下の論文を参照のこと。*Дмитренко А.* Мнимый Хармс // Авангард и идеология: Русские примеры / Под ред. С. Грубачича, К. Ичина. Белград. 2009. С. 488-491. また、一九二三年に彼が詩作を試みていた形跡はあるが、一行詩など、断片的なものしか残っていない。

29　「足を組みながら／ヴェリミールは坐っている。彼は生きている」という短詩である（1, 60）。

30　一九二五年十月九日、全ロシア詩人同盟に加盟するための申請書のなかで、所属している／していた文学組織を尋ねる問いにたいし、ハルムスは「ヴズィーリ・ザーウミ議長」と答えている。 Анкета, заполненная Д. Хармсом 9 октября 1925 г. при подаче заявления для вступления во Всероссийский Союз Поэтов // Театр. 1991. № 11. С. 53. 未来派詩人フレーブニコフが「地球議長」、その後継者たらんと欲したトゥファーノフが「ザーウミ地球議長」と名乗ったのを受けていることは明らかである。また、一九二六年の複数の詩に彼は自分の名前につづけて「ヴズィーリ・ザーウミ」と署名している。

31　本書でおこなわれる議論の理解に役立つ場合にかぎり、原文を引用する。以下同様。

32　*Jaccard, Устинов*. Заумник Даниил Хармс. С. 160.

33　*Двинятина Т. М., Крусанов А. В.* Переписка А. В. и М. В. Туфановых как историческое свидетельство 1920-1940-х годов // Письма ссыльного литератора: Переписка А. В. и М. В. Туфановых (1921-1942) / Сост., вступ. ст., подгот. текста и коммент Т. М. Двинятина, А. В. Крусанов. М., 2013. С. 8-9. トゥファーノフの伝記的事実に関しては、この本および同じ著者による次の論文を参照した。*Двинятина Т. М., Крусанов А. В.* Эстетика «Становления» А. В. Туфанова: Статьи и выступления конца 1910-х—начала 1920-х гг. // Ежегодник рукописного отдела Пушкинского Дома на 2003-2004 гг. СПб., 2007.

34　*Двинятина Т. М., Крусанов А. В.* К истории «Левого Фланга» Ленинградского Отделения Союза Поэтов // Русская литература. 2008. № 4. С. 149.

35　*Туфанов*. Заумный орден // Ушкуйники / Сост. Ж.-Ф. Жаккар, Т. Никольская. Berkeley. 1991. С. 177.

36　*Матюшин М.* Не искусство, а жизнь // Семиотика и авангард: Антология / Под общ. ред.

Ю.С. Степанова. М., 2006. С. 504. ミハイル・マチューシン「芸術ではなく、生を」（五十殿利治訳）『ロシア・アヴァンギャルド４　コンストルクツィア　構成主義の展開』国書刊行会、一九九一年、二九四頁。

37　*Матюшин М.* Закономерность изменяемости цветовых сочетаний. Справочник по цвету. М., 1932. С. 13 (переизд: *Тильберг.* Цветная вселенная. С. 427).

38　マチューシンは「後頭部で見る」ことを提案した。*Матюшин М.* Опыт художника новой меры // Семиотика и авангард. С. 502.

39　*Жаккар.* Даниил Хармс и конец русского авангарда. С. 48.

40　[Автор неизвестен] Вечер заумников // Введенский. Полное собрание произведений. Т. 2. С. 138.

41　*Туфанов.* Заумный орден. С. 176.

42　Там же. С. 178.

43　*Туфанов А.* Ритмика и метрика частушек при напевном строе // Ушкуйники. С. 131.

44　*Туфанов А.* К зауми. Фоническая музыка и функции согласных фонем. Пб., 1924. С. 9.

45　Там же. С. 12.　強調はトゥファーノフ。

46　Там же. С. 12-13.　翻訳はほぼ不可能であるため、代わりにトゥファーノフ自身によるラテン文字への転写版を付した。

47　Там же. С. 50-51.「言語音一覧表」は次のカタログで彩色復元された。Органика: Новая мера восприятия природы художниками русского авангарда 20 века. Выставка. Октябрь-Ноябрь 2001 года / Концепция выставки и сост. альбома-каталога, науч. ред. А. Повелихиной. СПб., 2001. С. 109.　彩色版を見ると、/s/ は黄色、/l/ はオレンジ色で、どちらも暖色系のグループに入って

いる。また、ともに柔らかな曲線で表現されている。この一覧表は日本語の書籍にも「資料」として転載されている。大石雅彦『彼我等位』水声社、二〇〇九年。

48　フレーブニコフの夢想したスラヴ諸語を語根とする世界語に関しては、次を参照のこと。亀山郁夫『甦るフレーブニコフ』平凡社、二〇〇九年、一七二頁。また、本書第二章第三節も参照せよ。

49　*Никольская Т. Л.* Заместитель председателя земного шара // Мир Велимира Хлебникова: Статьи. Исследования (1911-1998) / Сост. Вяч. Вс. Иванов, З. С. Паперный, А. Е. Парнис. М., 2000. С. 450.

50　*Двинятина, Крусанов.* Эстетика «Становления» А. В. Туфанова. С. 622. なお、トゥファーノフはフレーブニコフの名前「ヴェリミール Велимир」を「ヴェレミール Велемир」と表記した。

51　*Туфанов.* Заумный орден. С. 176. ヴィギリャンスキーのアパートは当時ザーウミ派の集会の場として利用されており、そこで催された文学の夕べのひとつでハルムスは盟友ヴヴェジェンスキーと出会った。

52　原文では新造語に強調符が打たれ、アクセントの位置が明示されている。

53　ザーウミの朗読は公式／非公式にウェブ上で聴くことができる。代表的なのは次のサイト。「Академия Зауми」[http://xn--80anq1a.xn--p1ai/?page_id=5] 二〇一六年一月二十五日閲覧。ちなみに、ダダの音声詩もこれとよく似ており、次のサイトで聴くことができる。「UBUWEB: SOUND」[http://www.ubu.com/sound/dada.html] 二〇一六年一月二十五日閲覧。どちらの場合も母音は印象深く（長く伸ばすなどして）発音され、子音は舌や唇を打楽器のように鳴らして音が出されている。

54　この点に関しては、アレクサンドロフによる詳細な分析がある。*Александров А.* Материалы Д. И. Хармса в рукописном отделе Пушкинского Дома // Ежегодник рукописного отдела Пушкинского Дома на 1978 год. Л., 1980. С. 69-70.

55　*Кобринский.* Даниил Хармс. С. 22; *Александров.* Чудодей (личность и творчество Даниила Хармса). С. 13.

56　ジャッカールは幾名もの同時代人の回想を引用してこのことを裏付けている。*Жаккар.* Даниил Хармс и конец русского авангарда. С. 20, 270.

57　*Крученых.* Помада. С. 55.

58　*Jaccard, Устинов.* Заумник Даниил Хармс. С. 163-164.　クルチョーヌイフからの影響については後述する。また次章第二節も参照せよ。

59　ちなみに「ヴェルトン」はフランスの地名、「フェニキア」は古代の地中海東岸の地名、「シェルダン」は人名と思われる。

60　Janecek, Zaum, p. 5.

61　ヤフェト理論は、ニコライ・マルが提唱した言語に関する新説（一九二三年）のこと。諸言語はいずれ単一の言語に帰結するという、フレーブニコフの世界語とも通じあう学説を彼は唱えた。その言語理論は日本でも多く紹介されているが、本書とのつながりが深いのは次の論考だろう。亀山郁夫「錯誤と逸脱の科学――ルイセンコとマル」『熱狂とユーフォリア』平凡社、二〇〇三年、八七～九三頁。また、トゥファーノフは一九二五年末頃に書かれたと思しき論文のなかで、マルの言語学に肯定的に言及している。*Туфанов.* Слово об искусстве // Ушкуйники. С. 182.

62　*Жаккар.* Даниил Хармс и конец русского авангарда. С. 46.

63　*Кобринский.* Даниил Хармс. С. 40.

64　この集会の日付はかつて一九二五年十月十七日とされていたが、正確には十月十六日だという。*Кукушкина Т. А.* Александр Введенский и Даниил Хармс в Ленинградском Союзе Поэтов и Ленинградском Союзе Писателей // Ежегодник рукописного отдела Пушкинского Дома на 2007-2008 гг. СПб., 2010. С. 550. この日は金曜日であり、詩人同盟レニングラード支部が「金曜会」で詩や文学の夕べを開催していたことと符合する。

65　*Кобринский.* Даниил Хармс. С. 41.

66　ただし、これらのザーウミが完全に消滅するわけではない。たとえば『報復』（一九三〇年）や『犬のブブブのこと』（一九三五年）といったテキストには音のザーウミが何度も用いられている。しかしその使用は動機づけられており、物語上の必然がある。詳しくは第三章を参照のこと。

67　沼野充義『永遠の一駅手前』二六五頁。

68　同前書。ちなみに『鉄道での出来事』はかなり正確な弱強格で書かれていることが目を惹くものの、脚韻はみられない。

69　*Кобринский.* Даниил Хармс. С. 55.

70　*Двинятина, Крусанов.* К истории «Левого Фланга». С. 153, 160.

71　*Бахтерев.* Когда мы были молодыми. С. 67. ハルムスは「左翼勢力の結集」を目指していた。一九一〇～二〇年代半ばにかけて、「左翼」という言葉はロシア未来派に連なるアヴァンギャルド芸術家を意味していた。一九二六年四月三日には、ハルムスはヴヴェジェンスキーと連名でパステルナークに宛て、「私たち二人がペトログラードで唯一の左翼詩人です」と手紙を書き送っている（4,72）。

72 *Двинятина, Крусанов*. К истории «Левого Фланга». С. 177.

73 Там же. С. 155, 163.

74 *Бахтерев*. Когда мы были молодыми. С. 67.

75 *Двинятина, Крусанов*. К истории «Левого Фланга». С. 156.

76 「ラジクス Радикс」とは、「radix 根っこ」と「radical ラディカル」を含意する造語だと思われる。「純粋劇」かつ「実験劇」を志向していた。

77 直訳すれば、「最後の戦で／何サージェンも走った／走った何サージェンも／！惜しくない奴は失せろ！」。ちなみに「サージェン」はロシアの長さの単位（二・一三四メートル）。

78 Терехина. Русский футуризм. С. 193.

79 *Жаккар*. Даниил Хармс и конец русского авангарда. С. 47.

80 ズドヴィークの辞書上の意味は「ズレ」だが、これは通常の語義をはるかに超えたロシア未来派独自の手法／概念であるため、本書ではこれを意訳せずに、「ズドヴィーク」とそのまま表記する。クルチョーヌィフは仲間の未来派詩人イリヤ・ズダネーヴィチの次のような言葉を紹介している。「ザーウミとズドヴィークという言葉は、いずれ市民権を得て、翻訳が不要になるだろう」。*Крученых*. Сдвигология русского стиха. С. 36. ファクトゥーラというもうひとつの用語をつけ加えてできるこれら三位一体の手法／概念は、クルチョーヌィフにとって、そしてすべての未来派詩人にとっても、決定的に重要な意義をもつ同等の手法／概念であった。したがって、ザーウミが翻訳されずに「ザーウミ」と表記されることがすでに通例になっている以上、本書でもズドヴィークを訳さずにこのまま用いたい。それが未来派の精神に適ったやり方でもあるだろう。

81 *Крученых*. Сдвигология русского стиха. С. 5. 太字強調はクルチョーヌィフ。

82　ハルムスはズドヴィークに高い関心をもっていた。一九二五年の手帖には、クルチョーヌィフ『五〇〇におよぶプーシキンの新たな洒落と語呂合わせ』が「詩的言語理論に関する著作」として挙げられている（5, 35）。

83　研究者のツィーグラーはクルチョーヌィフやその仲間のテレンチエフを扱った論文のなかで、「イメージのズドヴィーク」が用いられている詩についてこう述べている。「文法・シンタクス・詩学の点からみれば専ら正しい形式で書かれているこれらの詩」において「破壊されているか、概して欠如しているのは、語彙的・意味論的構築であり、詩行・詩連・詩作品におけるイメージである」。彼女はその例として、「わが魂の鼻眼鏡」「私の気持ちのドアノブ」といった語結合を挙げている。Rosemarie Ziegler, "Группа "41°"," *Russian Literature*, no. 17-1 (1985), pp. 80-83. これは「意味のザーウミ」にほかならない。

84　直訳すれば、「ナイフは範を垂れた／彼女は走る」。

85　*Кобринский*. Поэтика ОБЭРИУ. С. 172-198.

86　直訳すれば、「物憂げな夢はまるで遠距離飛行／長い腕はまるで装幀」。

87　押韻すべき箇所をこえて音が一致している脚韻を、ロシア詩では「豊かな脚韻」と呼ぶ。こうした脚韻はしばしば語呂合わせに転じる。

第二章　音のザーウミへの鎮魂歌（レクイエム）　『エリザヴェータ・バーム』の源泉

注146頁以下

0　戯曲に潜る

ダニイル・ハルムスの戯曲『エリザヴェータ・バーム』（一九二七年）は筋が複雑に入り組んでいるうえ、呪文のようなザーウミと言葉遊びがふんだんに用いられているため、全容把握の困難なテキストである。だが、そこには実は複数の文学的／文化的題材が忍ばされており、それらを手がかりにすれば、いままで辿りつけなかった戯曲の奥深くへも進んでゆくことができる。本章では、『エリザヴェータ・バーム』に新しい光を投じてくれる源泉として五点を指摘し、それらを灯標としてテキストに肉薄したい。

これまで『エリザヴェータ・バーム』は主に「不当逮捕の恐怖をモチーフとした不条理演劇」として解釈されてきた[1]。序章で述べたように、この戯曲には、身に覚えのない罪に問われ処刑されるという「不当逮捕」のモチーフがみられる。不当逮捕、虐殺、粛清といった二十世紀前半の時代状況をある種の不条理とみなせば、不当逮捕にさらされている不条理な世界、と戯曲を把握することには、たしかに妥当性があるだろう。戯曲の書かれる直前、一九二七年四月には、ハルムスと同じ劇団の仲間であったカーツマンが突然逮捕されるという事件が実際に起きている。

ハルムスの親友ドゥルースキンは彼の創作をこう評した。「無意味で脱論理的なのは彼の短篇ではなく、彼がそこに書いている生活のほうなのだ」[2]。ハルムスにとって芸術と生活はきつく結びついており、その常軌を逸したテキストは常軌を逸した生活の反映というわけだ。実生活を再現した結果、ハルムス作品には不条理が充満したことになる。また、「自身の運命を予見する才能があったハルムス」は、「スターリンの恐怖時代」を予知して不条理な作品を執筆したという研究者もいる[3]。いずれにせよ、『エリザヴェータ・バーム』は二十世紀文学を徴しづける恐怖時代というテーマに接続されてきたのだ。ハルムス研究者のメイラフはこう書いている。

より視野を広げれば、犯していない（自覚のない？）罪で罰せられるというモチーフ、手を染めていない悪事で拘束されるというモチーフは、基本的に時代のテーマと結びついている。そのモチーフは、一〇年早く書かれたカフカの『審判』や一〇年遅く書かれたナボコフの『処刑への誘い（いざない）』といった「二十世紀文学」の諸作品の題材となってきた[4]。

こうした「二十世紀文学」の文脈に『エリザヴェータ・バーム』を置いて考察することにはたしかに意義があろう。だが本章ではそうした立場はとらず、それとは別の文脈、すなわち彼が生きていた二十世紀前半のロシア文学の文脈に戯曲を配置しなおすことで、これまで秘められていたその内奥を詳らかにしたい。したがって、戯曲を戦後の不条理文学の先駆とみなす視座とも本章は無縁だ。最初に書いたように、この戯曲には当時のロシアでは知られていたものの、今日ではほとんど忘却されている文学的／文化的題材が沈潜している。なかでも重要と思われる点をいくつか取りあげ、次節以下で詳しく見てゆくことにしよう。

1 レノーレ譚

結論を先にいえば、第一に、『エリザヴェータ・バーム』はいわゆるレノーレ譚を下敷きにしていると考えられる。レノーレ譚はもともとヨーロッパの広範な地域において伝承されてきた民話であり、「死んだ花婿が花嫁を連れ去る」型の話として知られている。[5] これをモチーフにバラッド形式の文学作品が誕生し、人口に膾炙するようになった。とりわけ一七七四年にドイツのビュルガーが発表した『レノーレ』はレノーレ譚大流行の端緒を開いた。

ビュルガーのこのバラッドをはじめ、レノーレ譚はゲーテやユゴー、さらにはミツキェーヴィチなど、ヨーロッパ中の大作家・大詩人にも影響をおよぼした。[6] それはロシアの作家も例外ではない。十九世紀前半、ジュコフスキーがビュルガー『レノーレ』をロシアに舞台を移して何度か翻案／翻訳している。『リュドミーラ』（一八〇八年）、『スヴェトラーナ』（一八一三年）、『レノーラ』（一八三一年）である。特にロシアの民間伝承を取りいれた『スヴェトラーナ』は発表後すぐに評判となり、ドイツ語からの翻案でありながら、やがてロシア文化のなかで長く命脈を保つことになる。一八四三年にベリンスキーは次のように述べている。

ジュコフスキーの創意溢れるバラッドである『スヴェトラーナ』は彼の傑作とみなされてきた。当時の(それは一八一三年に発表されたので、三〇年前の)批評家や学者らはジュコフスキーを「スヴェトラーナの歌い手」と呼びならわしていた。(……)『スヴェトラーナ』の内容は誰もが知っている。[7]

また、プーシキンが『オネーギン』第五章や『吹雪』のエピグラフに『スヴェトラーナ』を引用していることは有名である。レノーレ譚はバルカンの吸血鬼譚とも混じりあいながら、レールモントフ、ゴーゴリ、トゥルゲーネフ、A・K・トルストイなどにその遺伝子を伝えてゆく。ロシア文学におけるレノーレ譚受容を研究している飯田梅子によれば、その表徴をツヴェターエワやナボコフらが二十世紀に著した作品に見出すことも可能だという。[8]

レノーレ譚、とりわけ『スヴェトラーナ』は、実は『エリザヴェータ・バーム』と非常に多くの共通項をもっており、血縁関係を認めることができる。ハルムスのこの戯曲がレノーレ譚に依拠していることは自体はすでに指摘されている。シュビンスキーは大部の伝記『ダニイル・ハルムス』のなかで、戯曲の源泉としてビュルガー『レノーレ』とジュコフスキー『リュドミーラ』を挙げた。[9] ただし、その説明はわずか数行にとどまっているうえ、厳密な裏付けも欠いている。また、ハルムスが自らの創作に直接活用したのは、後述するように、『リュドミーラ』ではなく『スヴェトラーナ』だと考えられる。

そこで本節では、レノーレ譚（特に『スヴェトラーナ』）と『エリザヴェータ・バーム』双方におけるストーリーおよび具体的な単語や状況設定を比較し、影響の如何を検証してゆくことにする。

ストーリーの比較

ジュコフスキー『スヴェトラーナ』は当然ながら「死んだ花婿が花嫁を連れ去る」話と要約できる筋立てをもっている。[10]――冬の夜、恋人の帰還を待ちわびているロシア娘が鏡と蝋燭で自分の運命を占っている。すると誰かが錠をたたく音が聞こえ、ふり返ると、恋人が立っている。彼は婚礼をあげるためと娘を外へ連れだし、馬を駆って雪の吹き荒れる野を疾走する。ところが目指した百姓小屋に到着するやいなや花婿も馬も消えうせる。小屋には棺が置かれており、そこに眠っている死者こそ、自分の恋人なのだと娘は悟る。

ビュルガー『レノーレ』では、死んだ花婿が花嫁を墓地に連れ去り、その挙句に花嫁も生死の境をさまよう。ジュコフスキー『リュドミーラ』では、墓地に連れてこられた娘は死んでしまう。他方、『スヴェトラーナ』では、墓地で恐ろしいことが出来するものの、それは娘の夢とされ、致命的な危機は回避されている。

ビュルガーのバラッドには説教譚という側面もある。娘が恋人の不帰を嘆くあまり神を咎めて母親に諭される場面が冒頭に置かれているが、死んだ花婿に彼女が墓地へ連れ去られるのは、神を疑った罰とされる。[11] 同様の因果律は『リュドミーラ』にもみられるが、娘が危機を回避する『スヴェトラーナ』ではそれが曖昧になっている。

「死んだ花婿が花嫁を連れ去る」話であるレノーレ譚に共通している重要な要素は、以下の三点である。すなわち、**恋人の突然の訪れ**、**墓地への連行**、**恋人が死者だったという真相の判明**。また、『スヴェトラーナ』では漠としているものの、この物語には罪と罰という因果律があることも指摘しておこう。これらの諸要素を念頭に、ハルムスの戯曲を見てゆくことにする。

『エリザヴェータ・バーム』は一九二七年末に書きあげられ、翌年一月二十四日におこなわれたオベリウの夕べ「左翼の三時間」で初上演された。はっきりとした関連のみられない種々の細かなエピソードが連なって構成されているストーリーは、ときに言葉遊びをともなう唐突で奇怪な台詞の応酬につねに阻害され、遮断されてしまうものの、独立したエピソードを注意深く捨象すれば、これを一個の戯曲として成立せしめている屋台骨は次の三つの事件であることが分かる。すなわち、エリザヴェータ・バームを逮捕しに部屋に謎の二人組が**突然現れること**、その二人組のうちの一人ピョートル・ニコラーエヴィチが実は**殺されていることが判明すること**、そしてその下手人にされたバームが**連行されてゆくこと**。

ハルムスが「舞台」のバリアントのト書きに記したとおり、バームを逮捕しに二人組が現れる最後の場面は冒頭と一致している。[12] 実際、バームの同じ独白ではじまり、同じ光景が展開してゆく。このように戯曲は一見して円環構造をもっている。だが完全に循環しているわけではない。最後の場面では状況がより深刻化している。ピョートルがバームに殺害されていることが突然明かされ、ついに彼女は連行されてしまうからだ。ねじれがあるという意味で、円環ではなく、螺旋構造といったほうが正確だろう。

本田登によれば、「逮捕と連行というプロット」が展開するのは、この螺旋の起点と終点にあたる最初と最後の場面のみであり、戯曲の大半を占めているのはその間の「巨大な挿入部分」であるという。[13] たしかに、螺旋の途中に配されている種々の出来事は脈絡を欠き、一貫したストーリーを確認できない。

しかしながら、このようにストーリーに不透明な部分が多いにもかかわらず、レノーレ譚に共通する三つの重要な要素（**恋人の突然の訪れ、墓地への連行、恋人が死者だったという真相の判明**）が『エリザヴェータ・バーム』でも見事に顕在化しているのは間違いない。これらの要素は、筋道だった流れが唯一存在する最初と最後の場面にこそ集中的に現れているからだ。恋愛の成分は稀釈されているものの、「死んだ花婿が花嫁を連れ去る」話の亜種としてこれを解釈することには、十分な妥当性があるだろう。次に、単語や状況設定という観点からの比較に移りたい。

単語・状況の比較

『エリザヴェータ・バーム』はその物語の骨格をレノーレ譚から借用していると考えられるが、とりわけ『スヴェトラーナ』とは、用いられている単語や生じている状況の面でも近似している箇所が複数ある。『レノーレ』や『リュドミーラ』にも留意しながら、ひとつひとつ対比させてゆこう。

まず詩形式を確認しておくと、『スヴェトラーナ』は一連一四行で、詩脚の数が交替する強弱格で書かれている。また、ビュルガー『レノーレ』が「俗語や擬音をまじえたスピード感のある口語体」で語られているのにたいし、[14]『スヴェトラーナ』は説話体スタイルで語られる。[15] 一方、ハルムスの戯曲は基本的に韻文で書かれておらず、また当然ながら会話で構成されているため、おおむね平易でニュートラルな文体が使用されている。したがって韻律や文体の面で両者を比較考量することはできない。そこで本節では、両テキストに用いられている単語の意味内容やイメージ、起きている状況の相似に着目したい。

最初に取りあげるのは、死んだ男が娘を来訪する場面である。

そら…誰かが錠前を
そっと叩いたのが、聞こえる。(Ж: 33)[16]

好きなだけ叩かせておけばいいわ。
(ドアをノックする音、それから声)(2, 238; 268)

ドア(錠前)をノックする音とともに死者が到来するという状況は、ありふれているようにも思われるが、『レノーレ』にも『リュドミーラ』にもそうした描写はない。『スヴェトラーナ』とハルムスの戯曲にだけみられるものだ。次に引用する箇所では、やはりこの両者においてのみ、似た光景から同様の場面が展開してくる。

蠟燭が炎をくゆらせ
明りをほのかに湛えている…
彼女は臆して胸をざわめかす。
（……）
ボウッと炎が燃え上がるや
深夜の使者たる
コオロギが哀願するように一声鳴いた。（Ж: 33）

小屋のなかには小さな明りが灯っています。
その明りには羽虫が飛び集まり
真夜中の蚊が窓を叩くのです。
（……）
犬は鎖で空気をそっと揺らし
眼前の虚空に吠えかかります。

姿の見えないトンボたちがそれに答えて
一斉にぶつぶつ呪文を唱えます。(2, 259)

娘が鏡と蝋燭で占いをしている場面（『スヴェトラーナ』）と、やがてバームを連行することになる山上の小屋に関する話をピョートルがしている場面（『エリザヴェータ・バーム』）である。どちらにおいても、灯（蠟燭の炎／小屋の明り）は昆虫（コオロギ／トンボ）の声をいざなってくる。ところで、鳴かないはずのトンボが「ぶつぶつ呪文を唱え」るのは、いかにも奇妙だ。ここでいったん立ち止まり、この箇所を深く掘りさげれば、ハルムスの創作術とともに、『スヴェトラーナ』との対応関係もみえてくる。

矛盾した表現自体は二〇年代のハルムスの詩には珍しくない。前章で詳述したように、意味の食いちがう単語を衝突させるのは、韻を踏むためなど音響面に配慮した結果であることが多い。したがって『エリザヴェータ・バーム』においても、トンボが「もぐもぐと呪文を唱え」るのは、同様の理由に動機づけられている可能性がある。だが今回の場合は、規則的な押韻がみられない以上、それが「トンボ」を招来した直接的な契機になったとは考えにくい。

そこで改めてこの引用箇所で起きている状況をまとめると、姿の見えない昆虫の声だけが聞こえているという、ありふれた情景が浮かびあがる。ただその昆虫がトンボというだけだ。ハルムスはまず日常的な状況を設定したうえで、そこにそれとは異質な手触りをもつものを足して、読者の意表を突いているのだ。ちょうど「お粥と衣装箱を飲みなさい」という詩句のように、定型表現や紋切り型を揺さぶり、手を加え、しばしば馬鹿げたものに変質させてしまう。こうした手法は、ハルムスが多大な影響を受けたロシア未来派の得意としたものであった。

この「ありふれた情景」や「紋切り型」として用いられているものこそ、『スヴェトラーナ』の占いの場面にほかならない。「コオロギ」を「トンボ」に書きかえただけで、ジュコフスキーのバラッドは未来派的で奇怪なイメージに一変した。つまり、文法や慣用表現ではなく、文学史の土俵でハルムスは規範の破壊をおこなったのである。『エリザヴェータ・バーム』が『スヴェトラーナ』を下敷きにしたと思しき箇所は、ほかにも複数ある。短いものを三つ いっぺんに引用しよう。

娘には小屋の明りが見えている。（Ж: 35）
小屋のなかには小さな明りが灯っています。（2, 259）

戸が動いた…ギーッと音が鳴る……（Ж: 35）
（……）ギーギー音の鳴る戸（2, 250）

響き渡る鐘の音（Ж: 37）
聞こえるでしょう、鐘の鳴るのが（2, 264）

このうち、「ギーギー音の鳴る戸」はビュルガー『レノーレ』でも聞くことができ[17]、最後の鐘の音は『レノーレ』『リュドミーラ』『レノーラ』にも響いている。引用したこの三つの描写はそれ自体としては決して珍しい表現とはいえないが、骨格を同じくする二つの物語がそのすべてを共有しているとあれば、偶然で済ませることはできまい。ハルムスはドイツ語を解したので、レノーレ譚をビュルガーの原作から読んでいた可能性はある。[18] しかしここまで見てきたように、単語・状況ともに最も共通点の多いのは『スヴェトラーナ』であるという事実が揺らぐわけではない。

まとめよう。レノーレ譚はヨーロッパ諸国に伝わる民話である点、ロシアでもジュコフスキーのバラッドによって祖国文学として根付いていた点、その重要な要素や骨格が『エリザヴェータ・バーム』と重複している点、そして両者が具体的な単語や状況の面においても対応関係をもっている点——この四点を勘案すれば、『エリザヴェータ・バーム』はレノーレ譚(とりわけ『スヴェトラーナ』)という基礎のうえに成立していると推定することができる。

これを踏まえたうえで、二つ目の源泉に話題を移そう。

2 クルチョーヌィフ

ハルムスは未来派詩人クルチョーヌィフの技法や思想を自身の創作全般に取りいれていた。前章で述べたように、ズドヴィークという手法に関心をよせ、初期の詩で実践もしている。ジャッカールは両人の共通点を五つ挙げ、双方の詩学や根本思想の近しさを立証しようとした。簡略にまとめればこうだ。①思考と言葉のあいだの差異の最小化。②言語の音声的手段による世界の完全な知覚とその反映。③言語における外的構造の内的構造（意味）にたいする優位性。④書体への関心。⑤語義を超えた意味への志向。[19]

クルチョーヌィフを経由して引き継いだ未来派の詩学は、『エリザヴェータ・バーム』にも反映されている。この戯曲は彼が一九二〇年代に発表した詩や詩論と深く関係しているのだ。以下、それを確認してゆこう。

カーボランダムの石

ハルムスの戯曲には、クルチョーヌィフの詩からの直截の引用がある。それはエリザヴェータ・バームの父親がピョートル・ニコラーエヴィチと決闘する際に発した台詞のなかにみられる。

誉れあれ鉄よ――カーボランダムよ！
それは道を舗装し
且つ電光の如く輝き
息絶えるまで敵を苛む！ (2, 264)

唐突に出現するこの「カーボランダム карборунд」という鉱物こそ、クルチョーヌィフの詩『化学

の飢え　カーボランダムの石のバラッド』（一九二三年）から借用されたものと思われる。またしてもバラッドが『エリザヴェータ・バーム』のモチーフとして見出されるわけだ。[20]クルチョーヌィフのこのバラッドはジュコフスキーのそれとは違い、要約することが難しい。未来派の詩がしばしばそうであるように、新造語や意味の通らない語結合・文、破格の文法等によって、一貫した筋を追おうとする試みは妨害されてしまうからだ。しかしながら、ハルムスの戯曲を解明するためには、このカーボランダムが『化学の飢え』のなかでどういった性質をもっているのか追究しなければなるまい。

そもそも「カーボランダム」とは、「炭化物」と「ケイ素」の合成鉱物「炭化ケイ素」の呼称であり、ダイヤモンドに次ぐ硬度を誇ることで知られる。実際、クルチョーヌィフの詩の副題はそれを「石」とみなしており、また本文中でも「ダイヤモンドのカツン」と定義されているように、その硬度が強調されている。[21]

ところがクルチョーヌィフはこのカーボランダムにたいして硬度のほかにもう一つの性質をも与えている。そしてまさにその性質によって、この合成鉱物はハルムスの戯曲に引用されることになったと考えられる。それは『化学の飢え』の第一章「鎮魂歌」の末尾で、カーボランダムと似たもうひとつの新しい単語が出現したときに露わになる。

音を消すもの

すべて飲み干すのはそれ

マーボランダム！……[22]

「マーボランダム марборунд」は明らかに「カーボランダム карборунд」と音声のうえで酷似しているものの、両者が具体的にどのように関係しているのかは『化学の飢え』では詳らかにされない。しかし、これから説明するように、どちらも石という性質と「音を消す」という性質の二つを共有している。

最初の性質についていえば、«карбо-»が「石炭 carbo-」や「石」を連想させるのと同様、それと音の似た«марбо-»も英語の「大理石 marble」を、つまり「石」を連想させる。ところで、詩の領域において、クルチョーヌィフはおそらく「石」を否定的に捉えていた。彼は『言葉そのものの宣言』（一九一三年）のなかで、芸術家は「凍結していない」「ザーウミ語」を用いるべきだと主張している。[23] 彼にとって、一瞬で流れさるインスピレーションを言語化するのに適しているのは、何ものにも束縛されていない自由なザーウミ語であり、凍結し石化した言葉は芸術家の用いるべきザーウミ語とは対蹠的な日常語に属しているのだ。

次に、「音を消す」という性質について考えてみよう。「音を消すもの глушитель」[24]は「耳を聞こえなくする глушить」という動詞から派生した名詞であるため、文字通り「耳を聞こえなくするもの」と訳すこともできる。いずれにせよ、この名詞は「耳が聞こえない глухой」という語義の範疇に属している。

実はこの「耳が聞こえない」という概念は、『化学の飢え』を発表した前年の一九二一年にクルチヨーヌィフが出した詩論『ロシア詩におけるズドヴィーク学』のなかで、盛んに言及されている。それは「声を失った」という概念とセットで持ちだされる。「ズドヴィークの歴史より　耳の聞こえない歌い手」という章の冒頭、当時の批評家ゴルンフェルトの言葉を借りながら、彼はこう記している。「象徴派は声を失って駄目になった」。たとえばブリューソフの詩（一九二三年）は、口に出して読めず、舌がもつれると批判される。そういう「耳の遠い者」や「声を失った無能な詩人」がズドヴィークやザーウミを活用するのは難しいという。

ところが未来派詩人は「頭ではなく、耳で考え[25]」、「おのれの声と喉を拠りどころにしている」。そしてズドヴィークやザーウミを使いこなせるのはこのような詩人のほうだとして、称揚される。

『ズドヴィーク学』において「声を失う／耳が聞こえない」という概念がザーウミの技能の劣化を意味している以上、「音を消すもの／耳を聞こえなくするもの」であるというマーボランダムも同様の劣化を意味しているとみなせるだろう。このことは、それと音のよく似たカーボランダムにもいえるはずだ。なぜなら、ザーウミの使い手はまさに音を重視して「耳で考える」からであり、クルチョーヌィフがその主張の根拠としたテレンチエフの詩論によれば、未来派詩人にとって、「音の似ている言葉は詩においては似た意味を持っている」からである。[26] 要するに、「石」でもあり「耳を聞こえなくする」ものでもあるマーボランダム／カーボランダムは、ザーウミの性質を二重に否定しているのだ。

『エリザヴェータ・バーム』に戻ろう。ここでカーボランダムはバームの父親がピョートルを攻撃する武器として用いられていた。一方そのピョートルは決闘が始まるや、次のような言葉で父親に対抗している。

クルィブィール、ダラムール
ドゥイーニジリ
スラカトゥーイリ　パカラーダグ
ダ　クゥイー　チーリ　キーリ　キーリ（2, 262）

これは典型的な音のザーウミである。ヤネーチェクの分類にしたがい、厳密にいえば、音声のザーウミに当たる。語根・接頭辞・接尾辞等の形態素を識別することができないために意味を充塡できない、ただの文字の羅列としての単語だ。この音のザーウミを操るピョートルにたいし、父親はカーボランダムを武器に反撃する。音のザーウミは、ザーウミの性質を二重に否定するカーボランダムを前にしては為す術がない。結局ピョートルは打ち負かされ、地に倒れ伏してしまう。
そして死者となったピョートルは、自分を殺害した嫌疑を娘のバームにかけ、彼女の部屋のドアをノックする。ところが彼は、彼女を殺人とは別の理由でも逮捕しようとしている。その容疑が興味深い。彼女は「声を奪われている」廉で捕えられ厳罰に処せられるというのだ。「どうして私が罪人なの」という問いにたいして、ピョートルはこう答える。「なぜなら、あなたは声をすべて奪われているからです」。彼女がこれから連行されてゆく山上の小屋では、「耳の聞こえないネズミ」が彼女の腕のうえを走り回るだろうと、ピョートルは予言する。また、別の場面では、彼の言葉を強引にひきとった相棒のイワン・イワーノヴィチが突然こう発言する。「私は存在するために話すのです」。まるで声を発しなければ生きてゆけないかのように。この戯曲には、クルチョーヌィフが象徴派を批判するのに用いた「声を失っている」「耳が聞こえない」というモチーフが張りめぐらされているのである。

バームがピョートルを殺害したというのは濡れ衣だが、声を奪われているというのも難癖にきこえる。この「声」を『ズドヴィーク学』に照らし、ザーウミを使いこなすための技能とみなせば、それが無いのはバームというより父親のほうだからだ。ピョートルとの決闘中、彼は韻文（交差脚韻をもち詩脚の数が規則正しく交替する弱強格）で発話するほか、同じ単語（**«пускай»**）や音（«с»、«ш»）を単調にくり返している。これはクルチョーヌィフの志向性に逆行する行為といえる。なぜなら彼は伝統的な韻律をもつプーシキンら先達の詩を格下げし、また単調な音の反復を疎んじていたからだ。[27]

他方、バームは決闘の前には「クーニーマーガーニーラーヴァーニーバウゥゥ！」という音のザーウミを口にし、後にはイワンとの滑稽な言葉遊びに興じている。「えんどう豆 **горох**」と「飲み屋 **полпивная**」という単語を材料に、その分解と融合（「飲み屋 **полпивная**」の最初の三文字 **«пол-»** は「半分」を意味する接頭辞と一致していることから、「半えんどう豆 **полгорох**」という新語が作られる）、および置換（「飲み屋に行って」のかわりに「豆に行って」という奇怪な句が作られる）を試みているのだ。いずれもクルチョーヌィフが自身の詩論のなかで分析したことのある合成語や「ファクトゥーラ」の一種とみなせるだろう。[28] つまり、ザーウミの使い手クルチョーヌィフの詩学に合致していないのは、逮捕されてしまうバームではなく、本当の実行犯である父親のほうなのだ。

だが、たとえ罪責が彼女になかったとしても、この戯曲で罰せられようとしている罪状はいまや明白だろう。すなわち、ザーウミの抹殺。ザーウミを駆使する声を奪われ、ザーウミの使い手であるピョートルを殺害した廉で、畢竟ザーウミを葬った罪に問われ、バームは山上の小屋という墓所へ連行されてゆくのである。

このザーウミの抹殺というテーマは、ハルムスをはじめ一九二〇年代後半の詩人たちの現実世界における活動からも炙りだされてくる。彼は未来派の衣鉢を継ぐザーウミ詩人として創作を開始したが、一九二六年半ば頃から次第に音のザーウミの使用を控えるようになった。当時すでに未来派の活動は終焉に近づいており、まもなくハルムスらが立ちあげた「オベリウ」でさえ、一九二八年一月に発布した宣言文において「ザーウミほど我々に敵対する流派はない」と謳い、反ザーウミを標榜することになる。また、二〇年代半ばにザーウミの理論家として活躍し、ハルムスをはじめ多くのザーウミ詩人たちを養成しようとしたトゥファーノフは、この頃から一切ザーウミに言及しなくなってしまった。

ソビエト政府はザーウミ使用者を徹底的に弾圧した。音のザーウミをまだ細々と用いつづけていたハルムスはその標的となって一九三一年に逮捕され、調書をとられる際、ザーウミは「反革命的」だと述べるに至る。[29]

そのような時代背景を視野に、ザーウミの使い手が滅ぼされる様子を描いた『エリザヴェータ・バーム』を読めば、これまで不条理劇と呼ばれ二十世紀の世界文学の潮流のなかに置かれてきたこの戯曲から、一九二〇年代のロシアで廃れつつあったザーウミへの「鎮魂歌」がきこえてくるだろう。[30]

3　エリザヴェータ・バーム

『エリザヴェータ・バーム』は、第一にレノーレ譚を、第二にクルチョーヌィフの詩および詩論を源泉としている。この二点を結ぶと明らかになるのは、ハルムスの戯曲はザーウミの使い手が破滅するところを描いた、音のザーウミへの「鎮魂歌」であり、その報復として死者が下手人を処刑場＝墓場へ連れ去ろうとする、いわばレノーレ譚の変奏だということだ。

実はこの戯曲には、音のザーウミの抹殺のほかにも、以後のハルムスの方向性を占う重要な題材がいくつも隠されている。それらはエリザヴェータ・バームという名前の源泉を究明する過程で浮き彫りにすることができる。結論からいって、「バーム Бам」（Bam）という姓は、未来派詩人フレーブニコフの「超小説」と命名されたテキスト『ザンゲジ』の一節に由来している。そこで「バーム Бам」という単語は点鐘と関連づけられており、『エリザヴェータ・バーム』でもこの単語が「ブーム Бум」（Bum）という鐘の音をあらわす擬音語（日本語の「ゴーン」に相当）のバリエーションとして用いられていることに対応する。戯曲における彼女の姓の役割をつぶさに見てゆけば、バームがピョートル殺害の容疑者として誤って罰せられてしまう理由も明白になるだろう。

また、この「バーム Бам」という姓から、おそらく「ビョーム Бём」という実在する女性の姓が招来され、彼女の名「エリザヴェータ」を採って、ヒロインが「エリザヴェータ・バーム」と名づけられたと推察することができる。本章の最後に、この女性とハルムスとの関係についても検討を加えることにしよう。

ザンゲジ

フレーブニコフ『ザンゲジ』（一九二二年）は二一個の断章（作中では「平面」と呼ばれている）からなるテキストであり、「超小説」と銘打たれている。『エリザヴェータ・バーム』と関係するのは、「思考の平面9」だ。「大いなる理性の点鐘を、理知の鐘を！」と叫ぶザンゲジは、「あらゆる種類の理性を閲するために」、通常の理知を超えているという意味で超‐理知的な、新しく考案された理知を次々に列挙してゆく。

『われらが礎』によれば、フレーブニコフにとってザーウミ語とは、「理性の圏外にある言語」だという。[31] 理性的な言語とザーウミ語の関係は、ちょうど太陽と星の関係のように対照的だとされる。したがって、彼がザーウミを前景化させる行為は、太陽の光（知）にかき消されてしまわないよう、星の光（知）を増幅させる行為に等しいといえる。それを実践するために、彼はまず個々のアルファベット（とりわけ子音）の意味を突きとめようとする。そうすれば、どんなザーウミであれアルファベットから出来ているかぎり、その意味を特定することが可能になるだろう。これは一見すると、通常の理性／意味から締めだされているはずのザーウミを理性／意味にふたたび還元するという、矛盾した試みにみえる。しかしながら、新しく造語されたザーウミが既存の知に収まらない以上、それは「太陽の知」（通常の知）を超出しており、かつ一定の法則のもとで必ずや意味化されるので、「太陽の知」とは別個の「星の知」には帰属していることになる。

こうして極めて体系的なザーウミ語の創造にフレーブニコフは着手する。その理論にしたがえば、それらザーウミ語は理解不能な単語としてではなく、誰にでも理解可能な「世界語」として立ち現れてくるはずだ。ザンゲジの挙げる以下のザーウミ語は、「理性の圏外」にありながら「世界語」の基礎をなす、そのような言葉の一例とみなすことができる。

Гоум.
Оум.
Уум.
Паум.
Соум меня
　　И тех, кого не знаю.
Моум.
Боум.

Лаум.
Чеум.
　Бом!
　Бим!
　Бам!
ゴウム。
オウム。
ウウム。
パウム。
ソウム　私と
　私が知らない者らを。
モウム。
ボウム。
ラウム。
チェウム。
　ボーム！
　ビーム！
　バーム！[32]

理知を意味する「ウム ум」という単語の前に様々な文字からなる接頭辞を冠することで、通常の理知とは別の新たな理知が提示されている。たとえば、オウム Оум やボウム Боум はそれぞれ次のように説明される。「ある思考の高みから身の回りすべてを見渡している抽象的な知」。「経験の声にしたがう知」。肝心の「バーム Бам」には「ウム ум」という単語が含まれておらず、それにたいする説明も見受けられないが、ザンゲジの列挙する種々の超‐理知が「大いなる理性の点鐘」といわれていることを勘案すれば、最後の「ボーム Бом」「ビーム Бим」「バーム Бам」は、もともと「ウム ум」という単語を包摂している鐘の音の擬音語「ブーム Бум」から派生したものとみなせるだろう。「バーム」という名前には、ザンゲジ＝フレーブニコフ的なザーウミの音響を聞きとることができるのだ。『エリザヴェータ・バーム』のなかにも、『ザンゲジ』と同様に、鐘の音の擬音語「ブーム Бум」の派生として「バーム Бам」や「ビーム Бим」という単語が登場する。実際に検分してみよう。

鐘の音の女

『エリザヴェータ・バーム』のなかで鐘の音が響きわたるのは、ピョートルがバームの父親と決闘する場面、「両雄の決闘」においてだ。

場内の端々からの声

両雄の決闘！
テキスト――イマヌイル・クラスダイテーイリク！
音楽――ネーデルラントの羊飼い、ヴェリオパーグ！
振付――無名の旅人！
鐘の音が始まりを告げる！
両雄の決闘！
云々かんぬん。

鐘　ゴーン、ゴーン、ゴーン、ゴーン、ゴーン。

ピョートル　クルィブィール　ダラムール
ドゥイーニジリ
スラカトィーリ　パカラーダグ
（……）（2, 262）

鐘の音「ゴーン、ゴーン、ゴーン、ゴーン、ゴーン Бум, бум, бум, бум, бум」（bum）をあたかも合図にしたかのように（б はБの小文字）、ピョートルは音のザーウミを唱え、決戦の火ぶたが切って落とされる。また、ピョートルが打ち倒される最期の場面にも、まるで弔鐘のように鐘の音が「ビー

ム бим」（bim）「バーム бам」（bam）と鳴る。どちらも擬音語として通常用いられる単語ではないが、ここでは明らかに鐘の音響をあらわすものとして使用されている。

ピョートル　打ちのめされ、地に倒れ伏した
（……）
きこえるだろう、鐘が鳴っている
屋根の上でビーム бим バーム бам と。
許せ、すまなかった
エリザヴェータ・バーム。
イワン　両雄の決闘は
決着がつきました。（2, 264-265）

ピョートルがバームの父親との決闘に敗れる場面の最初と最後に бум, бим, бам（bum, bim, bam）という鐘の音が響いているわけだ。бам（bam）は無論のこと、三つすべての音がヒロインの名「バーム Бам」（Bam）を強く喚起する。バームとは、いわば鐘の音を名にもつ女なのである。

鐘は時を告げるために鳴らされる。このことから、ヤムポリスキーは彼女の名前を、時を刻む時計の音と関連づける。[33] 実際、戯曲の冒頭近くで、「声をすべて奪われている」ことを理由にピョートルとイワンから罪人と決めつけられたエリザヴェータ・バームは、次のように反論している。「でも私

は奪われてなんかいないわ。時計で確認していただけるわ」。彼女に声が残されている証拠は、「時計で確認」することができるというのだ。この台詞を不条理と受けとるべきではない[34]。文字通り理解するべきだ。ヤムポリスキーの言葉を借りれば、バームの声とは「時計の声」なのであり、「号砲のように正確に時を告げる時計の音」なのである。前節で詳しく見たように、劇中で「声」そのものはザーウミの技能に帰せられるが、バームの声（時計の声）はここで時間とも紐づけられているわけだ。

こうして、ヒロインの姓をあらわす「バーム Бам」という単語には、二重の性質が付与されていることになる。それはフレーブニコフ＝ザンゲジ流の超‐理知の一種であるとともに、日常の時間を告げる音でもある。バームはアンビヴァレントな存在なのだ。第一の性質に鑑みれば、彼女は音のザーウミの使い手ピョートルに罰せられる謂れはない。たとえフレーブニコフのザーウミとクルチョーヌィフの音のザーウミとのあいだに大きな隔たりがあったとしても、どちらのザーウミも理知を超えるという最も重要な目的は共有しているからである。劇中においても、前節ですでに確認したように、バームは音のザーウミを用いていた。したがって、第二の性質ゆえに、彼女は断罪されるとみなさなければならない。その点について順を追って確認してみよう。鍵となるのは告発者ピョートルだ。

鐘の音の響くさなかに斃（たお）されるピョートルとは、どのような人物だろうか。彼が音のザーウミの使い手であることはすでに見たとおりだが、それ以外にも重要な属性が備わっている。超‐時間的な属性だ。いずれバームを連れ去ることになる山上の小屋に行って帰ってきたピョートルは、そこを時間の制約から逃れた場所として語っている。彼によれば、その小屋ではランプが「ひとりでに燃えて」おり、「永久運動が存在している」という。また、そこは「無限の館」とも呼ばれ、「若い老人」が

「眼鏡越しに窓を／眺めている」。ランプが「ひとりでに燃え」つづけることを可能にする永久運動は、現代物理学によって否定されているものの、「若い老人」という年齢＝時間を逸脱した存在を許している「無限」の超‐時間的な空間にあっては、あながち不可能事とはいえないかもしれない。永久運動が「そうそうあることではない」というイワンの真っ当な主張も、ピョートルによって「そんな言葉は空疎で愚か」と退けられてしまうのだ。

　超‐時間的な領域に出入りすることのできるピョートルが正確に時を刻む音＝鐘の音を背景に斃されたことは、ヤムポリスキーも言及しているように、彼を打ち負かしたことを薪割りに喩えたバームの父親の台詞によって、極めて暗示的に表現されている。[35]「何をしていたの？」という娘の問いにたいし、彼はこう答えるからだ。「薪を割っていたんだ я дрова колол」。「（薪を）割っていた колол」（kolol）という単語は「鐘 колокол」（kolokol）という単語を容易に連想させる。また、「割っていた колол」の不定形「割る колоть」には「刺し殺す」という語義もある。さらに、戯曲の「舞台」のバリアントによれば、この父娘の会話が交わされるのは、いみじくも「時計塔」と名づけられた「断章」においてなのだ。ピョートルが敗北を喫したときに響きわたる時計塔の鐘の音は、超‐時間にたいする日常的な時間の勝利を比喩的に告げているとみなせるのである。

　たとえ直接手を下したのがバームでなかったとしても、正確な時を告げる鐘の音をその名に負うているがゆえに、彼女は断罪されてしまう。超‐時間の領域に属している音のザーウミの使い手ピョートルにたいし、音のザーウミの技能を失っていないばかりか、日常的な理知を超越したザンゲジの言葉を姓にもってさえいるものの、日常的な時間を体現する鐘の音の女バームの性質は複雑で、アンビヴァレントだ。

冒頭と結末が微妙に食いちがう、円環になり損ねたような『エリザヴェータ・バーム』の特殊な螺旋構造は、そうしたアンビヴァレンスを反映しているようにもみえる。超‐時間を円環的な時間と換言すれば、ピョートル殺害によって円環構造は破綻するものの、日常の時を告げる鐘の音を名に負うバームが超‐時間的な山上の小屋へ連行されてゆくことで、円環はかろうじて螺旋としては持ちこたえることができたとみなしうる。いずれにせよ、永遠に循環するはずだった祝祭的な演劇の時間は終わりを迎えることになるのだが[36]。

音のザーウミ、超‐時間、日常的時間、フレーブニコフ由来のザーウミといった多様な要素が一個の戯曲に凝縮されていることは、その内容を錯綜させる一因にもなっているが、これらの要素はやがてハルムスによって取捨選択され、ときに形を変えてゆく。たとえば、音のザーウミの使用は減り、超‐時間は不死の概念と結びつくだろう。また、彼はフレーブニコフのザーウミそのものは棄却するものの、「星の知」という考え方は継承し、その実現のためにむしろ日常語に依拠するようになる。殺害されたピョートルが亡霊のようにバームを連れ去る『エリザヴェータ・バーム』では、まだどの要素が主調音をなすか定まっていないが、のちの詩学はすでに萌しているのである。

エリザヴェータ・ビョーム

「バーム Бам」という姓は『ザンゲジ』に記された超‐理知に由来すると同時に、「ブーム、ビーム、バーム бум, бим, бам」という鐘の音を指している。この一連の音の連想から、「ビョーム Бём」という一人の女性の姓がハルムスの記憶に甦ったのではないだろうか。「エリザヴェータ・バーム」の「エリザヴェータ」は、「エリザヴェータ・ビョーム」というその女性の名前から採られたと推測できるのである。

エリザヴェータ・バーム Елизавета Бам とエリザヴェータ・ビョーム Елизавета Бём ――二〇〇〇年に出版された文学事典は、すでに両者の結びつきを指摘している。[37] だが、バームの姓の由来を彼女と一字違いのビョームの姓に求めるとき、この事典はおそらく勇み足をしている。実際には、いま述べたように、ビョームからバームが派生したのではなく、その逆にバームからビョームが想起され、後者の名であるエリザヴェータがヒロインに付与されたと考えるべきだろう。では、エリザヴェータ・ビョームとは何者なのか。ハルムスや戯曲『エリザヴェータ・バーム』と彼女との関係を探ってみよう。

ビョーム（一八四三〜一九一四）は帝政ロシアで活躍した画家である。[38] 十九世紀末から二十世紀初頭にかけて、トゥルゲーネフやトルストイなど著名な作家の本の挿絵や表紙絵を描き、当時流行しはじめていたポストカードの絵と文句、そしてガラス工芸品の下絵を手掛けた。また、子供たちがキリル

ラパン社発行、筆者所有。

文字を学習するための『アルファベット帳』を制作したことでも知られる。彼女は一九〇〇年に開催されたパリ万国博覧会にガラス工芸品を出品するなど、当時非常に高い評価を受けていた。しかしソ連時代に入るとその存在はほとんど忘れさられ、ロシアで再評価の機運が高まったのは、ここ数年のことである。

彼女のこのプロフィールは一見するとハルムスと無縁に思われるが、しかし興味深い事実によって両者は急接近する。二十世紀初頭に彼女はポストカードの挿絵を手掛けはじめるが、それを最初に発行した聖エヴゲニー協会が資金を拠出していた施設こそ、ハルムスの母親が管轄していた慈善院なのである。[39] 当時彼女はペテルブルグのグリンスカヤ通りにある慈善院を管理しており、刑期を終えた女性たちをそこで支援するなど慈善活動をおこなっていた。ビョームのポストカードはこれを機に多くの慈善院から発行されるようになる。慈善院が自ら出版事業をおこない、その売上げを運営費にあてることがあったようだ。幼少期のハルムスがビョームのカードに親しんでいた可能性は極めて高い。

さらに、戯曲のテキストにもビョームの名を示唆する仕掛けが施されている。バームは複数の名前でよばれるが、その一つがエドゥアルドヴナ Эдуардовна という、ビョームの旧姓エンダウロヴァ Эндаурова のアナグラムになっている。人名のアナグラムは別の箇所でも用いられており、[40] もともと多い作中の言葉遊びを一層多彩にしている。

ビョームとバームを結ぶかすがいはこれだけではない。劇のなかに何度もあらわれ、やがてバームが連行されてゆく先に待ちうけている「ペチカのうえに坐っているゴキブリ」(2, 260) のイメージは、ビョームのポストカードにも見出せる。「ペチカのゴキブリと闘うのだ！」と書かれたカードがそれだ(図)。

ビョームという名前、慈善院、旧姓エンダウロヴァ、そしてゴキブリに立ちむかうよう鼓舞するポストカード。この四つすべてがエリザヴェータ・ビョームとエリザヴェータ・バームをつなぐ結び目になっている。

だが、ビョームとバームの緊密な関係は、あくまで名前のレベルにとどまっており、内的な結びつきは認められない。そのことを示すために、この画家の創作活動を簡単にふり返ってみよう。彼女はその描画技法において伝統的なロシア・スタイルを守り、アルカイックなものを愛好していた。図として掲げたポストカードの書体をみれば明らかなように、ビョームは中世ロシアのイコンに記されている書体や古い書物にしばしばみられる飾り文字を意識して真似ている。[41]

また、晩年の彼女は『アルファベット帳』の制作に従事し、各キリル文字に対応する絵を一枚一枚描いたが、そうした絵のほとんどは、やはりロシアの歴史や伝説をモチーフにしている。たとえば「У（ウ）」と「Я（ヤ）」という文字には、それぞれ「ウシクイニク Ушкуйник」と「バーバ・ヤガー Яга-Баба」の絵が描かれている。前者は十四〜十五世紀にヴォルガ河沿岸で暴れた掠奪者たち、後者はロシア民話に登場する魔女のことだ。同じ時期（一九〇四年）に出版された別の『アルファベット帳』（アレクサンドル・ベヌア絵）がより一般的なモチーフ（通り Улица やリンゴの木 Яблоня など）を多く描いているのとは対照的である。[42]

ビョームの創作をアルカイムズの一言でくくることはできないとはいえ、たしかに懐古主義的だ。また、そのガラス工芸品はアール・ヌーヴォー様式にも近い。洗練された様式を好んでいた彼女は、ザーウミの詩学やそれを育んだアヴァンギャルド芸術と、時代的にはもちろん資質的にも無関係といってよいだろう。[43]

「バーム Бам」という姓の直接的な由来は、『ザンゲジ』に出てくる語彙や鐘の音のほうであり、「ビョーム Бём」から「バーム Бам」が派生したわけではない。むしろ逆のことが生じたのだ。ビョーム（の姓）が果たした役割は、Бам/Бём（Bam/Byom）という音の連想から、「エリザヴェータ」の名をハルムスに着想せしめたことにある。『ザンゲジ』と鐘の音と画家の姓の三つの要素が、エリザヴェータ・バームという姓名を胚胎したのである。

『エリザヴェータ・バーム』の源泉として、レノーレ譚、クルチョーヌィフの詩および詩論、『ザンゲジ』、鐘の音、画家エリザヴェータ・ビョームの五点に照明を当ててきた。最初の二つによって、この難解な戯曲が死せる音のザーウミの弔いを描いていることを明らかにすることができただろう。また、ヒロインの名前の源泉を詳らかにする過程で、戯曲が今後のハルムスの方向性を示唆していることも提示できたはずだ。一九三〇年代以降のハルムスは音のザーウミから大きく距離を取りはじめ、独自の詩学を模索しはじめる。次章では、その試行錯誤の様子を丹念に見てゆくことにしよう。

1　本田登「ダニイル・ハルムスの『エリザヴェータ・バム』における言葉とリアル——「山上の家」をめぐって——」『SLAVISTIKA』第23号（二〇〇七年）、八一～八二頁。従来の解釈に反対の立場からこうした先行研究の多くが紹介されている。

2　*Друскин.* «Чинари». С. 112.

3　*Рог Е.* Проза Даниила Хармса в свете биокультурной теории смеха // Столетие Даниила Хармса. Материалы международной научной конференции, посвященной 100-летию со дня рождения Даниила Хармса / Под ред. А. А. Кобринского. СПб., 2005. С. 176.

4　*Мейлах М.* О «Елизавете Бам» Даниила Хармса // Stanford Slavic Studies. 1987. Vol.1. С. 198. 日本では、ナボコフの『処刑への誘い』は『断頭台への招待』というタイトルでつとに流布しているが、これは彼と息子のドミートリーが共同でおこなった英訳（一九五九年）に基づいている。一九三八年に出版（一九三四年に執筆）されたロシア語版は『処刑への誘い』として最近邦訳が出た。ナボコフ（小西昌隆訳）「処刑への誘い」『ナボコフ・コレクション』新潮社、二〇一八年。

5　Antti Aarne, *The types of the folktale: A Classification and Bibliography*, trans. and enl. Stith Thompson (Helsinki: Indiana UP, 1964), p.127.

6　栗原成郎「「死んだ花婿が花嫁を連れ去る」話」『スラヴ学論叢』第2号（一九九七年）、一一五頁。ビュルガー『レノーレ』がヨーロッパの広域におよぼした影響については、次の論文に詳しい。飯田梅子「ロシアにおける『レノーレ』受容」『文化と言語』第75号（二〇一一年）、一三八～三九、一四三～四五頁。また、レノーレ譚のスラヴ圏への伝播については、以下を参照せよ。栗原成郎「西スラヴと南スラヴにおける〝レノーレ〟譚」『西スラヴ学論集』第4号（二〇〇一年）、七～二三頁。

7　*Белинский Б. Г.* Полное собрание сочинений. В 13 тт. Т. 7. М., 1955. С. 170.

8　飯田梅子「ロシアにおける『レノーレ』受容」一七二頁。

9　*Шубинский*. Даниил Хармс. С. 199.

10　ジュコフスキー『スヴェトラーナ』、『リュドミーラ』、『レノーラ』は次の全集を底本にした。*Жуковский В. А.* Полное собрание сочинений. В 20 тт. Т. 3. М., 2008. また、ビュルガー『レノーレ』を参照する場合は以下を底本とした。Gottfried August Bürger, "Lenore," vol. 1 of *Sämmtliche Schriften*, ed. Karl Reinhard (Hildesheim and New York: Georg Olms Verlag, 1970). 『スヴェトラーナ』は飯田梅子「ロシアにおける『レノーレ』受容」に、『レノーレ』と『リュドミーラ』は栗原成郎「「死んだ花婿が花嫁を連れ去る」話」に、それぞれ邦訳がある。なお『レノーラ』はビュルガー『レノーレ』の翻案というよりは翻訳に近い。

11　Bürger, "Lenore," p. 76.

12　「舞台は冒頭と同じ」と書かれている。*Мейлах*. О «Елизавете Бам». С. 240. なお、『エリザヴェータ・バーム』には「舞台」のバリアントと「文学」のバリアントの二種類があり、一般に流通している後者では省かれているト書きが前者には多く書きこまれている。両方のテキストを全文紹介しているのはメイラフのこの論文だけだが、不幸なことに、「舞台」のバリアントの最後の頁が欠落している。次のハルムス作品集がそれを注のかたちで補っている。*Хармс Д. И.* Дней катыбр / Сост. М. Мейлах. М., 1999.

13　本田登「ダニイル・ハルムスの『エリザヴェータ・バム』における言葉とリアル」九六頁。

14　栗原成郎「『死んだ花婿が花嫁を連れ去る』話」六頁。

15　*Жуковский.* Полн. собр. соч. Т. 3. С. 290.

16　ジュコフスキー作品からの引用は、（Ж：頁数）と表記した。底本は前注10を参照せよ。『エリザヴェータ・バーム』からの引用は、本書の序章に記したとおり、『ハルムス全集』の（巻数、頁数）で示している。

17　Bürger, “Lenore,” p. 75.

18　ちなみに一九三五〜三六年頃にハルムスが書いたメモに、世界文学アンソロジーと思しきリストが残されている。その44個の項目のなかに、「バラッド」（14番）と「ミュンハウゼン」（43番）の名前があがっている。ミュンハウゼンとは、『レノーレ』の著者ビュルガーの代表作『ミュンハウゼン男爵』（邦訳は『ほら吹き男爵の冒険』）にほかならない（6, 191-192）。

19　*Жаккар.* Даниил Хармс и конец русского авангарда. С. 18-22.

20　『エリザヴェータ・バーム』の「舞台」のバリアントでは、一九個の「断章」ごとに傍題が与えられており、決闘の「断章」はまさに「バラッドの情熱」と題されている。

21　*Крученых А. Е.* Фактура слова. М., 1923 (цит. по: Кукиш прошлякам. С. 26).

22　Там же.

23　*Крученых А. Е.* Декларация слова как такового // Русский футуризм / Сост. В. Н. Терёхина, А. П. Зименков. СПб., 2009. С. 71.

24　«глушитель» は（車などの）消音装置のことだが、ここではより広く、「音を消すもの」

と考えることにする。

25　*Крученых*. Кукиш прошлякам. С. 46.　もともとはテレンチエフの詩論『17個の馬鹿げた道具』のなかの一節。*Терентьев И*. Собрание сочинений. Bologna, 1988. С. 181.　クルチョーヌィフはこの過激なザーウミ詩人を賞讃し、自著のなかで何度も引用している。

26　*Терентьев*. Собрание сочинений. С. 182.

27　*Крученых*. Кукиш прошлякам. С. 39.

28　Там же. С. 11-13, 65-66.「ファクトゥーラ」とは、音や韻律や文字や意味など言葉にかかわる各要素をさまざまに配置する手法／概念のこと。

29　*Мальский И*. Разгром ОБЭРИУ: Материалы следственного дела // Октябрь. 1992. № 11. С. 175. ハルムスは一九三一年十二月に逮捕された。同時期にトゥファーノフとヴヴェジェンスキーもそれぞれ別の場所で逮捕されている。

30　いみじくもクルチョーヌィフ『化学の飢え』第一章は「鎮魂歌」と題されており、レノーレ譚でも「弔鐘」が鳴り響いている。Bürger, "Lenore," p. 71.『エリザヴェータ・バーム』における鐘の音については、次節で詳述する。

31　*Хлебников В*. Наша основа // Собрание сочинений / Под общ. ред. Р. В. Дуганова. В 6 тт. Т. 6. Кн. 1. М., 2005. С. 174.

32　*Хлебников*. Зангези // Собрание сочинений. Т. 5. С. 323.『ザンゲジ』は次の書籍のなかで亀山郁夫によって抄訳されている。亀山郁夫・大石雅彦編『ロシア・アヴァンギャルド5　ポエジア　言葉の復活』国書刊行会、一九九五年、六二一〜七二頁。しかしながら、「バーム！」は「ム！」と誤植されている。

33　*Ямпольский*. Беспамятство как исток. С. 150.　なおヤムポリスキーは「両雄の決闘」の場面

について、『ザンゲジ』を念頭に、「フレーブニコフにたいする明らかなパロディ」と述べている。

34　序章で述べたように、ロバーツはこの台詞を不条理とみなし、権力者による問答無用の裁決を引き延ばすための手立てと考えている。Roberts, *The Last Soviet Avant-garde*, p. 145.

35　ヤムポリスキー曰く、「ピョートル・ニコラーエヴィチを撃砕したことは薪割りと何らかのかたちで関係している」。*Ямпольский.* Беспамятство как исток. С. 151.

36　ハルムスにおける円と直線の哲学的意味や、直線にたいする彼の二面的な態度については、第四章で詳述している。

37　*Семёнов В. Б.* ХАРМС Даниил // Русские писатели 20 века: Биографический словарь / Сост. П. А. Николаев. М., 2000. С. 724-725.

38　ビョームの伝記的事実については主に次の文献を参照した。Елизавета Бём: Иллюстрированный каталог почтовых открыток / Под шеф-ред. В. В. Крепостнова, А. В. Афанасьева. Киров, 2012.

39　Там же. С. 46; *Шубинский.* Даниил Хармс. С. 43.

40　たとえば、メイラフが指摘するように、「両雄の決闘」の章で名前の挙がるイマヌイル・クラスダイテーイリク Иммануил Красдайтейрик はダニイル・ハルムス Даниил Хармс とその仲間イーゴリ・バーフテレフ Игорь Бахтерев のアナグラムである（KはXとΓに対応）。*Мейлах.* О «Елизавете Бам». С. 245. また、ザーウミの使い手ピョートルの名字はクルペルナーク Крупернак であることが最後に明かされるが、この名前はクルチョーヌィフ Крученых とパステルナーク Пастернак を彷彿させる。ハルムスは戯曲執筆の前年にヴヴェジェンスキーとの連名でパステルナークに自作の詩と手紙を送付している（4, 72）。

41　ビョームの採った書体については、次の論文に詳しい。*Мозохина Н.* Открытки Елизаветы

Бём. Лингвистический комментарий // Елизавета Бём. С. 154-156.

42 [*Бенуа А.*] Азбука в картинах Александра Бенуа. СПб., 1904 (Факсимильное издание: Азбука в картинах Александра Бенуа / Под вед. ред. В. И. Синюкова. М., 1990).

43 ただし、ロシア未来派が中世ロシアや古代エジプトにたいし、近代的理性を超克するものとして強い興味をもっていたことには注意する必要がある。たとえば、ウシクイニクはトゥファーノフの詩集のタイトルにも採られている（『ウシクイニク達 Ушкуйники』一九二七年）。ハルムスも一九二五年の手帖にその名を書きつけている（5, 30）。なお、ビョームの『アルファベット帳』は近年ロシアで完全版が出た。*Никифоров Д. Ю.* «Азбука» Е. М. Бем в XXI веке. К., 2013.

また、本章の関心とは別に、興味深い事実として、一九一八年にドイツの評論家マックス・ベーム Max Böhm がラトビアの雑誌に『ラトビアの民間伝承におけるレノーレ譚』という文章を書いていることを挙げておこう。このベームは、ロシア語ではビョーム Бём と表記される。ただ、筆者は現物を確認できておらず、現時点ではハルムスと関連させるに足る証拠もない。Max Böhm, "Der Lenorenstoff in der lettischen Volksüberlieferung," *Hessische Blätter*, no. 17 (1918), pp. 15-25.

第三章　ファウストの軌跡　オベリウ期のテキストにおけるモチーフの研究

注213頁以下

0　過渡期のテキスト

ザーウミ派の詩人として文学活動をおこなっていたダニイル・ハルムスが仲間とともに一九二七年秋に結成した芸術家グループ「オベリウ」は短命だった。一九三〇年四月に大衆誌に掲載された『反動的イカサマ』という記事が彼らのパフォーマンスを「反革命的」とこきおろしたのを皮切りに、その活動の幅は急速にせばめられ、ついに翌一九三一年十二月にハルムスやヴヴェジェンスキーが逮捕されると、「オベリウ」は事実上消滅してしまうからである。

この一九二七年から一九三一年の短いあいだに彼が書きのこした作品は多いが、『ダニイル・ハルムスとロシア・アヴァンギャルドの終焉』においてその創作全体を分析したジャッカールは、彼の詩学がその時期著しく変貌したことを指摘している。ザーウミという概念／手法に代表される「流動性」の詩学は崩壊し、断片的な散文を集めた『出来事』に代表される「断片性」の詩学が新たに誕生したというのだ。[2] ジャッカールによれば、ほとんど詩学の切断に近いこの現象が起きたのはハルムスの世界観に実存的な危機が訪れたためであり、新しい詩学は不条理的な散文となってあらわれることになった。こうして、その創作の様相がロシア未来派由来のザーウミ詩から不条理的散文へと大きく姿を変えたというハルムスの詩学の全体像を、ジャッカールは詳細に描きだす。

たしかにハルムスの後期の散文は不条理文学とよく似ており、ベケットやイヨネスコといった西欧の不条理な諸作品と区別することはときに難しい。また、初期から後期への創作過程でハルムスの作風は実際に大きく変化している。オベリウ期のハルムスは自身の思想を深化させており、その内省が反映された諸テキストは、最初期の詩作品とは形式的・手法的に異なっている。とはいえ、それらは『出来事』に代表される後期の諸短篇のような簡明さはまだ獲得していない。

もっとも、ハルムスの創作は完全に初期と後期のふたつに断裂しているわけではないと、ジャッカールは最終的に結論づけている。むしろその創作は「有機的な進化」を辿ったのだという。[3] ただし、彼が進化と呼ぶ理由は、二〇年代の詩学が突きつめられたすえに立ちゆかなくなり、三〇年代に入って破綻してゆくことには一貫した流れがあり、この解体の流れにそって創作も変容しているからにすぎない。それればかりか、ハルムスの詩学はそもそも破綻を宿命づけられており、初期の代表作である戯曲『エリザヴェータ・バーム』のなかに早くもその兆候を見出すことさえできるという。ジャッカールがそこに見てとった性質こそ、後期の散文で顕著になった不条理文学を徴しづけるものである。

たとえ『エリザヴェータ・バーム』とその上演に形式的に合致しているものが、未来派の原則を総合したもの(非画一性、挑発的な理解不能性、ザーウミ、「社会の趣味への平手打ち」等)にちがいないとしても、この戯曲の哲学的・心理学的・言語学的な前提となっているものはまったく別のものである。ハルムスの創作の根幹には、イヨネスコと同様、形而上学的な恐怖が横たわっているのだ。[4]

つまり、ジャッカールによれば、変貌著しいハルムスの創作にはひとつづきの流れが認められる一方で、それは不条理文学を形成してゆく過程にほかならないのである。

このような不条理文学の先駆者としてのハルムス像は、ジャッカール以後、研究者のあいだで主流の見方となった。しかし、ハルムスが散文を書いていた一九三〇年代から四〇年代初頭には「不条理劇」や「不条理文学」といった概念や用語がまだ存在していなかった以上、彼の創作を不条理文学と結びつけるのは、同時代性を度外視した読みといえる。そこで、本書では、ジャッカールが新たな詩学の萌芽を認めたオベリウ期のテキストを再検討することで、彼の主張にかわる新しいハルムス像を定立したい。

そのため、第一に、この時期のテキストがむしろ初期と後期をつなぐ連続性のなかにあり、両者を架橋する過渡的な性格をもっていることを、第二に、ハルムスが(不条理ではなく)ザーウミ的な＝理知を超えたものを一貫して志向していたことを詳らかにする。そうすれば、ジャッカールの主張とは逆に、ハルムスの創作が不条理の詩学を胚胎したのでも、もともと備えていたのでもなく、ザーウミの詩学の発展に捧げられたものであることが明らかになるはずだ。

本章では、以下、彼が理知を超えるために音のザーウミと意味のザーウミを試行錯誤しながら用いている様子を描きだすことにする。主な分析対象として、『報復』（一九三〇年）と『フニユ』（一九三一年）を俎上にのせる。前者には、ハルムス自身の他の様々なテキストに登場する言葉、概念、モチーフが豊富に引用されており、総じて巨大なパッチワークのようになっている。それらを丁寧に解きほぐしてゆけば、当時のハルムスの哲学や創作理念を詳らかにすることができるだろう。とりわけ注目するのは、『報復』の登場人物の一人ファウストである。他の登場人物たちとの関わり方の変化のうちに、ハルムスの手法の力点の変化を、意味のザーウミのゆるやかな前景化を見てとることができるからだ。また、後者におけるヒロイン・フニユの物理的移動には、ハルムスの手法の変化がより如実にあらわれている。

本章が提示するのは、こうしてハルムスが手法を模索しながら人間の理知を超えた芸術を目指し歩みつづける、その軌跡である。

1 争い

『報復』は三つの場面に大別することができる。一つ目がファウストと作家たちの言い争い、二つ目がファウストとマルガレーテの対話[5]、三つ目がファウストと作家たちの和解だ。これらの場面は截然と区別されているわけではないが、内容が大きく異なっているため、本章では整理する意味もこめて、便宜的にこれらを序盤・中盤・終盤とみなしたうえで、話を進めることにする。
序盤は使徒たちと作家たちの対話で幕を開ける。前者の発言とそれに応答する後者の台詞は、この劇詩全体の構造を端的に示している。

使徒たち　まことにべーは
神々のはじまり
だが私とお前は
この桎梏から逃れられない
作家たちよ、教えておくれ
エフなのかカーなのかを。

作家たち　天上の知恵には
私たちは遠くおよばない。(1, 149)

使徒たちが用いている「べー бе」「エフ еф」「カー Ка」といった言葉は、直接的にはロシア語の子音字(б, ф, к)の名称だが、これはザーウミ詩人フレーブニコフの言語理論や創作と掛けあわせた一種の言葉遊びとみなすべきである。
「べー бе」は「神々 боги」の語頭の子音字бをあらわしているので、それは文字通りの意味で

「神々のはじまり」（の文字）といえる。ところでフレーブニコフはロシア語の子音字を語創造の根幹とみなし、語頭の子音が単語全体の意味を支配するという前提からザーウミを創造していた。[6] それを勘案すれば、「この桎梏から逃れられない」という使徒の台詞は、「神々 боги」という言葉が子音字「б」の支配域から逃れられないという意味だと捉えることができる。つまり、ここにはフレーブニコフ流のザーウミ創造術への仄めかしがあると考えられるのだ。そのうえ「べー бе」は詩人の有名な詩句「ボベオビと唇はうたわれ Бобэоби пелись губы」（一九〇八〜一九〇九年）を連想させる。

フレーブニコフを指向するものはこれだけではない。「カー Ka」という単語は彼の小説『カー Ka』（一九一五年）と明らかに結びついている。使徒たちの台詞のなかで「カー」という単語だけが大文字で始まっていることもあり、ハルムスが執筆の際に小説『カー』を念頭においていたのは間違いないだろう。そのうえ、『カー』はハルムスのもう一つの劇詩『ラーパ』に影響を与えている。[7]『報復』を執筆する数日前、彼はそれと構造もテーマも非常によく似た『ラーパ』を脱稿しており、興味深いことに、そこにフレーブニコフという名の人物さえ登場させていた。

『ラーパ』は（すぐあとで触れるように）『報復』と同じく天と地を両極にもつ垂直構造を備え、登場人物たちは基本的に天か地いずれかの領域に振り分けられている。『ラーパ』を分析する本田登が、フレーブニコフは「天を象徴している」と指摘するとおり、[8] そこではフレーブニコフは天へ飛びさってゆく存在として描かれ、彼が天の領域に属していることが示されている。一方、『報復』の使徒たちが「天」の領域に属していることは、彼らにたいする作家たちの台詞「天上の知恵には／私たちは遠くおよばない」から明らかだろう。したがって、『ラーパ』の登場人物フレーブニコフと同じ階層に属する使徒たちの発する「カー」「ベー」「エフ」といった言葉が、ザーウミ詩人のフレーブニコフと関連づけられるのは、必然といえる。

さて、「まことにべーは／神々のはじまり」という言い回しが『ヨハネによる福音書』の冒頭句「初めに言（ことば）があった。言は神と共にあった。言は神であった」という有名な文言と照応していることも容易くみてとれる。[9] フレーブニコフのザーウミ論を連想させる「ベー」が神の「言」とパラレルに置かれているわけだ。実際、作中に一度だけ登場する神（бог）の台詞は音のザーウミに埋めつくされている。

クフ　クフ　クフ
玉座　ゲリネフ
ケルフ　天と地
セラフ　汝の讃え（I, 153）[10]

神の用いるこうした音のザーウミは、ちょうどその台詞にある「天と地」のように、作家たちの言葉と鋭く対立している。彼らは音のザーウミを用いず、日常的に使われている単語だけを口にするからだ。そのため、彼らにとっては、神の言葉＝音のザーウミはもちろん、ザーウミ詩人フレーブニコフを連想させる使徒たちの言葉（бе, eф, Ka）や、あるいはその言葉によって語られるものも、自分たちの理解のおよばない「天上の知恵」に等しいのである。

『報復』の登場人物は、『ラーパ』においてそうだったように、「天と地」を両極にもつ垂線上に配置されている。天に近いのは神と使徒たちであり、地に近いのは作家たちだ。この使徒たちと作家たちとの対話にもう一人の人物が介入してくる。ファウストである。彼は作家たちに「作家の犬野郎共」と罵声をあびせ、彼らを追いだそうとする。

ここから立ち去りたまえ。消えたまえ。
おれはここに残って恋焦がれる
ひとり、マルガレーテを想い。(1, 150)

すると本当に作家たちは退散してしまう。彼らの去り際の台詞は注目に値する。

出てゆくよ出ちゆこよ
出つゆくよ出たゆこよ
出くぃゆくよ出かゆこよ
だがな髭の魔法使いめ貴様をうまいことコテンパンにしてやるぞ(1, 151)

作家たちの台詞はこの直前まですべて日常語・俗語からなっており、このとき初めてザーウミが出現する。そのうえ、「出てゆくよ出ちゆこよ／出つゆくよ出たゆこよ／出くぃゆくよ出かゆこよ Мы уходим мы ухидем / мы ухудим мы ухядем / мы укыдим мы укадем」という一連の語変化をともなうザーウミは、フレーブニコフに特徴的なものであることが知られている。彼は『われらが礎』のなかで、このように語頭と語尾を残し単語の中間にある母音だけを変化させて新しい言葉を創造する方法を「内的語形変化」と名づけているからだ。[11] はじめ使徒たちの言葉（フレーブニコフを連想させる）を「天上の知恵」と呼び、それを自分たちから遠いものとみなした作家たちが、ファウストに逐われる段になって、自らもフレーブニコフが常用したザーウミを口にするのだ。また、その台詞から句読点が欠落している点も見逃せない。これもやはり未来派詩人たちの常套手段（シンタクスのザーウミ）だったからだ。

ここには、次節以下で詳しく見てゆくように、「天と地」の位階構造の揺らぎがあらわれている。では、作家たちを追いはらったファウストとはどういう存在だろうか。彼の台詞を引用しよう。

おれは天から権力を授かった
天軍の勇士である
作家たちよ　貴公らはウルヘカド　セイチェ！
消えさりたまえ！（1, 150）

自身の言葉によれば、ファウストは「天から権力を授かった／天軍の勇士」であり、神や使徒たちと同じ「天」の領域に属している。それを傍証するように、彼は「ウルヘカド　セイチェ」という音のザーウミを披露している。前章でも触れたとおり、ハルムスが作中でときどきアナグラムを用いることを勘案すれば、「ウルヘカド урухекад」という単語に、神が口にする「ケルフ Херуф」という単語の文字が多く含まれていることに気がつく。この点もファウストと「天」の近しさを感じさせる。

序盤を読むかぎり、『報復』はかなり分かりやすい設計図をもとに構築された劇詩である。それは天と地を両極とする垂直構造をもち、神と使徒たちとファウストは「天」の領域に、作家たちは「地」の領域に配属されている。しかしながら、「天」から権力を授かったというファウストが、「地」の言葉（音のザーウミに対置されるべき日常語）を用いる「地」の作家たちを追放するとき、「天と地」の位階構造が揺らぎはじめる。

2 対話

星と木

中盤では、作家たちのかわりにマルガレーテが登場する。興味深いことに、彼女は「天と地」の垂直構造を言葉のはしばしに匂わせる。

そこかしこで星が瞬きはじめるでしょう

そして実直な木々は
墓地のうえで繁茂してゆくことでしょう。（1, 152）

高層住宅のうえを
星と星のはざまを　草と草のはざまを
私たちのうえを天使らが歩きまわっています（1, 152）

最初の引用では「星」と「木々」が、二つ目の引用では「星」と「草」が対照されている。「星と星のはざまを　草と草のはざまを」という表現は、本来「星と草のはざまを **между звёзд и трав**」という表現になるべきかと思われるが、原文に基づき訳出した。いずれにせよ、ここでは「星」と「草」という単語が対句のように対比的に用いられていることを押さえておきたい。

このあと使徒たちが出現し、天使に語りかける。彼らは「知恵」をはじめとする天使の属性が「空の裂け目に消えてゆく」ことを告げ、そのかわりに樫の木、石、時間を天使に差しだそうとする。

ハッピー、権威には樫の木を与えよう
ハッピー、勢力には石を贈ろう
ハッピー、主権には時間を進呈しよう[12]（1, 153）

まるで「知恵」と引き換えのようにして、使徒たちが天使に「樫の木」を与えようとする点は注目に値する。ロシア語の「樫の木 дуб」には「まぬけ」という意味もあり、「知恵」と対置されていることは明らかだ。また、「知恵」は序盤で「天上の知恵」と言われていたように、「天」の領域に属す概念である一方、木（樫の木）は星と対比されており、「地」の領域に属す植物である。使徒たちは、神＝ファウスト系列の「天」の属性をもつ「知恵」のかわりに、作家たち系列の「地」の属性をもつ「樫の木」を天使に与えようとしているわけだ。並びに、「石」と「時間」も「地」の系列に属している。なぜなら、前章で述べたように、石は流動的な性質をもっているとされるザーウミを否定するものだからであり、時間は超‐時間と対置されるべきものだからである。ここにおいて、「天と地」の位階関係は大きく混乱しはじめる。

やがてマルガレーテが「夢まぼろし」のように消えうせるとともに、ふたたび作家たちが登場する。彼らの第一声は象徴的である。なにしろ「空 небо が暗くなってきている」と言うのだから。こうして空＝天 небо の不穏な状況が指摘されるとともに、中盤は終わりを迎え、ファウストと作家たちが親しげに会話をする終盤がはじまる。だが、このままつづけて読みすすめるまえに、「知恵」と「樫の木」というふたつのモチーフが『報復』と同じように使用されている別のテキストをここで参照してみても、遠回りにはなるまい。これらのモチーフがハルムスの一時的な思いつきでないことが確かめられるのはもちろん、そのテキストには『報復』の重要なテーマでありながら一度も言及されない概念――つまり「報復」という概念が出現しているからである。

樫の木と知恵者の衝突

「知恵」と「樫の木」というふたつのモチーフは、『報復』の一年近く前にハルムスが書いた『樫の木と知恵者の衝突』（一九二九年）という詩のなかで、それぞれ楕円のふたつの中心をなしている。この詩は樫の木になりたいという男の独白が大部分を占める前半部と、イワン・ブスラヴェンという男の日常について知恵者が語る後半部からなっており、合間にコーラスが挿入される。文字通りの意味で樫の木になろうとして地中に足をうずめる男の試みを、[13] コーラスは手厳しく非難するのだが、その内容は本書にとって実に興味深い。

おまえはその理知によってもっと遠くまで飛んでゆける
鷹よ　おまえは地の上を飛び回っているのに
樫の木のように土のなかに降りたいと思っている
われらは断固反対だ
おまえがもし地に降り立てば
悟るだろう
分かるだろう
勘づくだろう

われらの報復が
いかなるものか。（1, 98）

「報復」という言葉／概念は、一一ヶ月後に書かれることになる劇詩『報復』を明らかに予示している。そればかりか、引用箇所にみられる「鷹と樫の木」「地の上と土」という対比的モチーフは「天と地」をパラフレーズしており、理知を「地の上」の領域に配属させる垂直的な構図も前節まで検討してきた『報復』と完全に一致している以上、このふたつのテキストは血を分けた兄弟のような関係にあるといっても過言ではないだろう。

では、『樫の木と知恵者の衝突』において「報復」はいかなるものとして定義されているだろうか。劇詩『報復』にはそうした定義がないどころか、そもそも「報復」という単語やそれを匂わせる表現すらないため、いまその内実を見極めておくのは重要なことである。

われらの報復
　　　われらの報復
　　　耳の消滅
　　　失聴
　　　鼻の消滅
　　　失嗅
　　　口の消滅

失舌
目の消滅
失明（I, 98）

「われらの報復」とは、すなわち感覚器官の消滅のことである。聴覚、嗅覚、味覚、視覚という、触覚を除く四つの感官を、男が「地に降り立」つことの「報復」として消滅させるというのだ。もし理知を放擲すれば知覚も掠奪する――この脅しにたいし、樫の木になりたいと欲する男は「涙を枯らし」てしまう。

そこに登場するのが、「四つ鼻のある」という知恵者である。すぐ数行前に嗅覚の失調を意味する「鼻の消滅」という言葉があることで、この奇矯な形容句が際立っている。彼が知と知覚の両方を存分に（過剰なほど）もっていることは、この修飾からも明らかだろう。彼はイワン・ブスラヴェンという男の生活について語りはじめる。レニングラードはワシーリー島の四条通りに泊まり、職業安定所に登録するも仕事は得られず、居酒屋でパンのやわらかな内側の部分をねだり、あげくは嘲弄される男の卑俗な社会生活。イワン・ブスラヴェンと知恵者との関係は定かではないが、コーラスは後者にむけて演説をぶつ。

知恵者にむけた演説
二キログラムの砂糖を

一キロのバターを
追加の配給通帳をイワン・
ブスラヴェン
という無名の者に宛てて。
それから三〇〇の熱烈なキスを
赤い帽子をかぶった乙女たちから。(1, 99)

ここでは知恵者と無名の社会生活者イワンとの区別はほとんど消失している。[14] また、知恵と樫の木の対立も後景にしりぞいてしまう。それというのも、イワンについて語り終えた知恵者にコーラスがこう告げるからだ、「おまえは緑の樫の木よりも堅い」。したがって彼は「レンガ」だという。このとき、すでに知恵と樫の木は対照的な概念ではなくなっている。なぜなら、程度は異なるものの同じ「堅さ」という属性を共有するふたつのモチーフにすぎないからだ。

詩の前半部においては、知恵は樫の木というもうひとつのモチーフと対立するものとして描かれ、「天と地」という巨大な二項対立の一極をなしていたが、後半部では両者が対置されることはなくなっている。「知恵」と「樫の木」というこのふたつのモチーフは、『報復』でもそうだったように、はじめ「天と地」の位階構造を支えるものであったにもかかわらず、やがてそれを内破させる契機とさえなっているのである。『報復』と『樫の木と知恵者の衝突』の構成上の類似を確認したところで、理知と知覚の消滅、すなわち「報復」に話題を戻そう。

芸術の誕生

樫の木になりたいと欲する男は、「われらの報復」を聞き終えて涙を流す。そのあと彼がどうしたのかは描かれない。ところが、一九三三年にハルムスが女優のプガチョワに宛てた手紙のなかで、理知を放棄した「報復」として覚悟せねばならぬという知覚の掠奪のことが、四年前に書かれた『樫の木と知恵者の衝突』での記述の不足分をまるで補うかのように、詳しく説明されている。

最初のものというのはすべてなんと素晴らしいのでしょう！　そんなことを考えていました。最初の現実はなんと素晴らしいのでしょう！　太陽も草も石も水も鳥も虫も蠅も人も素晴らしい。でもグラスもナイフも鍵も櫛もやっぱり素晴らしいのです。けれど、もしぼくが視力を失い、聴力を失い、自分の五感をすべて失ってしまったら、こうしたもの一切が素晴らしいということがぼくにどうして分かるでしょう？　すべて消えてしまった。ぼくからすれば、何もありません。でも触覚を授かったら、忽ちほとんど全世界がふたたび出現しました。聴覚を獲得したら、世界は一層よくなりました。五感を次々と取り戻していったら、世界は尚のこと大きく、よくなっていきました。ぼくがそれを自分のものにするとすぐに世界は存在しはじめました。まだ無秩序なままですが、それでも世界は存在しているのです！（4, 79）

ここには、五感を失った人間がそれをふたたび取り戻してゆく過程で世界を再認識してゆくさまが、感動的に表現されている。この手紙が書かれたのとちょうど同じ頃、ハルムスは自分の手帖にもこう記している。「最初のものは必ずしもいつも素晴らしいわけではないが、二番目のものはいつも必ず素晴らしい」(6, 61)。一見するとプガチョワ宛ての手紙の文言(「最初のものというのはすべてなんと素晴らしいのでしょう」)と矛盾しているようだが、しかし「二番目のもの」を「再認識したもの」と捉えれば、その意図しているところは手紙よりも明白だろう。新たに獲得した知覚で認識した世界のほうが、生まれてはじめて知覚した世界よりも「素晴らしい」というのである。[15]

ところがそのような刷新された知覚、ふたたび取り戻した知覚で認識された世界は、「無秩序なまま」だという。赤ん坊がはじめて目撃した世界がおそらくそうであるように、幾何学的・功利的・情動的・審美的な意味——人間が後天的に理解し取得するだろう意味や価値観が機能していないからだ。そこでこの世界に秩序をもたらそうとすると、「芸術が出現」するとハルムスは言う。

今ぼくのやるべきことは、正しい秩序の創造です。それに掛かりきりで、そのことだけを考えています。それについて話をし、それを物語り、記述し、描き、踊り、建設しようとしています。ぼくは世界の創造者です。これがぼくのなかでは最も重要なことなのです。果たしてこのことについてずっと考えずにいられるものでしょうか! ぼくが作るものすべてに、自分は世界の創造者であるという意識を注入します。そうすれば、ぼくは単に長靴を拵えているばかりでなく、まず何よりも新しい事物を創造していることになるのです。長靴が心地良くて、丈夫で、綺麗だったためしは個人的にはあまりありません。ぼくにとって重要なのは、全世界にあるのと同じ秩序を長靴のなかにあらしめることなのです。世界の秩序が肌に触れたり釘に打たれたりして、傷んだり汚れたりしないようにすること、長靴の形状如何にかかわらず、それを本来の形状のまま、あるがまま、純粋なままにしておくことなのです。

これこそまさに全芸術を刺し貫いている純粋さです。詩を書くとき、ぼくにとって一番重要だと思えるのは、観念でも、内容でも、形式でも、「クオリティ」という曖昧な概念でもなく、合理的知にとってはもっと曖昧で不可解な何か、しかしぼくにとっては明快で、親愛なるクラヴジヤ・ワシーリエヴナ、貴女にとっても明快であるはずの何かなのです。これが、秩序の純粋さです。[16]（4, 79）

ハルムスにとって、「真の芸術は最初の現実に属しており、それは世界を創造し、世界の最初の反映」となる。なぜなら、芸術はそれ自体が一個の現実であるとともに、それもまた世界に一貫している秩序や法則（ハルムスの言葉でいえば「純粋さ」）を共有していなければならないため、必然的に全世界を忠実に反映することにもなるからだ。個々の芸術はそれぞれ固有の形や性質をもっているとはいえ、同じ「純粋さ」を分有してもいるわけだから、それはほかの事物との差異と反復両方を同時に体現していることになる。こうした事情についてハルムスはこう書いている。「ようやく太陽と櫛の本当の違いを理解できましたが、しかし同時に、それらが同一のものであるということも分かったのです[17]」。

世界の「純粋さ」を反映する真の芸術を創造するためには、新しい知覚でありのままの世界を認識しなければならない。その新しい知覚を獲得するには、古びて煤けてしまった知覚を喪失しなければならない。そしてその前段階として、人間がありのままに世界を知覚しようとするのを阻害する通念や知識や理性といったものも放棄しておく必要があるだろう。ハルムスはそう考えている。『樫の木と知恵者の衝突』および『報復』における「報復」＝「知覚の掠奪」は、真の芸術創造のための契機になりうる試練なのである。[18]「報復」の意味が明らかになったいま、その名を冠した一九三〇年の劇詩に立ち返ることにしよう。

3　和解

言葉の無意味な堆積

『報復』の序盤では敵対していたファウストと作家たちだが、後者が退場する中盤を経て、終盤では両者の関係は友好に転じる。作家たちにファウストが歩み寄るのだ。

ファウスト　詩を読ませていただいた
　　　　　　すばらしかった

作家たち　ありがとうございます。
　　　　　本当にうれしいです（I, 155）

中盤の最後、使徒たちが「知恵」のかわりに「樫の木」を天使に与えることで混沌の兆しをみせていた「天と地」の位階構造は、ファウストと作家たちの和解によって、ついに瓦解する。そして使徒たちは作家たちの再登場と入れ替わるように、ぱったりと姿をくらませてしまう。ここにはもはや「天」（＝神＝使徒たち＝ファウスト）対「地」（＝作家たち）という対立軸は存在しない。神はおろか使徒たちも退場し、ファウストと作家たちは手を結ぶからだ。「天と地」にかわって前景化されるのは、「水と火」という新たな対比的モチーフである。ファウストと作家たちは次のように会話をつづける。

ファウスト　詩は美しく、調べが見事だった。
作家たち　ああ、やめてください
　　　　　これは言葉の無意味な堆積なのです
ファウスト　まあたしかに
　　　　　そこには水もあるとはいえ
　　　　　しかし意味の朦朧とした群れがさまよっている（I, 155）

注目すべき文言が複数あるが、順番に確認してゆこう。まず、「言葉の無意味な堆積 слов бессмысленные кучи」という作家たちの言い回しは、「意味の朦朧とした群れ（がさまよっている）смыслов（бродят）сонные стада」というファウストの言い回しと意味的にも語順的にも明らかに照応している。したがって、「言葉の無意味な堆積」という言葉によって打ち消されている「詩は美しく、調べが見事だった」というファウストの主張と、「意味の朦朧とした群れ」に逆接「しかし」によって対置されている「水もある」という奇妙な言い回しは、同義ということになる。次のように図示すれば、一目瞭然だろう。

詩は美しく、調べが見事＝水もある⇅言葉の無意味な堆積＝意味の朦朧とした群れ

ロシア語の「水」という単語には、「無駄な内容」という転義もあるが、このモチーフはより精密な検証に値する。「知恵」や「樫の木」がそうだったように、「水」というモチーフもハルムスの別のテキストにおいて使用されており、しかもそこで中心的な役割を演じているからだ。『報復』というテキストは、最初に述べたとおり、当時のハルムス自身の別のテキスト群にあらわれる言葉、概念、モチーフが豊富に編みこまれているため、巨大なパッチワークのような様相を呈している。『報復』のなかでこれらのモチーフに付与されている意味や性質を突きとめるには、もとのテキストに遡るのが結局一番の近道だろう。「水」についても同断である。

水

一九三一年に執筆された『水とフニュ』は、水とフニュという二人の会話を土台とする劇詩である。フニュとは、この時期のハルムスが自作にたびたび登場させている人物のことで、ほかに『フニュ』『〈あるときアンドレイ・ワシーリエヴィチが……〉』『ランプの友フニュ』というテキスト（いずれも一九三一年執筆）にあらわれる。[19] 本章では、さしあたって水のほうに着目してみよう。詩の冒頭を引用する。

フニュ　どこへ　どこへ
　　急いでいくの、お水さん？
水　　左のほうへ
　　あそこ　曲がり角のむこうに
　　あずまやが建っている
　　（……）
　　ほらお嬢さんが立ちあがって園に出ていった
　　もう門のほうへ歩いてゆく。
フニュ　どこですって？

水　あそこ　曲がり角のむこうで
お嬢さんのカーチャが草地を歩いている
裸足のままで
左目には矢車菊が[20]
右目には
月の小丘が輝いている
ファートカミ……
フニュ　なんですって?
水　いまのは水の言葉で話したの（1, 194）

最後の「水の言葉」が指している「ファートカミ **фятками**」という単語は、われわれの用語でいえば、音のザーウミである。第一章でザーウミをこう定義した。**二十世紀前半のソビエト＝ロシアにおいて、「理知を超える」という志向性をもち、かつ「理知では把握できない」言葉ないし概念を「ザーウミ」あるいは「ザーウミ的なもの」として捉えることにする。**この「水の言葉」も人間の理知を超えようとする志向性を内包している言葉として、詩のなかに明確に位置づけられている。

ジャッカールも指摘するように、『水とフニュ』のわずか一週間前に書かれた別の無題の対話詩（5, 381-383）において、ハルムスは「天使の門のほうへ **к ангельским воротам**」と「曲がり角のむこうで за **поворотом**」という押韻を用いている。これは『水とフニュ』における「門のほうへ к

воротам」と「曲がり角のむこうで **за поворотом**」という押韻を先取りしたものといえる。『水とフニュ』に出てくる「門のほうへ」という詩句に、その直前に書かれた対話詩の「天使の門のほうへ」という詩句の残響を聴きとるのは妥当なことだろう。

ところで、ロマン・ヤコブソンによれば、韻文においては音声的な等価性は意味上の類似性を含意しうるし、あるいは意味上の非類似性を招来しうるという。[21] このよく知られている詩学原則にしたがえば、「天使の門のほうへ」と「曲がり角のむこうで」のあいだに等価性を見てとることができる。無題の対話詩において、「曲がり角のむこう」に「天使の門」（天国の門）が開かれているとみなすのが詩学上の必然であるならば、すなわち人間の領分を超えた、理知のむこうの領野がそこに広がっているとみなすことができるならば、『水とフニュ』においても「曲がり角のむこう」に同じ景色を期待することができるだろう。だからこそ、ジャッカールは「曲がり角のむこう **за поворотом**」を端的に「理知のむこう **за умом**」とパラフレーズしてみせたのだ。[22]

また、この「曲がり角のむこう／理知のむこう」へと急ぐ水は、日常生活へ戻ってゆくフニュにたいし嫌悪感をはっきりと表明したあと、別れ際に「クリュープ／クリュープ／クリュープ **клюб/клюб/клюб**」という「水の言葉」を残してゆく。それは曲がり角のこちら側、つまり日常や理知の支配する世界への拒絶を示す言葉になりえている。したがって、「水の言葉」は「理知のむこう」を志向する音のザーウミとして用いられているということができる。

次に、『報復』におけるファウストと作家たちの台詞を再検討してみよう。そこには、「水」と逆接で際立たせられている表現が続々と出てくる。

『報復』の終盤では、それまで対立関係にあったファウストと作家たちが和解している。作家たちが「言葉の無意味な堆積」と呼ぶ自分たちの詩について、ファウストはこう評したのだった。「そこには水もあるとはいえ／しかし意味の朦朧とした群れがさまよっている」(I, 155)。いま明らかになったように、「水」は音のザーウミと結びついている。[23]

なぜ「水」というモチーフが選ばれたかといえば、ジャッカールも指摘するとおり、おそらくそれが流動的な性質をもっているからだろう。[24] 第一章で論じたように、トゥファーノフは現実を流動的なものと見ており、その流動性を正しく把握するには、同様に流動的な手法であるザーウミ（音のザーウミ）を用いるほかないと主張していた。彼を中心に据えるグループから離脱したとはいえ、個人的な友好関係は保っていたハルムスも、基本的にこの考え方を受け継いでいる。実際、『報復』の三ヶ月前、一九三〇年五月に書かれた『ダニイル・イワーノヴィチ・ハルムスの11の主張』のなかで、彼は「流動的」という言葉を「論理的」という言葉と反対の意味で使用している。「主張X／人間は一人だと論理的に考える。大勢だと「流動的に」考える。／主張XI／私はたとえ一人でも「流動的に」考える」。彼にとって、流動性は論理に対置されるものであるため、論理を超えるザーウミという手法の性格をあらわすものとして、流動する水は格好のモチーフであったにちがいない。

では、「水」と逆接「しかし」でつながれている「意味の朦朧とした群れ」、すなわち「言葉の無意味な堆積」とは、どのようなものだろうか。ファウストが引用している作家たちの詩を読んでみよう。

たとえばこんな詩行だ。

「友よ愛のなかにはどこでも
いたるところゴモクズどもとゴミクズども」
言葉がまるで薪みたいに組まれている
そのなかでは意味が火のようにゆらめいている（I, 155）

「いたるところゴモクズどもとゴミクズども」という彼らの詩の一節において、いま「ゴモクズども дрынь」と試訳した単語は、ロシア語の辞書に載っていない音のザーウミである。[25] だからファウストは「水もある」と述べているのだろう。それにもかかわらず「意味の朦朧とした群れ」がさまよっているというのは、この一節にはたしかに意味が存在し、それがあたかも「火のようにゆらめいている」からにほかならない。「意味の朦朧とした群れがさまよっている смыслов бродят сонные стада」と「意味が火のようにゆらめいている смыслы ходят как огонь」というふたつの表現は同じことを言おうとしていると考えてよい。ファウストはさらに具体例を挙げている。

つづきを見てみよう。こんな詩連を。

「家に家が駆けよって

大きな声で言うには
だれかの死体がベッドで寝ている
街灯のそば
彼の胸のなかで短刀が
雲母みたいにふくれあがった
ぼくは思った——これは死体だ
そして煙突から煙を排出しながら
ここにやって来たのさ」
これは意味の馬だ。(1, 155-156)

ここにはもはや「水」といわれる音のザーウミはない。代わりにこの詩連を総括しているのは、「意味の馬」という新奇な言葉である。しかしこの「意味の馬 смыслов конь」は「言葉の無意味な堆積 слов бессмысленные кучи」や「意味の朦朧とした群れがさまよっている смыслов бродят сонные стада」、「意味が火のようにゆらめいている смыслы ходят как огонь」といった一連の表現を言い換えたものだと思われる。「言葉の無意味な堆積」という言い回しが、それと語順の照応している「意味の朦朧とした群れがさまよっている」という別の言い回しに転じたのち、「意味が火のようにゆらめいている」へ移りかわる。そして、そこに含まれている「さまよっている бродят」と「ゆらめいている ходят」という動詞が「意味の馬」という表現を呼びよせたのだろう。[26] ロシア語では、これらの動詞は元来「馬」をはじめとする動物にこそ相応しい単語といえるからだ。「群れ」という名詞も通常は動物とともに用いられる。また、「馬 конь」と「火 огонь」の音が似ていることもハルムスにとっては重要だったにちがいない。

意味が馬のように／朦朧と／火のように動いているというのは、おそらく意味がひとつの確固とした形状を維持できないまま流動的に存在しているさまを言いあらわしている。そのように変幻自在にゆらめく「意味」は、「薪みたいに」無造作にみえる仕方で組まれた言葉のなかで――たとえば「彼の胸のなかで短刀が／雲母みたいにふくれあがった」といった言葉の組み合わせのなかで――発火する。つまり、たとえ曖昧であろうとも、言葉の自由な組み合わせのなかでこそ機能する意味があるのだ。そのような、しっかり把握することができずに理知から擦りぬけつづける「意味」は、「火」の属性をもっているといえる。

ここで避けなければならないのは、「水」と反対の性質をもつ「火」を、理知・意味・論理を超えるものであるザーウミに敵対するものとして解釈してしまうことだ。たとえばジャッカールやチャーギンは、「水」のみを流動性という概念に結びつけ、それにたいして「火」は意味（理知）を表象するものとみなしている。[27] だが「火」もまた流動的であるのは自明であろう。

さきほど引用した作家たちの詩を読めばただちに諒解されるように、「水」があるといわれる詩連は規範的な語彙を、「意味が火のようにゆらめいて」いるといわれる詩連は語の規範的な運用を逸脱した言葉遣いで書かれている。要するに、「水」が音のザーウミに対応しているのにたいし、「火」は意味のザーウミに対応しているのだ。こうした観点からのみ、水と火は対蹠的とみなすことができる。

両者はそれぞれザーウミと意味（ないし理知）を指示しているのではなく、音のザーウミと意味のザーウミを指示しているのである。

サーベル

終盤の開始直後、使徒たちは退場する際に「ロウソク」という単語を口にする。「ロウソクが／この文には多い」。「この文」は直前のファウストの台詞を受けている。彼はこういっている、「翁たちよマルガレーテを思い出そう／おれの髪の池を、小川を」。ファウストのこのような「言葉の無意味な堆積」、あるいは「意味が火のようにゆらめいて」いる言葉の「朦朧とした群れ」、つまりは意味のザーウミを指して、使徒たちは「ロウソクが多い」と表現しているわけだ。もともと火を灯す道具であるロウソクは火の換喩（メトニミー）であると考えてよいだろう。

さらに注目すべきは、「ロウソクが／この文には多い」という言葉につづけて、「サーベルが多い」とも発言されていることだ。「ロウソク」と「サーベル」は文法的に同格であり、これらは意味的にも同種の指向性をもつ名詞として用いられていると推測できる。

この「サーベル」という言葉は、『サーベル』（一九二九年十一月十九～二十日）のなかで焦点化されている概念に由来する。一九二〇年代末から一九三〇年代初頭にかけ、フィクションとは別に、ハルムスは自らの理念を直接表明したような哲学的テキストを複数書いていた。そのひとつである『サーベル』において、大小の異なる九つのセクションのもと、問答形式をとりながら、世界を登記する術について、彼は記している。

ハルムスによれば、「われらの仕事」は「世界を登記することにある」。そしてそれに必要な「おのれの武器」がサーベルなのだという。このサーベルは、武器であるとともに、世界を登記するための尺度でもある。物を計測する単位がいくつもあるように、世界を登記する単位も個々人によってすべて異なるため、サーベルは「おのれの特質」や「独自の特質」と言い換えられる。サーベルを用いて世界を登記した詩人・作家として、ゲーテ、ウィリアム・ブレイク、ロモノーソフ、ゴーゴリ、コジマ・プルトコフ、フレーブニコフの名を彼は挙げている。[28]

ここでハルムスのいう「おのれの特質」を、「自分だけがもっている特徴」といった通俗的な意味で捉えるべきではない。彼が念頭に置いているのは、個々人の資質や性格のことではなく、むしろそういった資質や性格をすべて剝ぎとった果てに残るはずの、その人が存在しているという、その存在そのもののことである。「われらの特質とはどんなものなのか」という問いにたいして、本書にとって極めて興味深い返答がなされている。

答　耳の消滅——
失聴
鼻の消滅——
失嗅
口の消滅——

失舌
目の消滅—
失明。(2, 302)

これは『サーベル』のわずか二ヶ月前に脱稿された『樫の木と知恵者の衝突』（一九二九年九月二十八日）のなかの一節にほかならない。そこで「われらの報復」といわれていた感覚器官の喪失が、いま「われらの特質」と新しく命名されているのだ。つまりは感官を棄てさった者にしかそのような「特質」＝サーベルは与えられないということであり、畢竟この喪失こそが世界を登記するための条件だということだ。『樫の木と知恵者の衝突』では、知を放棄する「報復」として感官が剝奪されていたことに鑑みれば、『サーベル』でも知の消失が含意されていると考えなければならないだろう。

すでに見たように、一九三三年のプガチョワ宛の手紙のなかで、ハルムスは五感を失った人間がふたたびそれを獲得し、芸術創造に向かうさまを描きだしていた。彼は知覚や理知といった人間に共通して備わっている条件一切を人間から剝奪しようと欲している。彼の考えでは、そうしてはじめて自らの存在そのものであるサーベルが得られるのであり、そのうえでのみ芸術の創造に着手することができるようになるからである。

五感や知性のような生理学的・人間的性質を除去していったさきに個人の真の存在がみえてくるという『サーベル』の論理は、ほかの哲学的テキストのなかにも脈打っている。『ダニイル・イワーノヴィチ・ハルムスによって発見された物と形象』（一九二七年）がそうだ。彼はそのなかで、物には五つの意味があることを指摘したうえで、四つの「働いている意味 рабочее значение」から自由になったところに「五番目の本当の意味 пятое сущее значение」が出現すると考えている。[29]「働いている意味」はそれぞれ（1）図形的な意味（幾何学的な意味）（2）目的を有する意味（功利的意味）（3）人間に情緒的な作用をおよぼす意味（4）人間に審美的な作用をおよぼす意味、とされているため、「五番目の意味」とは人間の感性や理知を超越したものだということができる。この「五番目の意味」こそ「サーベル」であり、「秩序の純粋さ」である。

ハルムスによれば、そうした人間的なものとの繋がりを欠いた物の五番目の意味を言語化したとき、人間にとっては無意味な言葉の系が得られるという。しかし、たとえ無意味の外見が得られたとしても、ハルムスは無意味を志向していたわけでは決してない。むしろ超 - 意味を、物の「五番目の意味」を目指していた。だからこそ、彼はザーウミという手法を実験的に用いていたのだろう。

ザーウミのなかにも、理知を超えている言葉（音のザーウミ）と超えていない日常語の無意味にみえる組み合わせ（意味のザーウミ）というふたつの選択肢がある。このうち前者については、クルチョーヌィフが『言葉そのものの宣言』（一九一三年）において、一瞬で流れさるインスピレーションを言語化するのに適しているのは、世間の言葉や概念に束縛されていない、「個人的」で自由なザーウミ語であると主張していた。[30]常識に犯される前の個人的・私的な言語なら、自身のありのままの感情を最も素早く表出できると考えたのだ。その結果、たとえば「エウィ」のような新造語が生みだされるわけだが、これはふたつの理由からハルムスによって拒否されてゆくことになる。

まず、それは私的な言語でありすぎるがゆえに、他者には完全な無意味と同義になりうるからだ。

そしてより重要なのは、そもそもハルムスの求める「サーベル」や「五番目の意味」とは、まさにそうした人間の個人的な感情や感覚を除去したところにこそ出現するからだ。そのため、彼は音のザーウミという個人的な言語に依存することはできない。むしろ、最も個人的ではない言語を、ありふれた日常語を使用することに活路を見出すほかないだろう。こうして不可避的に選択された手法が、日常語を人間の理知を超越した組み合わせで提示する意味のザーウミなのである。

ところで、この五番目の意味という着想は、一九二七年秋にハルムスらが結成した「オベリウ」のマニフェスト「オベリウ宣言」（一九二八年公布）のなかにもみられる。そこでは、同じ着想が別の表現で言い換えられ、より具体的に説明されている。宣言によれば、「オベリウ」とは「新しい詩的言語の創造者であるだけではなく、生と物にたいする新しい感覚の建設者」でもある。彼らは従来の言葉や感覚を拒絶し、新しい言葉と感覚を世界にもたらそうとする。そうすることによって、「多くの愚か者たちの言葉によって汚され、「体験」と「感情」の藻や水草にもつれてしまった世界は、今こそその具体的で力強い形式のまったき純粋さのなかに甦る」。こうして「文学や日常の表皮を剝がされた具体的な物は、芸術の財産になる」という。

反ザーウミを掲げた宣言も、この点においては当時のハルムスの理念を代弁しているといえる。[31] 旧来の「体験」や「感情」を刷新し、世界をその本来のかたちのまま甦らそうとする企図は、のちにプガチョワ宛の手紙のなかでも言明されることになるだろう。いずれにせよ、人間の手垢にまみれたものを悉く清めたあとでようやく芸術創造がはじまるとされているのだ。オベリウ宣言の「文学や日常の表皮を剝がされた具体的な物」とは、『物と形象』で取りあげられた、五番目の意味だけをもった物にほかならない。

一方、「文学や日常の表皮を剝がされた具体的な物」は、詩においては「言葉の意味の衝突」によって言語化されると宣言文はいう。「詩においては、言葉の意味の衝突がこうした物を機械的な正確さで表現するのである」。「言葉の意味の衝突」とは、言葉と言葉を慣例にならって組み合わせるのではなく、互いの意味が齟齬をきたすように結合させることを指す。この点をめぐり、『物と形象』について先駆的な研究をおこなったイリヤ・レーヴィンは次のように明快に解説している。

オベリウ派によって発展させられたノンセンスの詩学が基づいているのは、言葉の通常の辞書的な配置の領域から言葉を移動させ、非慣習的な文脈にそれを導入すること――つまり「宣言」において「意味の衝突」と定義されていた作業である。「意味の衝突」は、言葉の慣習的・連想的・論理的なつながりにまさしく違反することによって、言葉の意味の潜在的可能性を実現させるのである。[32]

レーヴィンのいうように、「言葉の意味の衝突」とは、言葉の常ならざる配置のことである。それは「言葉の慣習的・連想的・論理的なつながり」を裏切り、思いがけない、突飛な、人間にとっては無意味にさえみえる言葉の組み合わせを作りだす。したがって、意味のザーウミと同義といってよい。つまり、ハルムスは「言葉の意味の衝突」あるいは意味のザーウミによって、「文学や日常の表皮を剝がされた具体的な物」あるいは五番目の意味だけをもった物の実現を目指しているのである。

オーケストラ詩

すでに確認しているように、『報復』の終盤がはじまると、それまで対立していたファウストと作家たちは和解している。ファウストは作家たちの詩を褒め、彼らはそれに礼を述べるのだ。実はこの和解は言葉のレベルにおいてもあらわれている。

序盤で「天から権力を授かった／天軍の勇士」（1, 150）と名乗ったファウストは、神や使徒たちと同じ「天」の領域に属していた。そのため彼は「ウルヘカド　セイチェ」といった「天」の言葉（音のザーウミ）を用いている。やがて彼は「地」の言葉である日常語を用いて話す作家たちを舞台の外へ追いはらってしまうのだった。ここには「天と地」の対立があからさまに示されている。

しかし、次第にその位階構造は瓦解しはじめ、終盤では、ファウストと作家たちが和解する。このとき、両者に代表される「天」の言葉と「地」の言葉もたがいに排斥しあうことなく、協働する。『報復』の最後、彼らは次のように「天」の言葉と「地」の言葉を同時に用いているのだ。

作家たち　われらは書いた　創作した
韻を踏んだ　コルマヴァーチした
ペルマドゥーチした　ガルマジェーチした
フォイ　ファリ　ポギギリ

ファウスト　マガフォリ　そして揺すった
ルア　レオ
キオ　ラウ
馬　フィウ
ペウ　ボウ
岬　岬　岬
貴公らはこっちのほうがよくご存知だろう。（1, 156）[33]

作家たちとファウストのこの台詞において、音のザーウミと日常語とが混淆しているのは一目瞭然である。「天」と「地」の位階構造が崩れ、ファウストと作家たちが和解するのと並行して、「天」の言葉と「地」の言葉も混ざりあっているのだ。ただし、「天と地」の関係を「水と火」の関係に重ねることはできない。たしかに「天」の言葉と「水」の言葉の指しているものが事実上一致しているとはいえ（どちらも音のザーウミ）、「天と地」が音のザーウミと日常語の対比として定式化できるのにたいして、「水と火」は音のザーウミと意味のザーウミの対比とみなさなければならないからだ。意味のザーウミは日常語を使用するが、日常語そのものを指しているわけではない。

人間の感官と理知を超越した「おのれの特質」＝サーベルを出現させるために、この時期のハルムスは複数の手法を試している。そのひとつが音のザーウミであり、意味のザーウミである。たとえば、『報復』の作家たちが書いたという詩の一節「彼の胸のなかで短刀が／雲母みたいにふくれあがった」

(1, 155) における日常語の常ならざる意想外の組み合わせ＝意味のザーウミを通して、ハルムスは理知のむこうを開示しようとしていたはずだ。

だが、『報復』ではさらにもうひとつの試みがおこなわれている。彼はサーベルを獲得するために、音のザーウミだけを用いるのでも、日常語同士を組み合わせた意味のザーウミだけを用いるのでもなく、音のザーウミと日常語を組み合わせたのである。なるほど発話に音のザーウミを持ちこめば、必然的に言葉同士の慣習的・連想的・論理的なつながりは破壊され、人間にとって無意味な、思いがけない組み合わせが成立するにちがいない。

音のザーウミと日常語の組み合わせというこの試みは、実はすでに提案されている。クルチョーヌィフが一九二二年に『ロシア詩におけるズドヴィーク学』のなかで、次のように述べているのだ。

通常語とザーウミ語とを交互に出すこと。これが最も思いがけないコンポジションとファクトゥーラ（音の堆積と分割）であり、あらゆるものを融合させるオーケストラ詩である。[34]

ここでクルチョーヌィフは、日常語（通常語）と音のザーウミをオーケストラのように同時に響かせあうことで、「思いがけない」組み合わせ（コンポジション／ファクトゥーラ）ができあがることを高らかに謳っている。[35] ハルムスはこの考えを『報復』のなかで実行しているわけだ。はじめクルチョーヌィフは音のザーウミを用いていたが、やがて様々なザーウミのバリエーションを試すようになり、いま見たようにオーケストラ詩という手法を提唱するにいたった。それと同様、ハルムスも音のザーウミを利用することから創作を開始し、意味のザーウミという手法を併用しつつ、こうしてオーケストラ詩にいたった。

ハルムスの目標は、旧来の知覚や理知を放擲し、世界を新しく知覚することである。たとえその世界が人間の目には無意味に映じてしまうとしても、彼の考えでは、そこにしか芸術は誕生しないからだ。彼が『報復』においておこなったのは、知覚や理知を放擲する試み――『樫の木と知恵者の衝突』のなかでは「報復」といわれ、『サーベル』のなかでは「おのれの特質」といわれていたものを獲得しようとする試みだ。それを作家たちの詩では「意味のザーウミ」によって、また彼らとファウストの最後の台詞では「オーケストラ詩」によって、このふたつの手法によって実践している。この実践のうちに、ハルムスは人間の理知を超えた芸術を成立させようと奮闘していたのである。

やがてハルムスは様々な方法を実験するこの試行錯誤の時期を脱し、クルチョーヌィフの提唱したオーケストラ詩よりさらに先へ進んだ。音のザーウミと日常語の共存生活をあとにして、日常語のみで構築される創作世界へとはっきり舵を切るのである。その兆しをみせているのが、すでに論及した『水とフニュ』、そして『フニュ』だ。この両作品に登場するフニュの物理的移動のうちに、ハルムスの手法の変遷が重なっている。いま一度『水とフニュ』に戻り、彼女の歩みを追ってみよう。

4　フニュの軌跡

『水とフニュ』

『水とフニュ』のなかでフニュはどのような存在だろうか。まずはその婚約者ニカンドルの発言を引用しよう。

ニカンドル　実はおたくの娘さんのことが好きなんです
そのことでお願いがあります
娘さんの純潔をぼくにくださいませんか
（……）
あなたにはお礼に漁師の女たちと
鋼鉄のすくい網と
コルクの浮きを差し上げます。
漁師　あんがと！　あんがと！
ニカンドル　ほれ五〇コペイカ！（1, 195）

ここで「おたくの娘さん」と呼ばれているのがフニュだ。どうやら彼女は漁師の娘であるらしく、ニカンドルという人物はその「婚約者」として登場している。しかし彼の言葉は卑俗に過ぎる。直訳すれば「純潔をものにする」という露骨な言い回しに加え、父親に彼女との仲を取りもってもらう見返りとして、「漁師の女たち」をあてがい、物品をよこすばかりか、あからさまに金（五〇コペイカ）で釣ろうとしているのだから。だが父親はそれを嬉々として受けいれる。今後フニュはこうした者たちに囲まれて生活することになる。この俗悪なプロポーズを目の前に、水は嫌悪感をあらわにする。

なんていまわしい光景を
私は見ているんだろう。
年寄りが五〇コペイカを口にくわえた。
早く　早く　曲がり角のむこうへ（1, 195-196）

「五〇コペイカを口に **полтину в рот**」と「曲がり角のむこうへ **за поворот**」という言い回しのあいだで韻を踏んでいる脚韻は、前節で引用した「天使の門のほうへ **к ангельским воротам**」と「曲がり角のむこうで **за поворотом**」のあいだにある脚韻とは対照的だ。後者において「天使の門」と「曲がり角のむこう」が類似性という点で対応しているとすれば、前者においては「五〇コペイカをくわえこんだ口」と「曲がり角のむこう」が相反性という点で対応している。ジャッカールが正しく指摘しているように、そこでは「散文的に金でふさがれた発話器官」と「空想的な天国の入口」というふたつの口が「非常に象徴的なかたちで」対置されているのだ。[36] 水はニカンドルたちのまさしく散文的な日常を曲がり、その「むこう」へ到達しようと急いでいる。
『報復』と同様、『水とフニュ』も対比的なモチーフを抱えこんでいる。いま対置されたふたつの口(「空想的な口」と「散文的な口」)の関係は、ほかでもない「水」と「フニュ」の関係に収斂する。最後に二人は次のように言葉を交わして別れている。

フニュ　じゃあね、お水さん。
　　　あなた私のことぎらい?
水　　ええ、あなたの足はあんまり細すぎるんですもの。
　　　わたし行くわ。杖はどこかしら?
フニュ　あなた黒髪のおさげは好きかしら?
水　　セララ　セララ
　　　リュ　リュ　リュ
　　　セセラ　セセラ
　　　クリューープ
　　　クリューープ
　　　クリューープ。(1, 196)

「セララ жырк」「セセラ журч」と訳した単語には、「せせらぎ журчание」という既存の語の残響を聞きとることができる。また、「クリュープ клюб」にはフニュの直前の台詞内容（「黒髪のおさげは好きかしら любишь черноkосых」）が仄めかされているとみなせるかもしれない。「好きだ люб」（lyup）と「髪の房 клок」（klok）という既存の語のこだまが「クリュープ клюб」（klyup）に響いているといえるからだ。

こうして様々な語やイメージを一語のうちに編みこむことは、音のザーウミの典型的な造語法として知られている。たとえばクルチョーヌィフは、ザーウミ語を様々な単語、概念、イメージの諸部分からなる、正確には定義できない新しいイメージをもたらす語とみなした。[37] それは音模倣（オノマトペ）とは区別されると断ったうえで、彼はザーウミ語の例として«жлычь»を挙げている。«жлычь»は「セララ жырк」と「セセラ журч」に酷似しており、やはり「せせらぎ журчание」という語を部分的に借用したザーウミ語と考えられる。これは純粋な音のザーウミ（音声のザーウミ）の領域を踏み越え、意味の領域に進出している点で、その形態素によって語義をちらつかせる、形態素のあるザーウミの類縁とみなすべきだろう。

水とフニュの決別は、言葉のレベルにおいても明示されている。フニュの問いかけにたいして、水は「水の言葉」＝音のザーウミで返事をし、散文的な会話を打ち切ってしまうからだ。このコミュニケーションの破綻において、日常語と音のザーウミは激しく対立している。実をいえば、もとよりフニュは水から俗世間へ移ってきた存在である。やや謎めいているこのテキストを注意深く読むと、漁師の娘フニュは水に溺れたところを水に運ばれてふたたび漁師の前に姿を現したのではないかと推測することができる。[38] つまり、「天使の門」の入口をくぐり、彼岸の世界へ流れこんでゆくはずの水のなかから、まるでUターンするように、フニュは散文的な日常に帰還しているのだ。「水」と「俗世間」との対立は、「音のザーウミ」と「散文的な日常語」という言葉のレベルにおける対立にそのまま投影することができる。そう考えれば、水から俗世間へむかう動きを、音のザーウミから日常語への移行とみなせるだろう。同様の移動は、フニュの登場する別のテキストにもみられる。『フニュ』だ。そこで彼女は『報復』のファウストよりも先へ、さらには意味のザーウミよりも先へ行こうとする。

『フニュ』

『フニュ』は『水とフニュ』からひと月も経たないうちに書きあげられた、六連からなる詩である。造語、綴りの間違い、文法的逸脱に加え、脈絡を失した語や語結合も多い難解なテキストだが、フニュの道行きが描かれていることは間違いない。興味深いことに、その移動に随行するようにして、「われら」を主語とする文章がときおり挿入されている。そしてその「われら」とはオベリウ派であることが、のちに明かされる。「われら」は最終的には「私」となり、フニュからは「同行者」と呼ばれるだろう。この「同行者」はハルムスと同様の思想を抱いていることから、ハルムスの思想を託した人物と考えられる。したがって、フニュはハルムスの「同行者」とみなすことができる。

フニュの道行きを文芸批評家のゾロトノーソフは次のようにまとめている。「混沌とした「ディオニュソス的」な自然から出発して、時空を超え、徐々に二十世紀文明の極北へ移動している[39]」。要するに、『フニュ』では同名の主人公の自然から文明社会への道程が描きだされているというのだ。事実、はじめフニュが住んでいた動物の行き交う原生的な森の様子は、現代人の生活からはかけ離れている。

裸のモモンガが飛び交っていた
連中はときおり頭を下にむけ枝にぶらさがって
ほんの少しだけ休み、恐ろしい唸り声をあげていた（1, 198）

そこではフニュも「木の根っこを食べて暮らしていた」という。しかし彼女は「森を出て」、「先へと歩いてゆき」、「谷を飛びこえ」、やがて二十世紀の文明社会の突端に行きつく。

（……）あるときはランプが
でこぼこの石畳を照らしていた
ふわふわの沼地に敷かれた
快適な足場を（1, 200）

フニュは森を出るときに「沼地と粘土」のなかを通っている。本田登が正しく指摘しているように、これは「森の地面がぬかるんでいること」を、つまり「フニュが出発した森もまた水と関わりがある」ことを示唆している。[40] 彼女は水にうるおう森をあとにして、石で舗装された街の入口にやってきたのだ。

フニュが「ふわふわの沼地」を「石畳」で整備した道を踏みしめてくるのは、まことに象徴的なことだといわねばならない。ここでは、流動的な水と固体の石が対置されている。前章第二節で述べたように、おそらくクルチョーヌィフは詩の領域において石という概念を否定的に捉えていた。一瞬で流れさるインスピレーションを言語化するために芸術家が用いるべきは、何ものにも束縛されない、「凍結していない」「ザーウミ語」であり、凍結している日常語ではないと主張しているからだ。[41] だからこそ『エリザヴェータ・バーム』では、音のザーウミの使い手を打ち倒す武器として、カーボランダムという硬度の高い石が用いられたのだ。『フニュ』において、フニュは**水から石へ**移動している。この移動の奥に、**「音のザーウミ」から「日常語」**への移行を透かし見ることができるだろう。石の世界（日常語の世界）に本格的に足を踏み入れるのと軌を一にして、彼女は音のザーウミや意味のザーウミで自分の思い出を守ろうとする。第三連は、そのことを比喩的に言いあらわしているとみなせる。丸ごと引用しよう。

おやすみチョウチョさん　お前たちはネプチス[42]ね
野に咲く花床のうえの空気の農婦
お前たちは　振り　笛
お前たちは　嵐のような樽持ちの女魔法使い

お前たちは　象鼻のバネみたいな御獅着せ
ねえ、花のお粥をすすってごらんなさい
お前たちは、戦の脚みたいなメカジキ
スラヴ女を引っ叩いてごらんなさい
お前たちは翼の平面のうえの決闘のメダルをつけた農村図書室の室長さん
響け　クルクルー
お前たちは新聞から切りぬいた型紙で裁縫する仕立屋さん
チェブィシェフ教授を思い出してごらんなさい[43]
お前たちはウラベニイロガワリ茸
紅色の鍵におなり
私はお前たちで籠に錠をかける
自分の幼年時代を失くさないように。(1, 200)

フニュが「お前たち」に呼びかけながら展開してゆく第三連は、音のザーウミと意味のザーウミが多用されており、内容を理解するのは至難である。前者についていえば、「御獅着せ лигреи」と訳した単語は「ライガー liger/лигр」(トラとライオンの雑種)と「御仕着せ ливреи」の混成と解釈したが、いずれにせよ意味は通じない。また、「クルクルー куркуру」は何かの擬音語を思わせるが(「カッコー куку」「コケコッコー кукареку」など)、判然としない。

一方で、意味のザーウミも豊かだ。多くは表現されている内容を辛うじて推察することができるものの、いずれも決して明瞭とはいえない。たとえば「嵐のような樽持ちの女魔法使い」は「樽」を「尻」の隠喩と解釈して、「嵐のような尻をした女魔法使い」と意訳することが、「空気の農婦」は「空気のように軽い（服を着た）農婦」と意訳することが、可能ではある。また、「戦の脚みたいなメカジキ」については、「メカジキ **Меченосы**」という単語には「太刀 **Меч**」というもうひとつの単語が含まれていることから、「戦」にまつわるモチーフを利用した言葉遊びと考えることができる（したがって「メカジキ」を「太刀魚」と大胆に意訳してしまうことも可能だろう）。しかし、これらの語結合がすべて常識や慣習を逸脱しており、奇怪なイメージをもたらすことに変わりはない。これら音のザーウミや意味のザーウミによって表現された「御獅着せ」や「女魔法使い」らが、「お前たち」の指示する内容である。

注目すべきは、フニュが「自分の幼年時代を失くさないよう」、音のザーウミや意味のザーウミで表現してきたものによって、「錠をかけ」ていることだ（「私はお前たちで籠に錠をかける」）。緑したたる森で育った「幼年時代」を音／意味のザーウミで大切に守りながら、フニュは街へと出てゆく。

フニュは電信柱に
一息つくため寄りかかった
フニュの頬から生気が失せた。（……）
（……）

彼女の目に不思議なコペイカが煌いた
フニュはゆっくり息をしていた
消耗してしまった力を取りもどし
筋肉ではち切れそうな小瓶をゆるめながら
彼女はカーディガンの下の乳房に触れてみた
総じて魅力的なお嬢さんだった
ああ、このことを世の人々が知っていてくれれば！（1, 200-201）

森では動物みたいに「木の根っこを食べて暮らしていた」フニュも、街のなかではカーディガンで胸を隠した「魅力的なお嬢さん」に様変わりしてしまう。「目に不思議なコペイカが煌いた」という表現は、「頬から生気が失せた」彼女の目にまた光が宿ったことをあらわしているのだろうが、これは『水とフニュ』の一節を強く喚起する。そこでは、「五〇コペイカをくわえこんだ口」が「天国の入口」というもうひとつの口と対照されるかたちで、フニュの帰還した日常世界の散文性を露頭させていたのだった。『フニュ』においても、コペイカはフニュが散文的な日常の領域に侵入したことを暗示しているだろう。ところが『水とフニュ』のヒロインがその散文的な日常にとどまり、水と別れたのにたいし、『フニュ』のヒロインはさらに歩を進め、その先でふたたび水と出会う。

先へ進んだ。

素直に水が割れた
魚がきらめく。冷えてきた。
フニュが小さな穴を覗きこんで祈りをあげたのは
論理の限界に到達したときだった。（1, 201）

フニュは「水と関わりがある」森を発って街に入るが、さらに前進することでふたたび水のある場所にたどり着いている。そればかりか、あたかもモーセの海割りのように、フニュの目の前で「水が割れ」る。[44] この人智を超えた神の奇蹟が「論理の限界」と呼ばれる場所で生じるのは不思議なことではないだろう。しかもハルムスにとって「水」は理知や意味や論理のむこうへ行こうとする音のザーウミの表象であった。ここでは、水、「論理の限界」、神の奇蹟が一点に集中している。[45]

論理の限界

いま、「祈りをあげた молилась」という動詞に着目しよう。これはハルムスと神と「論理の限界」がひと繋ぎになっていることを改めて教示してくれる。『フニュ』が完成するおよそひと月前、『水とフニュ』の前日に書き記された『一九三一年三月二十八日夜七時の就寝前の祈り』という詩のなかで、ハルムスは自分が「論理との闘い」ならぬ「意味との闘い」に臨めるよう、神に祈りを捧げている。

たくさんのことが知りたいのです
でも本も人も教えてくれません
ただあなただけなのですわたしの蒙を啓いてください神様
わたしの詩によって。
わたしを目覚めさせてください意味との闘いに強く臨めますように
言葉のコントロールが素早くできますように
神の御名を熱心に褒めたたえられますように
幾星霜にわたって。(1, 193-194)

ハルムスが獲得したいと欲する知は人間によってではなく、神によってもたらされる。それは本でも人でもなく、神だけが啓示することのできる知なのだ。たとえば書物から得られる知識は人間の知であって、神に属するものではない。彼が欲しているのは、人間の理知を超えた神の知なのだ。[46]『報復』の序盤で見たように、神や使徒は音のザーウミを口にする。その「天上の知恵」は作家たち地上の人々には理解することができない。本来、ハルムスにとって、天上の知恵あるいは神の知にアプローチできるものこそ音のザーウミにほかならなかった。それは人智を超えたもうひとつの知＝超 - 理知を開示するからだ。

ところが『エリザヴェータ・バーム』のなかで音のザーウミをすでに抹殺している彼は、それとは違う方法で超 - 理知に接近しようとする。そのことを如実に示しているのが、一九三一年に記された

「言語機械(マシーン)」に関するメモだ。[47] 彼によれば、「祈り」それ自体にすでに人間の論理や意味を超えた「言葉の力」をひときわ大きくする効力が備わっているという。「言葉に込められている力は解放しなければならない。その力の作用が顕著になるような言葉の組み合わせが存在している」。それは詩のリズムにあわせて身体を思わず動かしてしまうような、「考えられたもの」ではない、無意識の作用である。その力の作用はわれわれの理性では把握することがほとんどできないものの、ある種の言語形式においては、そのような「言葉の力」が確かに発揮されるという。それが言語機械だ。

今のところ言語機械には四種類あることがぼくには分かっている。詩、祈り、歌、呪文だ。これらの機械は計算や考察によってではなく、別の方法によって組み立てられている。その名は「アルファベット」[48]。(6, 174)

詩、祈り、歌、呪文という四種類の言語機械は、計算や考察といった理性の眷属を寄せつけず、ただの文字や音にすぎないアルファベットのみを拠りどころにする。だからこそ、それは理性の力の外で、「言葉の力」だけを存分に発揮することができるのだ。「機械」と呼ばれているのは、石橋良生も指摘するように、おそらくこれら四種類の言語形式が「反復的なリズム」を刻むからであり[49]、そこに人間の理性や知覚の排された機械的な自動性が生じるからだろう。

ハルムスは自らの詩によって、人間にとっては超‐理知(ザーウミ)である神の知を獲得せんと、意味や論理のむこうへ足を踏みだそうとしている。その試みは、論理の限界にまで到達して祈りをあげたフニュの歩みになぞらえることができる。ハルムスもフニュも、神の知（超 - 理知）を仰ぎ見るすれすれの地点、すなわち論理の限界において、詩あるいは祈りという言語機械を起動させているからだ。

両人の並行性を示すように、『フニュ』のなかにはオベリウ派が登場している。

われらはガリレオを敵とみなした
新しい鍵をもたらしたガリレオを
ところがいま五人のオベリウ派は
ふたたび信仰の諸算術のなかに差しこんだ鍵を回したオベリウ派は
家々のあいだを放浪しなくてはならない
意味をめぐる慣習的な考え方を破壊するために。（1, 201）

オベリウ派は意味を破壊しにゆくのではない、意味をめぐる慣習的な考え方を破壊しにゆくのだ。事実、オベリウ時代のハルムスが創作している詩は、以前そうだったような、意味の欠如しているただの音の羅列から作られているわけではない。辞書に載っている通常の単語が多用されている。その「言葉の組み合わせ」が慣習的なものではないだけなのだ。

第一章で詳述したように、語義というものから解放された音のザーウミを主とする詩作を彼が手がけていた時期は、創作をはじめた一九二四年頃から一九二六年半ばまでの最初の数年に限られる。それ以降は、慣習的な意味のつながりが破壊された言葉の組み合わせを前景化させている。ところが『フニュ』においてハルムスはさらに先へ進もうとする。

日常へ

論理の限界に達したあと、フニュは最終連に突然あらわれた「同行者」と親しげに会話を交わしている。そのなかで彼女は意味のザーウミを用いながら、何らかの否定的な意思表示をする。何らかの、というのは、彼女の言葉が意味のザーウミであるがゆえに、内容が判然としないからだ。

もう私を襲撃してこないわ
研師カブトムシの道は
そしてもう釘はカッコーと鳴いたりしないわ
墓堀人夫の大きな手のなかで
たとえミツバチが全部トランクから飛びたってそのなまくら針を私に向けても
そのときも、私は怖さで震えたりしないでしょうよ、この言葉を信じて（1, 202）

「研師カブトムシの道」が自分を「襲撃して」くることはないし、「釘はもうカッコーと鳴いたりしない」と、フニュは否定表現を重ねながら意味のザーウミを用いている。では、彼女が否定し、「怖さで震えたりしない」と誓っているものは何か。正反対の二つのものが考えられる。第一に、超‐理知(ザーウミ)である。「釘」が文明に、「カッコー」が自然に属するとすれば、釘がカッコーと鳴くことは、散文的な日常語の世界(フニュが出ていった文明)にたいするザーウミ(フニュの暮らしていた自然)の反乱と解釈することが可能だからだ。ただし、それは「墓堀人夫の大きな手のなか」で起こるとされており、文明社会と自然との対立は微妙にはぐらかされている。他の表現(「研師カブトムシの道」)にもこうした対立はみられない。何より、論理の限界で水の割れる奇蹟を目撃したばかりのフニュが、理知を超えたザーウミを拒絶しだすのは不自然だろう。

ここで、第二の可能性が浮上する。否定され、その襲来を恐れられているのは、むしろ理知ではないか。それればかりか、意味のある単語を組み合わせた意味のザーウミにまで否定の矛先は向けられているといえるかもしれない。だからこそ、意味のザーウミを通して否定がおこなわれるのだ。この仮説を裏付けるように、フニュの言葉に応じる同行者もまた、彼女が人間の感性や理性におよぶ意味を拒絶していると解釈する。彼の次のような奇妙な言い回しは、実はこの世界が意味に溢れていることを、彼女に納得させようとするものだからである。

君は正しいよ　可愛い子
同行者が彼女に答える
でも大地の空ろな管には
実際に音が満ちているんだよ。(1, 202)

「大地の空ろな管 трубка には／実際に音が満ちているんだよ」という同行者の台詞には、ハルムスの哲学が込められている。前節でも取りあげた『サーベル』によれば、「煙突 труба」（その指小形が「管 трубка」）は彼の哲学にかかわる重要な概念装置だからである。曰く、生は「働いている時間」と「働いていない時間」に分けることができる。後者は「煙突」という枠組みを作りだし、前者がそのなかを満たすという。ハルムスは後者を論理法則から独立したものとみなし、重視している。「働いている時間」と「働いていない時間」の関係は、同行者の台詞における「管」とそれを満たす「音」の関係に正しく対応しているだろう。

ところで、「働いている時間 рабочее время」と「働いていない時間 нерабочее время」という用語は、『ダニイル・イワーノヴィチ・ハルムスによって発見された物と形象』（一九二七年）における「働いている意味 рабочее значение」とそれ以外の「五番目の本当の意味 пятое сущее значение」という用語と明らかに照応している。「働いている時間」‐「働いている意味」‐「音」の系列と、「働いていない時間」‐「五番目の本当の意味」‐「煙突／管」の系列を対置することができるのだ。

要するに、「大地の空ろな管には／実際に音が満ちているんだよ」という言葉で同行者が訴えようとしているのは、この世界には「働いている意味」——幾何学的・功利的・情緒的・審美的なレベルの意味、すなわち人間の感性や理性におよぶ意味が満ちているということなのである。そのような意味の襲撃にもはや怯えないというフニュにたいし、同行者はそれが現実に存在していることを優しく諭しているわけだ。彼の教えに彼女はこう返事をする。

フニュが返事をした。わたしは愚か者として
麦わらの山のなかにいるよう生まれてきたの
四六時中タイピングの
音を聞いてることなんてできないわ
でももしチョウチョがゴボウの根のなかで
火花のパチパチいうのを聞きとることができるのなら
でももしカブトムシが植物の声の楽譜を自分の背嚢にいれて持ってきてくれるのなら
でももし水グモが猟師の失くしたピストルの名前と父称を知っているのなら
そしたら、わたしは馬鹿な娘にすぎないって白状しなくちゃいけないわね。(1, 202)

同行者へのフニュの返事も「音」と「管」の関係を独自にパラフレーズしたものとみなすことができる。「タイピングの音」と「麦わらの山」が「働いている時間」(音)と「働いていない時間」(管)の関係に一致しているのだ。ここで「タイピング клавиатуры」と訳した単語は、鍵盤やキーボードを原義とする。「麦わらの山のなかにいるよう生まれてきた」というフニュの言葉に対比されているので、都会的なイメージの強い「キーボード」のほうが訳語として相応しいだろう。ただし、このままでは現代のパソコンを連想させてしまうので、「タイピング」とした。また、「麦わらの山 стог」と訳した単語は、正確にいえば「麦わらや干草などの山」のことであり、麦わらと特定されているわ

けではない。しかしながら、この単語は「音」と対比されているため、文脈からして管状のものでなければならない。したがって、内部に空洞をかかえる「麦わら」以外ありえない。

以上の説明は、このあとのフニュの台詞によってさらに補強されることになる。なぜなら、「ゴボウの根」、カブトムシの「背嚢」、水グモの「ピストル」と、いずれも中が空洞になっており、そこに「火花のパチパチいう」音、「植物の声の楽譜」、「名前と父称」が満たされるからだ。ゴボウ・カブトムシ・水グモはいずれもフニュが生まれ育った緑なす自然界に縁が深いため、これらの形象をもとに意味のザーウミが作られていること自体に不思議はないとはいえ、それが「働いている時間」(音)と交わっている点は、注目に値する。

彼女は本来「麦わら/煙突/管/五番目の本当の意味」に属しているよう生まれ落ち、やがて日常的な意味の襲撃を脅威とみなすようになる。大地の管には音=「働いている意味」が満ちているという同行者の言葉を聞いてもなお、都会の音=「働いている意味」に彼女は我慢がならない。しかし、その音が故郷の自然界をにぎわしていたものから発せられるのならば、彼女は「馬鹿な娘」になるという。人間の感性・理性にかかわる「意味」を恐れ、人間には「無意味」にみえる「五番目の本当の意味」を故郷とする彼女にとって、理知の不足を示す「馬鹿な」という形容詞は決して否定的なものではない。むしろ、音=「働いている意味」に満たされながらもなお「馬鹿」でいられるならば、それは望ましい状態といえるだろう。フニュの故郷と「音」との結合は、「五番目の本当の意味」と人間の感性・理性におよぶ「働いている意味」とが合わさった新たな表現方法を要請するはずだ。彼女の考えに同行者も賛同し、『フニュ』は締めくくられる。

そうなのさ。彼女の同行者は言った
諸カテゴリーの最高次の純粋さはいつも
周囲の完全な無知のなかにあるんだからね。
実をいえば、それがぼくの大のお気に入りなのさ。(1, 202)

「純粋さ」という言葉は、本章第二節で引用した一九三三年のプガチョワ宛の手紙を先取りしている。それによれば、「秩序の純粋さ」とは世界を貫く法則であり、ハルムスの目指すべき芸術にも貫通していなければならないものであった。それは物の「あるがまま」の姿であり、「合理的知にとってはもっと曖昧で不可解な何か」なのであった。『フニュ』の結末部においても、そのような「純粋さ」は周囲から理解されないものであるといわれている。オベリウ期のハルムスは、「純粋さ」を意味のザーウミという非慣習的な語結合によって表現しようと試みてきたが、このテキストの最後に表明されているように、今後は「五番目の本当の意味」と「働いている意味」とがより強固に結束した新たな表現方法を追求してゆくことになるだろう。

こうして見てきたとおり、ハルムスの創作における手法の変遷は、『フニュ』におけるヒロインの移動に見事に投影されている。彼女は水／自然から散文的な日常／都会へ移動し、そこを通過して論理の限界に至る。特筆すべきは、彼女が「水」から「論理の限界」に一足飛びに到達するのではなく、「石」で舗装された都会を経由していることだ。

ハルムス本人も「日常」を志向していた。一九三〇年代前半にオベリウ派などの仲間内でおこなわれた議論を記録した『会話集』のなかで自身がそう証言している。「ロマンチストは日常を離れて夢想家になるけれど、ぼくらはといえば、逆に日常を目指している」[50]。また、プガチョワ宛の手紙にも、こう書かれている。「真の芸術はなんと下らないものからできていることでしょう！」。彼の考えでは、日常的なもの、些細なもの、下らないものからこそ、真の芸術は作られうるのだ。

フニュは日常を経由して「論理の限界」にいたった。ハルムスはその「限界」を超えるために、「働いている意味」を前提とした新たな表現方法を打ちだすだろう。彼はフニュの先へ、散文世界へ進出してゆく。

5 散文へ

啓蒙主義時代以降にヨーロッパで確立されてきた近代的理性を揺るがす直感や無意識への関心を背景に、ロシア未来派はザーウミの実験をおこなっている。ザーウミは「理知を超える」という概念を体現していると同時に、それを実現するための手法でもある。

一九一〇年代初頭に用いられたザーウミは最初「ドゥイール　ブール　シシュイール」に代表されるような、音を自由に組み合わせた新造語としてあらわれた。これが音のザーウミだ。ところが、それはやがて変容し、一九一七〜二一年のチフリス・グループの詩的実験を経て、必ずしも音声に動機づけられずに言葉を組み合わせ、奇怪なイメージをもたらす新しい領域へ進出した。意味のザーウミである。音のザーウミから意味のザーウミへのこの移行はクルチョーヌイフの詩作において顕著にみられるものだが、彼自身は一九二〇年代後半からザーウミ詩を書くことをやめてしまうため、意味のザーウミの実験を十分に発展させることができなかった。彼がやりおおせられなかったこの作業を引き継ぎ、進化させたのが、ハルムスである。ここにこそ、ロシア文学史における彼独自の位置がある。

ハルムスはザーウミの理念を求め、世界を新しく把握するために、人間に本来備わっているはずの理知や知覚を放擲する術を探求しつづけた。その試行錯誤の過程がよくあらわれているのが、彼にとって理知と知覚の放擲を意味していた「報復」という言葉をタイトルに冠した劇詩『報復』と、その翌年に書かれた『フニュ』である。『報復』の登場人物ファウストの「地」の作家たちにたいする態度の軟化は、興味深いことに、ハルムスが音のザーウミから日常語を用いた意味のザーウミへ手法の比重を高めていったことと対応している。また、『フニュ』というタイトルと同名のヒロインの、動植物豊かな自然界から散文的な都会への移動は、彼の日常語への傾斜を一層鮮明にあらわしている。オベリウ期のテキストの過渡的な性格は、まさにフニュの移動のうちに反映されているといえるだろう。

ハルムスの創作において意味のザーウミが前景化されてきた理由として、ザーウミを取りまく社会情勢が厳しさを増していたという外的要因のほかに、自身の創作哲学という内的要因を挙げることができる。彼は人間の理知も五感もどちらも超えた現実を志向して、ザーウミを用いている。ところが、音のザーウミは理知によって捉えられることを拒絶する一方で、個人の感覚に基づく率直な感情を表出する手立てでもあったため、ハルムスはこれ以外の手法を採用しなければならなかった。そこで、個人的なものではない、ありふれた日常語を用いた意味のザーウミへと、彼は手法の重心を移動させていったのである。その結果、ザーウミはもはやロシア未来派の初期の実験とは外見上似ていない、クルチョーヌィフが「全く新しい」と呼ぶ相貌をあらわすことになった。それをさらに推し進めたのが、『出来事』をはじめとする一九三〇年代半ば以降のハルムスの掌篇群だ。戦後、それらは研究者によって不条理文学の先駆として再発見されるだろう。

このようにハルムスの創作の歴史を概観してみれば、彼の用いている言葉が非日常語から日常語へとゆるやかに移行しているのが分かる。そのため、初期と後期のみを取りだしてしまえば、彼の創作や哲学が大きな変化を被ったように感じられるが、その中間のオベリウ期のテキストを丹念に分析することによって、むしろ彼がザーウミというひとつの理念を求めて試行錯誤していたことが明らかになる。このことは、彼がザーウミの詩学から不条理の原則へと方向転換したのではなく、不条理と思われるその創作さえザーウミの詩学の延長線上にあらわれたものであることをも示している。

この新しいハルムス像をより強固なものとするために、後期の散文が実際にザーウミの理念とどのように関わっているのかをこれから検証しなければなるまい。

1 *Нильвич.* Реакционное жонглерство (република.: *Введенский.* Полное собрание произведений. Т. 2. С. 153).

2 一九二〇年代後半から形成されつつあったハルムスの世界観は「一九三〇年代の散文にお

いて瓦解し」、かわりに「新しい詩学」が萌しはじめるという。*Жаккар*. Даниил Хармс и конец русского авангарда. С. 60, 63, 112. 序章でも述べたように、戦後の不条理文学を生みだす土壌になったとされる「不条理の感覚」を、ジャッカールはオベリウ期のハルムスのテキスト『われらせかい』（一九三〇年）に看取している。Там же. С. 112.

3　Там же. С. 250.

4　Там же. С. 217.

5　ハルムスのテキストでは「マルガリータ Маргарита」となっているが、『報復』がゲーテ『ファウスト』を下敷きにしているのは明らかであるため、ここでは「マルガレーテ」（その愛称がグレートヒェン）と訳す。

6　*Хлебников*. Наша основа. С. 174.

7　このことを指摘した論文は多い。たとえば、次を見よ。本田登「フレーブニコフの『カ－』とハルムスの『ラーパ』における時間概念の共通性」『現代文芸研究のフロンティア』5号、二〇〇四年。

8　同前書三六頁。

9　『聖書』新共同訳、日本聖書協会、一九九七年、（新約）一六三頁。ハルムスの手帖には神への言及が非常に多く、また自身の創作のなかで聖書の文句がほのめかされることもある。たとえば『エリザヴェータ・バーム』に出てくる「黒い馬、その上には兵士」という台詞は、「黒い馬、その上には騎士」という「ヨハネの黙示録6：5」の一節をもじっている。

10　ケルフ Херуф とセラフ Сераф は、智天使ケルビム Херувим と熾天使セラフィム Серафим を思わせる。したがって、音のザーウミのなかでも形態素のあるザーウミの範疇に入れることが可能だ。

11　*Хлебников.* Наша основа. С. 172.

12　「権威」「勢力」「主権」はそれぞれ天使の階級をあらわしている。これらの訳語は前注9の『聖書』に倣った（「エフェソの信徒への手紙」1：21）。また、「ハッピー хепи」は「幸せ＝ハッピー happy」の音訳借用だと思われる。

13　ハルムスと同じく「オベリウ」に所属していたザボロツキーの物語詩『気狂い狼』（一九三一年）でも、狼が地中に「足を膝まで突っこみ」、木になろうとする場面が描かれている。*Заболоцкий Н. А.* Собрание сочинений. В 3 тт. Т. 1. М., 1983. С. 142. 空を飛ぶことを夢見るこの気狂い狼の物語は、テーマ的に『樫の木と知恵者の衝突』と近似するところがある。なお、オベリウ派全般における、植物・動物・人間の融解というモチーフについては、コブリンスキーが言及している。*Кобринский.* Поэтика ОБЭРИУ. С. 128-129.

14　ハルムス全集の編者サージンはこの二人を同一視している。曰く、「知恵者は自分にとっては未知の褒美を、砂糖やバターのような生活用品を与えられる」（1, 363）。

15　「二番目のもの」すなわち「新たに獲得した知覚で認識した世界」のほうを称揚しようとするのは、当時よくみられた思想である。クルチョーヌィフが事物にたいする知覚を刷新するため事物を新たに「エウィ」と命名しようとした『言葉そのものの宣言』や、認識を遅延させるべく事物の知覚を新奇なものにしようとする異化を提起したシクロフスキーの『手法としての芸術』、そしてザボロツキーが「裸の眼」で事物を新しく見つめよと説く「オベリウ宣言」のなかで、先取りされている。最初の経験を取り戻すのみならずそれを超えるために、新たに世界を知覚しなければならないと考えられていたのだ。

16　傍線はハルムス。なおクラヴジヤ・ワシーリエヴナは宛て先人の女優プガチョワのこと。

17　ハルムスが「純粋さ」を「自律的存在」と言い換えていることも申しそえておこう。世界中の事物や芸術作品は、同じ秩序を共有しているという意味ではすべて同一のものである一方で、それらはなにものにも依存しない個でもあるからだ。「秩序の純粋さ」について詳しくは、たとえば次の箇所を参照せよ。*Кобринский*. Даниил Хармс. С. 429.

18 『樫の木と知恵者の衝突』において、五感のうち触覚のみが報復の対象とならなかったことを想起されたい。プガチョワ宛の手紙のなかで、最初に取り戻した触覚こそが五感を刷新してゆく際の糸口になっている以上、この詩でも触覚を拠りどころに新しい知覚が機能しはじめる可能性が開けている。視覚にとって代わられる前の触覚の歴史的重要性については、次の文献を参照せよ。ジョナサン・クレーリー（遠藤知巳訳）『観察者の系譜　視覚空間の変容とモダニティ』以文社、二〇〇五年。

19 『〈あるときアンドレイ・ワシーリエヴィチが…〉』と『ランプの友フニュ』はハルムス全集では『手帖』の一部として第五巻に収録されている（5, 387-390; 391-395）。

20 「左目には на левом глазу」という表現は、ハルムス全集の原文では「左目ではなく не левом глазу」となっている。ハルムスのテキストにはこうした綴りのミスが非常に多く、それをどう解釈するべきか難しい判断を迫られることがしばしばある。ただこの場合は、文法的に破格であるばかりか、直後に「右目には а на правом」という順当な言い回しがあるため、«не» は «на» の単なる書き間違いとみなすのが妥当だろう。実際、メイラフ編の作品集では、「左目には на левом глазу」と正されている。Хармс. Дней катыбр. С. 185.

21 「脚韻は、韻を踏み合う単位どうし（ホプキンズのいう rhyme-fellows）の意味上の関係を必ず含んでいる」。ロマン・ヤコブソン（桑野隆訳）「言語学と詩学」『ヤコブソン・セレクション』平凡社ライブラリー、二〇一五年、二一三頁。

22 *Жаккар*. Даниил Хармс и конец русского авангарда. С. 56.

23　ここで注意すべきは、何らかの個々の音のザーウミが「水」を指示しているわけではないということだ。そうではなく、「音のザーウミ」という用語ないし存在そのものが、ハルムスの創作のなかでは「水」という別の言葉に置き換えられているのだ。

24　*Жаккар.* Даниил Хармс и конец русского авангарда. С. 49.

25　「ゴモクズども дрынь」は「ゴミクズども дрянь」と共鳴している。

26　興味深いことに、ヴヴェジェンスキーの詩『馬上の客』（一九三一～三四年）においても、「馬」のモチーフは意味をめぐる問題意識と結びついている。この観点から、チャーギンはハルムス『報復』とともに『馬上の客』を論じている。*Чагин А. И.* Пути и лица. О русской литературе XX века. М., 2008. С. 247-250. さらにつけ加えれば、ザボロツキーの詩『運動』（一九二七年）にも「意味の朦朧とした」ような「馬」が登場する。そこでは、「哀れな馬」が「八本足」で駆けぬける。*Заболоцкий.* Собр. соч. Т. 1. С. 44.

27　*Жаккар.* Даниил Хармс и конец русского авангарда. С. 54; *Чагин.* Пути и лица. С. 249.

28　ゲーテの名前が挙がっていることは注目に値する。『報復』はゲーテ『ファウスト』を下敷きにしているからだ。ゲーテがサーベルを用いて創作活動をおこなった一方（ハルムスはそう考える）、これからすぐ検証するように、ハルムスは『報復』においてサーベル（特質）の現前というテーマに取り組んでいる。なお、ロモノーソフは十八世紀ロシアの大学者、コジマ・プルトコフはハルムスの敬愛した十九世紀ロシアの風刺作家のこと。

29　この「働いている意味」を石橋良生は「現働的意味」と、大石雅彦は「作業的意味」と訳している。石橋良生「ハルムスにおける「リアルなもの」――連作『出来事』を中心に――」『ロシア語ロシア文学研究』37号、二〇〇五年、八五頁。大石雅彦『彼我等位』水声社、二〇〇九年、一八九頁。前者の「現働的」という訳語は「潜在的」と対をなすドゥルーズの用語であり、「実現／発露している」という意味をもっている。極めて的確な訳語だが、ハルムスの言葉としては専門的すぎる。一方、「作業的意味」では内容を把握しづらい。そこで本書では、「意味が作動している」というニュアンスで、「働いている意味」と率直に訳出する。本章の最後に「働いている時間」という用語も登場するため、それと整合性を図りたいという意図もある。

30　*Крученых*. Декларация слова как такового. С. 71.

31　「オベリウ宣言」はザーウミ派の極北テレンチエフの演劇を擁護してもいる。[*Заболоцкий и др.*] ОБЭРИУ // Афиши Дома печати. С. 11. このことからも、執筆者ザボロツキーがザーウミに敵対したのは、理知を超えるというザーウミの理念そのものに反対だからではないことが窺える。実際、彼はトゥファーノフ流の音のザーウミは嫌ったが、人間の知を超えた高次の知を自身の創作のなかで追求している。

32　Levin, Ilya, "The Fifth Meaning of the Motor-Car: Malevich and the Oberiuty," *Soviet Union / Union Sovietique*, no. 5-2 (1978), reprint (Germantown, NY: Periodicals Service Company, 2008), p. 295.

33　音のザーウミには傍線を添えた。

34　*Крученых*. Сдвигология русского стиха. С. 34.「ファクトゥーラ」とは、音や韻律や文字や意味など言葉にかかわる各要素をさまざまに配置する手法／概念のこと。ここでは、「コンポジション」＝「構成／配置」とほぼ同じ意味で用いられている。

35　クルチョーヌィフはしばしば同じ詩のなかで様々な要素やスタイルを結合させた。とりわけテレンチエフと協同作業をしていたチフリス時代には、音のザーウミを大文字にするなどして通常語との差異を強調することで、音のザーウミと通常語という相異なる要素の交響を際立たせていた。チフリス時代のクルチョーヌィフやテレンチエフの創作術について詳しくは、次の論文を見よ。*Никольская.* Игорь Терентьев. С. 52. なお、スタイルの混淆はハルムスの好んだ手法のひとつで、韻文・散文・戯曲のスタイルを混淆させたうえに図版まで用いた『ラーパ』において過激に遂行されている。

36　*Жаккар.* Даниил Хармс и конец русского авангарда. С. 57.

37　*Кручёных.* Фонетика театра. С. 40.

38　水がいうには、「彼の娘がわたしのなかで溺れた」。「彼」は漁師を指しており、その漁師の娘に求婚しているのがフニュの婚約者ニカンドルである以上、「彼の娘」はフニュを指していると考えられる。ただし、水の台詞のなかの「溺れた утонула」という動詞は、通常「溺れ死んだ」ことを意味するため、フニュは溺死したあとに生還したことになる。漁師がフニュを見たとき、「まさか、フニュなのか?」と驚くのはこのためだろう。

39　*Золотоносов М.* Шизограмма Xv, или теория психического экскремента // Хармсиздат представляет / Под ред. В. Сажина. СПб., 1995. С. 77.

40　本田登「『フニュ』の解釈に基づくダニイル・ハルムスの世界観の考察――古代エジプト神クヌムと関連させて――」『ロシア・東欧研究』第37号（二〇〇八年）、八六～八七頁。

41　*Кручёных.* Декларация слова как такового. С. 71.

42　蝶の属名（Neptis）。

43　パフヌチー・リヴォヴィチ・チェブィシェフ（一八二一～九四）は相対性理論の進展に大きな役割を果たした数学者。

44　一般家庭にも流通していたという十九世紀後半に訳出されたロシア語訳聖書（ロシア正教聖教会会議訳）でも、モーセの海割りは「水が割れた расступились воды」と表現されており、

『フニュ』と同一の単語が用いられている（「出エジプト記14：21」）。ウェブ上でも読むことが可能。"Исход." Доступ. 3-го Мая 2016. [https://ru.wikisource.org/wiki/%D0%98%D1%81%D1%85%D0%BE%D0%B4].

45 本田登は別の角度からフニュを水と神に結びつけている。彼によれば、古代エジプトの神クヌム Хнум はフニュ Хню と少なからず一致点をもっているという。クヌムはナイル川＝水を管轄する神だからである。本田登「『フニュ』の解釈に基づくダニイル・ハルムスの世界観の考察」九〇～九一頁。この指摘はわれわれをして次の興味深い事実に気付かせてくれる。クヌム神 **Хнум** の「ум理知」という語尾を取りはらって、かわりに「ю」という必然性のない文字を付与した名前がフニュ **Хню** なのだ。このことは、「リアルな芸術の結社 **Объединение реального искусства**」の略語「オベリウ ОБЭРИУ」という名称の最後の文字Уが「略語をつくる通常の論理を破壊するのに付与された」という説と符合する。*Мейлах М.* К чинарско-обэриутской контроверзе // Александр Введенский и русский авангард: Материалы междунар. науч. конф. / Под ред. А. Кобринского. СПб., 2004. С. 98. いずれも通常の論理や理知を打ち壊して、それにかわる何物かを手に入れようとする志向のあらわれと考えることができる。

46 前注9でも触れたように、ハルムスの手帖には神への言及がおびただしい。彼にとって神の存在が非常に大きかったのは確かである。そうした信仰心は創作にも反映されている。チャーギンは『報復』に登場する神や使徒たちの言葉が意味の彼岸にあることに注目したうえで、ハルムスにおいては「高次の、真の意味は神のイデアに淵源がある」と述べている。そして、こうした神の探究（真の意味の追求）が創作の精神的基盤になっている例として、『フニュ』と『就寝前の祈り』を挙げている。*Чагин.* Пути и лица. С. 250.

47 ハルムス全集では、このメモは一九三一年のものということしか分からないが（6, 174）、コブリンスキーによれば、四月の記述だという。*Кобринский.* Даниил Хармс. С. 194. それが正しければ、『フニュ』の執筆時期と完全に一致する。次注48も参照せよ。

48　この引用箇所の直前、やや唐突に、「ぼくはフゥイ Я ХЫ」という文言がみえる。ハルムスが一九三一年に執筆した『〈あるときアンドレイ・ワシーリエヴィチが……〉』(5, 387-390) という散文には、フニュ Хню とその夫フゥイ Фы が登場しているが、「フゥイ ХЫ」はその「フニュ Хню」と「フゥイ Фы」を想起させる。このことは、言語機械という概念が一連のフニュ物語の創作と密接に関わっていることを示しているだろう。

49　石橋良生「ダニイル・ハルムスの「不可能な対象」」『ロシア語ロシア文学研究』第41号(二〇〇九年)、二五頁。

50　*Липавский.* Исследование ужаса. С. 341.

第四章　分散と結合　粒子としての『出来事』

注252頁以下

0　『出来事』の二つの顔

ハルムスはその一五年あまりの創作活動の後半を、極めて短く奇怪な散文小品の執筆にあてている。それを作家自身の手によってひとまとまりに集成したアンソロジーが、『出来事』である。三〇篇のいずれも短いテキストからなる『出来事』は、ロシア国外でハルムスが再発見された当初から、研究者の注目を集めてきた。そして彼らの分析を通して、『出来事』は二つの対照的な相貌を徐々にあらわすようになった。すなわち、緻密に設計された構成＝コンポジションと、断片の集積＝コレクションという矛盾した二様の顔をもっていることが明らかになってきたのだ。

一つ目の顔（コンポジション）をおそらく最も強調しているのが、オブホフ／ゴルブーシンという二人組の研究者である。[1] 彼らによれば、『出来事』には、それぞれ二つないし三つのペアを形成しているテキストの組み合わせが存在する。たとえば最初のテキストは最後のテキストとペアをなし、最初から二番目のテキストは最後から二番目のテキストとペアをなす。総じて『出来事』はマトリョーシカのような入れ子構造をもっているというのだ。これにたいして、二つ目の顔（コレクション）を強調する研究者として真っ先に挙げるべきは、ヤーコヴレヴィチだろう。彼は『ダニイル・ハルムスエクリチュールと出来事』という著書のなかで、非常に興味深い見方を示している。『出来事』のみならず、ハルムスの全創作は「断片の集積（コレクション）」であり、したがって別の断片とすぐさま結合しうるというのだ。[2] ハルムスはいわば「コレクター」であり、そのテキスト群は容易に「コレクション」にまとめられる。そこに法則はないが、かわりにどんなテキストも別のテキストと接合してひとつのアンソロジーを形成することができるという。[3] このように、『出来事』は双面を有している。

多くの研究者によってすでに明らかにされているように、『出来事』に収載されているテキストは、もともと『出来事』のために書かれたわけではない。それは一九三三年から一九三九年までの七年という歳月にわたって単独で書かれ、のちに『出来事』としてまとめあげられた。[4] そのため、個々のテキストはハルムスの一貫した方針のもとに執筆されたわけではないという意味で断片的といえるが、一方で、それがアンソロジーという形になっている以上、その編成が彼の意図を介していないとみなすのも事実に反しているといえるだろう。

『出来事』に本来備わっているこの二面性が、いま見てきたように、研究者の立場を二つに分けているのである。しかしながら、『出来事』の形態を、断片の集積か統一的な構成か、という二者択一的な判断にさらすことが、ハルムスの詩学に適っているとはいえない。なぜなら、その詩学の中心には、「部分」と「全体」という二項一組の思想が横たわっているからだ。[5] 彼の考えでは、断片性と統一的な構成は同時に実現されうる。「存在」について二五項目にわたって書かれた哲学的なエッセイ（一九四〇年）のなかで、彼はこう述べている。

2　何かしらの単一のもの、均質なもの、不可分のもので出来ている世界は、存在しているとはいえない。なぜなら、そのような世界には部分がなく、そして部分がなければ、全体もないからである。

3　存在している世界は均質ではありえず、部分を有していなければならない。(4, 34)

ハルムスによれば、世界は部分＝断片からなっており、それぞれの違いが際立ったまま、全体として世界を構成している。[6] このような世界観は、まさに『出来事』の成り立ちと照応している。ここでも、単独で書かれた個々のテキストという断片がひとつのアンソロジーを構成しているからだ。つまり、断片と総合という二面性を同時かつ同様に体現したものが『出来事』ということになる。したがって、ハルムスの世界観や『出来事』を詳らかにするためには、この二面性をまったく同じレベルで扱わなければならない。先行研究のなかでこの点に最も配慮しているのは、おそらくヤーコヴレヴィチだろう。ハルムスの創作における断片性を強調する一方で、ある断片がほかの断片と自由に結合しうることにも自覚的だからだ。もっとも、すでに述べたように、結合や総合よりも断片性のほうにヤーコヴレヴィチは重点を置いている。彼が結合にも目を配るのは、それがハルムスのテキストを特色づける断片性のしかるべき流露にほかならないからだ。本書では、こうした二者択一的な立場を脱し、断片と総合という二項を完全に対等に扱う。

ハルムスの散文は何よりもまず部分＝断片である。それらは互いに異なっていることが存在要件であるため、合わさったところで断片の集積にしかならないはずだ。しかし、彼の散文はひとつの世界を作りあげてもいる。寄せ集めであると同時に、統率されてもいる——このような撞着的な世界像は、粒子の分散と結合というモデルを用いて説明することができる。ひと粒ひと粒はばらばらだが、それらは集合することであらゆる形をとりうるからだ。このような粒子の分散と結合が、ハルムスの世界観や『出来事』の二面性を表象するモデルとなるだろう。

また、分散と結合というそれぞれ対照的な性質は、論理・思考・理知のおよぶものにたいする双方の正反対の態度をあらわしている。前者は超‐理知への志向を、後者は理知への志向を体現する。超‐理知を理知的な言葉で表現しようとするハルムスの試行錯誤がオベリウ期のテキストに刻印されていたように、後期のテキストにおいても、相反するこの二つの対象への志向が同居しているのだ。一九三〇年代の散文作品、とりわけ『出来事』において、理知と超‐理知＝ザーウミのあいだをハルムスのテキストが粒子のように分散し結合する模様を観察し、分析することが、本章の課題である。

1　幾何学の問題

ぼくはイクラから生まれた

ハルムスには円状・球状・粒状のものへの強い嗜好があったことが知られている。たとえば球や円についていえば、ヤムポリスキーは自らのハルムス論のなかの一章を球の分析に割いたうえで、そうした図形に自律や空虚など様々な性質を求め、ハルムスの詩学を表象する役割を担わせている。[7] 本節では、図形に哲学的意味を読みとるこうした路線を踏襲しつつも、円と対蹠的な直線とのかかわりのなかで円や球を捉えなおすことで、ハルムスの詩学を「線から円へ」の変貌として描きだしたい。まずは円／球／粒への嗜好を端的に示すテキストをいくつか紹介したうえで、その哲学的意味を明らかにしてゆこう。以下に挙げるのは、一九三三〜一九三四年に仲間内で様々なテーマについて議論していた際にハルムスの語った自身の「生い立ち」である。

ハルムス　ぼくはイクラから生まれた。その時すんでのところで悲しい行き違いが起こるところだった。伯父さんがお祝いに寄ってくれたんだけど、それはちょうど産卵の直後で、お母さんはまだ病床にふしていた。そこで伯父さんは見てしまうんだ。イクラでいっぱいになった揺りかごをね。で、伯父さんはつまみ食いが好きときてる。彼はぼくをサンドイッチに塗りたくると、もうウォッカをリキュールグラスに注いでしまった。幸い彼を引きとめるのに間に合い、ぼくはそのあと長い時間をかけて集められたってわけさ。

タマーラ　その状態のとき、どんな感じだったのかしら？

ハルムス　実をいうと、思い出せないんだ。無意識の状態におかれていたから。分かっていたのは、両親がぼくを隅にやるのを避けていたことだけ。というのも、ぼくはよく壁にこびり付いてしまっていたから。

タマーラ　長いことその無意識の状態にいらしたの？

ハルムス　ギムナジウムを卒業するまでね。[8]

・即興にしてはいささか技巧的すぎる小話である。「揺りかご люлька」(lyul'ka) と「リキュールグラス рюмка」(ryumka) という、響きの似た単語を用いつつ話を展開している点など、よく練られた創作の印象さえ与える。また、こなれすぎている感もある。おそらくそれは、ハルムスに馴染みの愛着あるテーマや概念が盛りこまれているためだろう。そのひとつが偽りの出生譚であり、[9] そしてもうひとつがイクラ＝球である。彼は球状の物体に、しばしば多数の小さな球状の物体に、大きな関心を寄せていた。イクラが卵である点も重要だ。彼は一九三〇年代に「地球の断面」というスケッチを描いており、その核の部分を「世界の卵／あるいは／ゼロ」と名づけている一方（図）、『零とゼロ』（一九三一年）というエッセイのなかで、円を「ゼロのシンボル」と呼んでいるからだ。ハルムスにとって卵は円と直結する概念といえるのである。

球への執着を示すさらなる例として、『どのように一人の男が砕け散ったか』（一九三六年）というごく短い小品を全文引用しよう。


いい女ってのはみんなケツがでかいっていうぜ。だがな、巨乳もおれは好きだ。そういう女はいい匂いがするのさ。――そう言うと、彼の背丈が伸びはじめた。天井に達したところで、彼は千個の小さな玉に砕け散った。

掃除夫のパンテレイがやって来て、この玉をスコップにかき集めた。それは普段馬の糞を集めるのに使うスコップだった。そして彼はこの玉を屋敷のどこか奥のほうへ運びさっていった。

太陽は相変わらず照っている。ふくよかに肥えた貴婦人たちは相変わらずうっとりするような匂いをさせていた。（2, 106）

ここでは、玉と砕けることが一種の懲罰の機能を果たしているようにみえる。欲望を丸出しにした下卑た物言いにたいして非難の眼差しが注がれたり、眉をひそめられたりするかわりに、その発話主が粉々に砕け散ってしまうのだ。

欲望の無化はハルムスにとって大きなテーマだった。『多かれ少なかれエマソンの要点に基づく論文』（一九三九年）において、彼は「享楽」を性欲・食欲・物欲に分けたうえで、こう結論している。「この享楽への道の途上にはないものだけが、不死へつづいている」。欲望を目指す道には「死」があるばかりであり、「不死」はそこから逸脱したところにこそあるというのだ。

したがって、『どのように一人の男が砕け散ったか』で自らの性欲を剥きだしにした男が砕けてしまうとき、その粉砕は「死」を意味しているはずだ。欲望した先に待っているのは「死」だからである。一方で、彼がただ死んだだけではないことも確かだろう。超自然的に玉と化しているからである。男はまず死に、そのあと別のもの（玉）に変貌している。死が結果的に欲望の消尽を意味している以上、彼は死ぬことによってようやく（逆説的だが）不死への道を歩みはじめたともいえる。先の『多かれ少なかれ……』でハルムスも述べているとおり、「興味深いことに、不死はつねに死と結びついている」のだ。

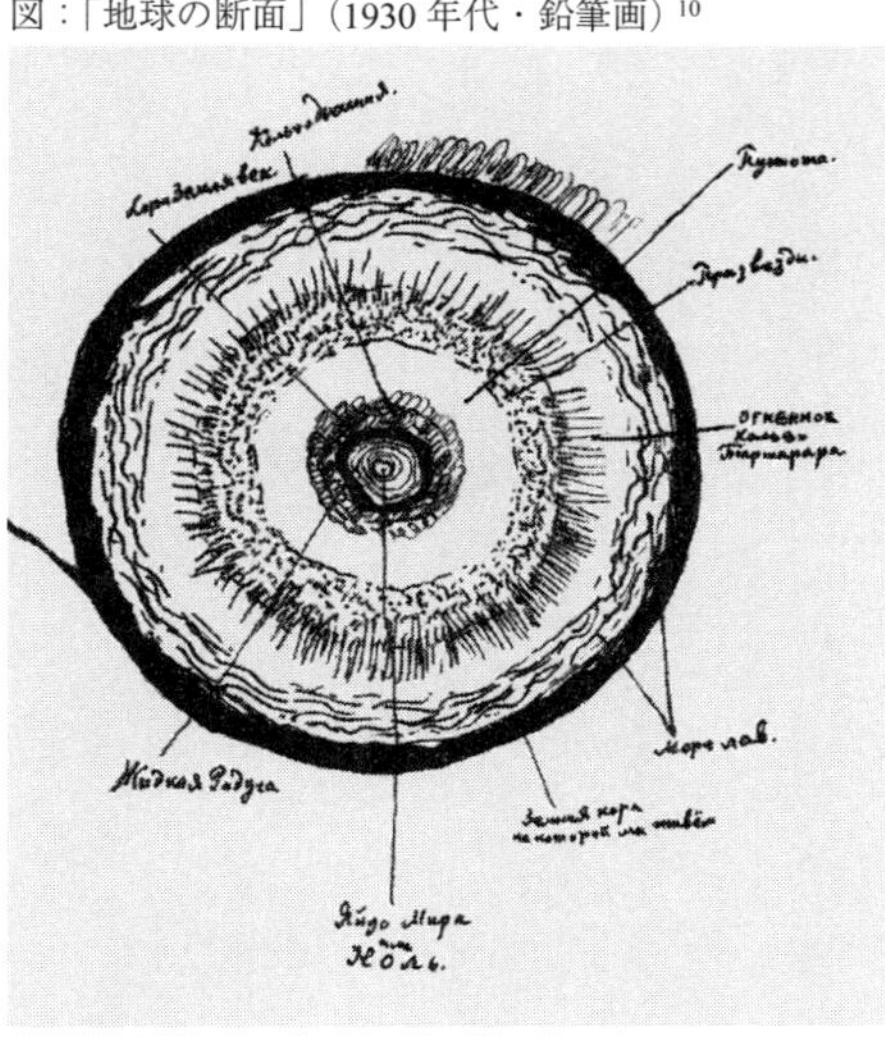

図：「地球の断面」（1930年代・鉛筆画）[10]

およそハルムスの散文において、玉は超自然的に発生する。たとえば『出来事』のなかの一篇「数学者とアンドレイ・セミョーノヴィチ」では、数学者は「頭から玉を取り」だしている。オブホフ／ゴルブーシンならこれを端的に「奇蹟」と呼ぶだろう。[11] このように、玉は欲望を抱いた人間の「死」と、そのような人間＝欲望が存在しなくなったことで萌した「不死」と、また超常的な「奇蹟」と関係している。そして最初に挙げた奇妙な出生譚によれば、かつてイクラ（＝玉）だったハルムスは、その間ずっと「無意識の状態におかれていた」のだった。つまり、以上の例を見るかぎり、ハルムスにとって玉は「人間の後段階」（死）、「人間のむこう」（不死／奇蹟）、「人間の前段階」（無意識）の次元に属していることになる。

こうして自身の創作のなかで玉（球）を超越的な何かとして描きだしているハルムスは、哲学的なエッセイのなかでは球の断面にほかならない円について思考をめぐらせている。これは彼の詩学の根本にかかわる重要な思想である。詳しく見てゆこう。

線と円

無意味としての直線

ハルムスは『円について』（一九三一年）というエッセイのなかで、円を「最も完全な平面図形」とみなしたうえで、こう書いている。

> 完全なものはいつも研究することができる。すなわち、完全なものにはいつも研究されていない何かがある。もし研究しつくされれば、それは完全であることをやめてしまうだろう。なぜならば、終わりのないもの、つまり無限なものだけが完全だからである。(2, 314)

完全なものは無限であり、すっかり把握してしまうことができない。ハルムスによれば、「最も完全な平面図形」は円だが、そのほかにもうひとつ完全なものがあるという。直線だ。「直線は完全である。なぜならば、その両端が無限につづかない理由はないからであり、終わりも始まりもなく、それゆえ理解することができないからである」。いま、われわれは完全なもの＝無限なもの＝理解できないものの図像として、円と直線の二つを手に入れたことになる。しかし、たとえそれが無限であろうとも、ハルムスは直線のうえに留まろうとしない。彼は『円について』のなかで、せっかくの直線を折り曲げてしまう。右の引用のつづきを読んでみよう。

> 一点で折り曲げられた直線は角を形成する。しかし、あらゆる任意の点で同時に折り曲げられている直線は曲線と呼ばれる。直線を無数に曲げれば、完全なものとなる。曲線は必ずしも無限に大きい必要はない。それはわれわれが一目で容易に把握できるものでよい。それでいて、それは理解不能かつ無限なものになるだろう。始まりと終わりを隠している閉じられた曲線について私は話しているのだ。最も均一で、理解不能で、無限で、理想的なこの閉じられた曲線は、円になるだろう。(2, 315)

たしかにハルムスは完全＝無限なものとして、直線と円を挙げている。しかし彼が選択するのは、直線のどこまでも延長されてゆく無限性ではなく、「閉じられた曲線」、つまりある**小ささ**をもった円である。

この二種類の無限（線と円）は、ロシア未来派由来のザーウミとハルムス固有の詩学をそれぞれ表象しているとみなせる。[12] たとえば、未来派詩人クルチョーヌィフの「ドゥイール　ブール　シシュイール」のような、どこまでも理知から逃れつづけ、固定した意味に拘束されることのない、純粋に音としてのザーウミは、無限に延びる直線がそうであるように、理解しえない。それは無意味なものとしてあらわれる。そこでハルムスの選択したのが、円として表象されうる、無限性を保ちつつも究極的には一定の意味に帰着しうる概念だったのだ。

規範としての直線

一方で、ジャッカールが指摘するように、どうやらハルムスは無限性を捨象した直線をも想定しているようにみえる。[13]「1　あらゆる人間の生の目的はひとつ、不死である」と書きだした一九三八年の手帖に、彼はこう記している。

> 5　地上的なものばかりのせた一本の直線がある。この直線のうえにないものだけが不死を証しうる。
>
> 6　それゆえ人間はこの地上的な直線からの逸脱を求めている。（……）(6, 199)

このメモが『多かれ少なかれ…』に書かれた内容（享楽は死に通じる）と共鳴していることは明らかだが、[14] いま注目したいのは、不死は一本の直線から逸脱したところにあるとハルムスが考えている点だ。この直線からは無限＝完全さという肯定的な特徴が剝ぎとられている。それはただ死という最終目的地にむかう、地上の法則に従属しているひとつの系を表象しているにすぎない。ジャッカールはこの直線を規範と解釈するかぎりにおいて、ハルムスの詩学を「直線からの逸脱」と要約してみせた。彼によれば、「直線からの逸脱」は「無意味」と定義できるという。そもそもジャッカールの母語フランス語の「意味 sens」には「方向」という語義があるため[15]、ひとつの方向をもった直線からの逸脱を「無意味」とみなすのは、自然な発想にちがいない。

ところがハルムスにおいては、二種類の直線――「無意味としての直線」（無限／理解不能の直線）と「規範としての直線」（死に至る直線）がある。彼は「無意味としての直線」から逸脱しようとして、直線と同様に理解不能でありつつも無意味ではない円を目指した。また、不死を求めて「規範としての直線」からも逸脱しようとし、やはり円を目指した。ジャッカールはこの二種類の直線を区別していないため、「規範としての直線からの逸脱」を短絡的に「無意味」とみなしてしまったのだといえる。

どちらの直線から逃れるにせよ、その結果ハルムスが円を追求したのは必然であった。なぜなら、たとえいま地上で支配的な規範から逸脱できたとしても、その行為は新たな方向へ逃走する線を、やがては新たな規範＝方向を形成し、そこからふたたび逸脱しなければならなくなるからだ。だからこそ、ハルムスは直線を円に折り曲げる。そうすれば、規範から逸脱しつづけながらなお一つの完結した意味を得られると考えたのである。このことは、無限の直線を想定した場合にもいえる。それが理解不能である以上、直線は果てしない無意味を生産しつづけるだろう。だがその直線を円にすれば、無限性を保持しつつ無意味から逃れることが可能になるのだ。

円は完全であり、無限であり、理解できない。それは規範からの逸脱であり、無意味からの逸脱でもあり、不死への道なき道である。それはある小ささを持つため、目にみえる円ないし球として表象されることになる。ここから引きだせる帰結として最も重要なのは、それが閉じられた＝完結した一個の意味をあらわしうるということだ。つまり「規範からの逸脱」にせよ「無意味からの逸脱」にせよ、この逃走に循環という方向（円という形）を与えることによって、一方向の直線＝規範のうえにあるのとは別個の「意味」を、そして無限＝超－理知的な「意味」を、おそらくは不死へとつづくはずの完全な「意味」を、ハルムスは作画してみせたのである。[16]

2　出来事と物語

物語の拒絶

ハルムスはこうして規範的な意味から逸脱した意味を、そして無意味から逸脱している無意味を、つまり意味からも無意味からも自律し、意味でも無意味でもある何かを、その表象としての円／球／粒子を志向した。それらは常識的な意味を超越しているため、一見すると「無意味」にしかみえないが、実は新しい別の意味を体現している。

では、実際のテキストには、このような思想はどう反映されているだろうか。『出来事』を例に確認してみよう。[17] 円の規範の破壊としての側面は、散文テキストでは物語の拒絶としてあらわれる。その拒絶の身振りは『出来事』において極端なかたちをとっている。「出会い」という小品を全文引用しよう。

ある日ある人が仕事に出かけて、その途中で別の人に出会ったのだが、彼はポーランド風のバゲットを買って、家に帰るところだった。

実は、これでおしまい。(2, 345)

最後の「これでおしまい」を含めてもたった二つの文だけで構成されたこのテキストは、果たして「物語」といえるだろうか。むしろ非 - 物語といったほうが適切ではないか。ここに生じているのはまさに「出会い」という一事のみであり、それは別の事件に発展することなく、すぐさま収束するからだ。物語は萌した瞬間に刈りとられてしまうのだ。この小品が無事件性で際立っているとすれば、次のテキストは物語る対象を消滅させてゆく逆行性で際立っている。

赤毛の男がいた。彼には目と耳がなかった。髪もなかったから、赤毛と呼ぶのはここだけの話だ。

話すことが彼にはできなかった。というのは、口がなかったからだ。彼には鼻もなかった。

彼には手足だってなかった。お腹もなかった。背中もなかった。背骨もなかった。内臓もひとつもなかった。何にもなかった！　だから誰を話題にしているのやら分からない。

彼のことはもう話さないほうがいいだろう。（2, 330）

「青いノートNo.10」と題されたこの有名な小品においては、読者にまず「赤毛の男」が提示される。ところがその男は、身体の部位を次々と剝ぎとられてゆき、仕舞いにはその存在すら消去されてしまう。こうして物語る対象はフィルムの逆再生のように失われる。それにともない物語は無へ遡行してゆく。「出会い」と「青いノートNo.10」のような、物語を無化するこれら非 - 物語にたいし、物語を歪曲しようとする、いわば反 - 物語もある。たとえば「最近、店で売られているもの」がそうだ。

コラトゥイギンはチカケエフのもとを訪ねたが、彼は家にいなかった。

このときチカケエフは店にいて、砂糖と肉とキュウリを買っていたのだ。

コラトゥイギンはチカケエフの家のドアの周りをうろうろして、もうメモを書き残そうかと思っていた矢先に、チカケエフその人が両手に防水袋をさげて歩いてくるのが見えた。

コラトゥイギンはチカケエフに会うと、彼に向かってわめいた。

「もう丸々一時間あなたをお待ちしてたんですよ！」

「そんなはずはありません」チカケエフは言う。「私が家を出てから二五分しか経ってませんからね」

（……）[18]

この言葉がコラトゥイギンを激怒させた。彼は指で片方の鼻の穴をふさいで、もう片方の鼻の穴からチカケエフにむかって鼻水をひっかけた。するとチカケエフは袋から一番大きなキュウリをつかみ出して、それでコラトゥイギンの頭を殴った。

コラトゥイギンは両手で頭をおさえて倒れ、死んでしまった。

最近の店ではなんと大きなキュウリが売られていることでしょう！ (2, 348-349)

二人の男の喧嘩が長々とつづくこの異様なテキストを最も歪にしているのは、末尾の一文(「最近の店ではなんと大きなキュウリが売られていることでしょう！」)だろう。そこに至るまでの物語を的外れな言葉で総括するこの一文は、二人の諍いを奇妙な方向にねじ曲げてしまうからだ。まるで白鳥がアヒルの子を産むように、ここでは物語(原因)が奇怪な帰結(結果)をもたらしている。

『出来事』に収められているテキストはすべて、これら非 - 物語ないし反 - 物語のテキストのように、通念を転倒させ、期待を裏切っている。説明は排除されるか、不適切で余計な説明が挿入される。[19] そこでは事件は次の事件に関与しない。たとえ事件が連結されることがあっても、予期せぬ偶然のように連なり、そのあいだには突飛な関係しか築かれない。ハルムスやオベリウ派にみられる断片的なエピソード(出来事 **случай**)を「偶然性 **случайность**」の観点から分析したハンゼン = レーヴェの言葉を借りれば、「単一のものとして、絶対的な個として、まさしくそれゆえに偶然のものとして」、これらのテキストは提示されているのである。[20]『出来事』はこのように物語を逸脱したテキストの見世物小屋といってよいだろう。そうだとすれば、われわれの眼前にはすでにひとつの対立関係が浮かびあがっているはずだ。出来事と物語。

出来事と物語

ハルムスによって物語は無化され、歪曲され、拒絶される。なぜならば、ジャッカールがいうように、物語が一定の線条性を前提にする以上、[21] それはまさにひとつの方向をもつ直線にほかならないからだ。本章では、そうした物語を産出する人間の能力に、直線的な「物語」を「物語る」力に焦点を当ててみよう。

物語論（ナラトロジー）はそれ自体で巨大な研究分野であるため、ここでその先行研究を詳しく紹介することは難しいが、[22] 本章と最も関わりの深い物語論を挙げるとすれば、それはハルムスと同時代に活躍したロシア・フォルマリズムの批評家たちによるものだ。彼らは「ファーブラ」と「シュジェート」という区別を物語の分析に導入した。トマシェフスキーによれば、前者は「実際にあったこと」、後者は「読者がそれをどのようにして知ったか」に当たるという。[23] 前者は素材、後者は素材の加工とみなすことができる。これから注目する「物語る」力とは、まさにこの素材を加工する人間の能力のことだ。**それは一定の方向へ物事を配置し、関係づけ、構成し、秩序立て、意味づけようとする作用全般に関わる理知と想像の力である。**

したがって、「物語」から逸脱するためには、あらゆる硬直的な意味づけ・関係づけをほどき、ずらし、混線させ、想像を裏切る必要がある。その典型例は『新解剖学』（一九三五年）と題された次のわずか二行の小品のなかに確認することができる。

　ある少女の鼻から二本の水色のリボンが生えた。滅多にないことだ。なぜならば、片方には「火星」と、もう片方には「木星」と書かれていたからである。（2, 88）

　このテキストは二重に奇妙である。第一に、少女の鼻からリボンが生えたという状況が非現実的だ。第二に、それが「滅多にないことと」なのは、鼻から伸びたリボンに「火星」と「木星」という単語が記されているからだという理由が人を食っている。言うまでもないことだが、それが「滅多にないこと」なのは、リボンに星の名前が書かれているからではなく、人間の鼻からリボンが生えること自体が生理学的にありえないからだろう。

『新解剖学』という題名も謎めいている。だが実はこれらの点に関しては、ハルムス全集の注釈で編者サージンが種明かしをしている。曰く、「神秘思想においては、生物の頭部に開いている七個の孔は七個の惑星に支配されて」おり、「なかでも右の鼻孔は火星に支配され」、「木星は左耳に対応している」という。[24] ハルムスは神秘思想に傾倒していたことがよく知られており、なるほど人体と惑星とを関連づける発想はそこから生まれたのだろう。また、そうした思想に照らせば、「滅多にないこと」の理由も（少なくともハルムスにとっては）正当なものだったことになる。そこでは木星と対応しているべきは左耳であるため、鼻から伸びたリボンに木星と記されていることは、たしかに「滅多にないこと」なのだ。

　人間には知性や想像力が否応なく備わっている。物事を論理的に考え、諸事象を因果関係で結ぶ力。それはほとんど本能的な能力である。その力を用いて人間は世界中の事物や出来事を結びあわせる。だがハルムスはそれを裁断し、ごちゃごちゃに錯綜させるのだ。人間が想像力を逞しくして星と星を結び夜空に星座を描くのと反対に、ハルムスは星々をつなぐ線をずらし、絡ませ、混乱させる。正しく対応しているとみなされている関係を疑い、突き崩し、その結果それを正しいとみなしている規範そのものを格下げする。出来事同士をつないでいる配線をすべて断ち切り、それらを独自に組みかえてしまう。スイッチを入れれば、眼前に映しだされるのは世にも奇妙なハルムスの世界である。

　アンソロジー『出来事』に即していえば、あるときは事件が他の事件へと発展しうる線を断ち（「出会い」）、あるときは指示するもの（言葉）と指示されるもの（事物）の関係をほどき（「青いノート№10」）、あるときは原因と結果の関係をずらす（「最近、店で売られているもの」）。そうしてばらばらにほつれてゆく物語の一片一片こそが「出来事」だ。それらは理知がおよぶ以前の領域に超出している[25]。

　「出来事」はひとつの方向をもった物語に、理知に還元されえない。それは、物語になる前の**何か**である。だが出来事はどんなに集まっても物語を組織しない。それは構成要素でも材料でもない。つねに物語より前にあり、いつまでも物語になることがない。永遠の未完成。生まれえぬ胎児。名づけえぬ**何か**。

　「出来事」と「物語」の関係性は、粒子の「分散」と「結合」の関係性に対応している。単体としての「出来事」は分散した粒子のひと粒ひと粒に相当し、それが結合することで「物語」を装う。この場合の粒子はたとえ結合しても粒子だったときの性格を失うことはない。それは理知から逸脱しつづける円のまま、ひとつのまとまりに結合しているにすぎない。したがって、「出来事」は粒子と同様に円／球の系列に属していることになる。「出来事」が規範、理知、想像力に対置されるかぎり、それは人間にとっては「無意味」としてあらわれ、規範的な意味や順当な期待から逃走しつづけるだろう。円としての「出来事」が直線としての「物語」に回収されることはないのである。

さて、規範の破壊と新しい意味の創造というハルムスの詩学は、直線を折り曲げて円にする手つきになぞらえられるのだった。では、『出来事』にそのような円＝新しい意味ないし秩序は存在しているだろうか。すでに指摘したように、そこにはたしかに様々なレベルでの逸脱がある。しかし新しい意味や秩序が存在しているようにはみえなかったはずだ。

「出来事」に新しい意味を見出すことは、「出来事」を物語化することに等しい。それは「出来事」の破壊であり、脱‐意味化されたものをふたたび意味に還す試みだ。「出来事」がそのような還元を拒絶する性質をもっている以上、そこに意味を見出す＝物語化することはできない。もし発見できたとすれば、それはすでに「出来事」ではなくなっている。たとえそこに規範から自律した意味が隠されていたとしても、人間の理知によって認知することは不可能――より正確にいえば、不可能でなければならないのである。

もとよりハルムスの詩学は矛盾した試みに根差している。断片を断片のまま統合すること。意味を破壊し意味を創造すること。「出来事」を「出来事」のまま「物語」にすること。この不可能な試みに肉薄するためには、粒子の「分散」し「結合」する可変的な性質をモデルとして措定することが有効な方法になりうる。そこで、テキスト間あるいはひとつのテキストのなかで、粒子としての「出来事」がどのような振る舞いをみせているかを観察し、その様相を詳らかにしたい。

3　不可視の関係

結合

アンソロジー『出来事』は「出来事」（個々のテキスト）の集合であり、その「出来事」はより小さな「出来事」（文）の集合である。そして一文のなかにさえ複数の「出来事」（事件・モチーフ）がうごめいている。もともと関連がなかったはずのテキスト＝出来事を自由に結合させることで『出来事』が成立したように、一文のなかにある最小単位の「出来事」も別のテキストのなかにある最小単位の「出来事」と自由に結合しうる。それらは砂粒のようにいつでもいかようにも結合し、ある流れをつくる。

たとえば、ハルムスの散文においては、「窓の外を眺める」「転落する」「害を被る」といった出来事は自由に組み合わさって、別個の出来事（テキスト）を形成する。「落ちて行く老婆たち」（『出来事』所収）や『青いノート』[26] No. 20、『転落（遠近）』といったテキストがそうだ。最初のテキストでは、「二人の老婆が強い好奇心にかられて窓から身を投げだし、落っこちて死んで」しまう。二番目のテキストでは、「窓の外を眺めていた」好奇心の強い老婆が、そばを走りぬけたイワン某に「ステッキでその鼻面を殴りつけ」られる。三番目のテキストでは、イーダ・マールコヴナという同じ名をもつ二人の女が屋根から落ちてくる二人の人物を窓から目撃する。それぞれのテキストは互いに関連することなく個々に独立しており、その内容も異なっている。しかし、同様の出来事を分有している。

また、「マカーロフとペーテルセン№3」(『出来事』所収)というテキストは、『現象と存在について№1』、『現象と存在について№2』という二つのテキストと結合しうる。[27] 一番目のテキストでは、ペーテルセンは球に変貌する。二番目のテキストでは、空に球が出現する。三番目のテキストは二番目のそれとの連作というかたちをとっている。興味深いことに、この最後のテキストで生じる事件は「青いノート№10」の変奏とみなすことができる。そこでは、やはりフィルムを逆再生するように、一人の男の存在がみるみるうちに消失してゆくからである。

このような例は枚挙にいとまがない。ハルムスの散文は幾種にもおよぶまったく同一ないし同様の事件、モチーフ、人物(名前)といった「出来事」の組み合わせからできているのだ。[28] ハルムスの世界において、これら知にさらされる前の無垢の「出来事」はいわば原子であり、結合して分子(テキスト)となる。その分子がさらに集まれば、有機体(アンソロジー)を組織するようになるだろう。組み合わせのパターンは膨大だが、「出来事」同士の結合から、ときに思いがけない世界を眺望できることがある。以下、そのような結合例について検討することにしよう。

関係

アンソロジー『出来事』には、「出来事」という同名のテキストが収載されている。これは一見すると断片の集積のような呈をなしている。全文引用しよう。

> ある日オルローフはすりつぶしたエンドウ豆を食べすぎて死んでしまった。クルィローフはそのことを知って、やっぱり死んだ。スピリドーノフは勝手に死んだ。スピリドーノフの奥さんは食器棚から落っこちて、やっぱり死んだ。スピリドーノフの子どもたちは池で溺れて死んだ。スピリドーノフの祖母は飲んだくれになって、街をうろつくようになった。ミハーイロフは髪をとかすのをやめて、疥癬にかかった。クルグローフは両手に鞭をもった女の絵を描いて、気が狂った。ペレフリョーストフは電報為替で四〇〇ルーブルを受けとって、高慢になってきたので、職場から追いだされた。
> いい人たちはしっかりと地に足つけることができないのだ。(2, 330)

一文と一文のあいだに正当な因果関係が認められないばかりか、同じ一文のなかにある出来事と出来事のあいだからさえ、関連性が失われている。たとえば、クルィローフがオルローフの死を知ることと、彼自身が死ぬこととのあいだには、本来どのような因果関係もありえないはずだ。このテキストが、自らを収載しているアンソロジーと同じ表題（「出来事」）を冠せられている点は、次のことを示唆している。つまり、テキストとしての「出来事」はアンソロジーとしての『出来事』のミニチュアないし紋中紋である、と。どちらにおいても単発の事件の集合が出来事と名づけられている。

この「出来事」というテキストは『関係』（一九三七年）というテキストと結合する。①から⑳までの番号を付された出来事の集合である『関係』の形式は、[29] たったいま見たような、出来事がただ連続するだけの「出来事」の形式と類似しているからだ。しかし、両者には決定的な違いがある。『関係』においては、文と文とのあいだに思いがけず有意味な関係が築かれるのだ。やはり全文を引用しよう。

哲学者殿！

①私があなたに差し上げたお手紙にあなたが書こうとなさっているお返事に返信いたします。②あるバイオリニストが磁石を買って、それを家に持って帰ろうとしました。その途中、ごろつきどもがバイオリニストを襲撃し、彼の帽子をはたき落としました。帽子は風にさらわれて、通りを運ばれてゆきました。③バイオリニストは磁石を地面に置いて、帽子を追って駆けだしました。帽子は硝酸の水たまりのなかに落っこちて、ぼろぼろになってしまいました。④その隙にごろつきどもは磁石をつかんでずらかりました。⑤バイオリニストは外套と帽子を身につけずに帰宅しました。というのも、帽子がないのは硝酸でぼろぼろになったからですが、帽子を失くしたことに落胆した彼は、外套を路面電車のなかに置き忘れてしまったからです。⑥その電車の車掌

は外套を蚤の市に持ってゆき、それをサワークリームと雑穀とトマトに換えました。⑦車掌の義父はそのトマトを食べすぎて死んでしまいました。車掌の義父の遺体は霊安室に安置されましたが、遺体が取り違えられて、車掌の義父のかわりに誰だか分からない老婆が埋葬されました。⑧老婆の墓には白い柱が立てられました。そこにはこう書かれています。「アントン・セルゲーヴィチ・ソッチュウシャショフ」。⑨一一年後この柱は蛆に食われ、倒れてしまいました。墓守はこの柱をのこぎりで四つに切り、自宅のかまどにくべました。墓守の妻はこの火でカリフラワーのスープを作りました。⑩しかしスープができあがったとき、時計が壁からはずれ、そのままスープの入った鍋に落っこちました。時計はスープのなかから取りだされましたが、その時計のなかにいた南京虫が、今度はスープのなかに入ってしまいました。スープは乞食のチモフェイに与えられました。⑪乞食のチモフェイは南京虫入りのスープをたいらげて、乞食のニコライに墓守の親切を話して聞かせました。⑫翌日、乞食のニコライは墓守のもとを訪ねて物乞いをはじめました。しかし墓守は乞食のニコライに何もやらず、彼を追っ払いました。⑬乞食のニコライは激怒し、墓守の家に火をつけました。⑭火は家から教会に燃えうつり、教会はすっかり焼失してしまいました。⑮長いあいだ捜査がおこなわれましたが、火事の原因は突きとめられませんでした。⑯教会のあった場所にはホールが建てられ、開館日にはコンサートが催されました。そこには一四年前に外套を失くしたバイオリニストが出演していました。⑰聴衆のなかには、一四年前にこのバイオリニストの帽子をはたき落とした、あのごろつきの息子が一人いました。⑱コンサートのあと、二人は同じ路面電車で家路につきました。そして彼らのうしろを走る路面電車の運転手は、いつかバイオリニストの外套を蚤の市に売った車掌その人でした。⑲こうして彼らは夜遅くに街を走っています。前にはバイオリニストとごろつきの息子が、後には運転手、つまりかつての車掌が。⑳彼らは電車に乗っています。自分たちのあいだにどのような関係があるのか知らないし、また死ぬまで知ることはないでしょう。(4, 25-26)

これら二〇個の出来事は奇妙な因果関係で結ばれている。いや因果というよりは、結果の連続といったほうが実際に即している。ある出来事が別の出来事にたいし、ドミノ倒しのように次々と影響を及ぼしてゆくからだ。こうした結果の連鎖は、⑯番目の出来事以降、円環を閉じはじめる。一連の出来事の発端と結末が結びあわさるのである。

ところで、この二〇個の出来事が『関係』を構築しているさまが「出来事」(『出来事』所収)に似ているとすれば、それは三〇個の出来事(テキスト)のアンソロジーである『出来事』と相似をなしているともいえるだろう。つまり、『関係』もまたアンソロジーとしての『出来事』のミニチュアと考えることができるのだ。

一方には、乱雑にみえる出来事の集合がある(『出来事』)。もう一方には、見えない因果の鎖につながれた出来事の集合がある(『関係』)。ただ注意すべきは、後者の場合においても、その登場人物たちは自らの運命をつないでいる鎖に気付いていないということだ。したがって、こちらでも少なくとも表向きは因果関係が隠されている。この関係を見透かしているのは、『関係』の書き手と読み手だけだろう。冒頭、書き手が未来の手紙に返信しようとしていたことを思い出そう(「私があなたに差し上げたお手紙にあなたが書こうとなさっているお返事に返信いたします」)。彼は時間を跳躍しようとしている。言うまでもなく、通常の因果関係は時間の遂次性を前提とする。その遂次性を逃れ、未来を見通すことのできる書き手にとっては、通常の人間には見えない因果関係も透視することができるはずだ。[30]

たとえ断片としての出来事の連なりに因果関係の表徴を見てとることができないとしても、その内部には実は不可視の鎖が秘匿されているのではないか――その可能性について、われわれは考えざるをえない。実際、アンソロジー『出来事』について早い時期に優れた論文を書いたエイズルウッドはこう述べている。「一連の「出来事」は背後にある秩序の可能性について、世界を通常意味づけている因果法則や論理とは別個の秩序について、熟考させてくれる」[31]。この「秩序」こそ、『関係』を統べている秩序だ。そしてこうみなすこともできるだろう。その「秩序」は人間の知からは隠されているという意味で「無意味」であり、逐次的な線状の時間軸を超越しているという意味で「円」をなしている、と。

前節において、われわれは「物語る」力をこう定義した。**それは一定の方向へ物事を配置し、関係づけ、構成し、秩序立て、意味づけようとする作用全般に関わる理知と想像の力である。**『出来事』の背後に「秩序」を想定するのなら、その「秩序」は、まさにこの物語化の作用を被るようにみえる。だがその「秩序」は人間の目からは秘匿され、人間の期待や想像を裏切る仕方で統べられているため、「理知と想像の力」としての物語化作用を超越した別個の法則に基づく物語、いわば超 - 物語である。

もともとハルムスはザーウミ＝超 - 理知言語を発明したロシア未来派の影響を強く受けていた。すでに述べたように、ザーウミはクルチョーヌィフの「ドゥイール　ブール　シシュイール」のような、人間の理知から完全に逸脱した言語とみなすことができる。だがその一方で、クルチョーヌィフと双璧をなす未来派詩人フレーブニコフが志向した「世界語」のように、人間の理知からは逸脱しているものの、それとは別個の知の法則にしたがっている言語とみなすこともできる。[32]

ハルムス自身、一九二〇年代後半から一九三〇年代前半にかけて、「知」や「意味」といったものを二通りに分けて考えている。たとえば、彼によれば、物には通常の意味と非人間的なそれの二種類があり、また度量衡には科学的知見に裏打ちされた汎用性のあるものとそうでない個人的なものの二種類があるという。[33] こうした思索をおこなった一連の哲学的エッセイの流れをくむ前出の『円について』も、不完全なもの（理解できるもの）と完全なもの（理解できないもの）という二分法を前提としている。そして彼はこれらの分類のうち後者のほうを――非人間的なもの・規範を逸脱したもの・人間に理解できないものを、すなわち超‐理知的なものを追求していた。『出来事』においては隠され、『関係』においては顕れている超‐物語は、ハルムスのこのような超‐理知的なものへの志向を反映している。

人間の理知では把握できない不可視のつながりは、超‐物語において初めて浮かびあがる。一個の自律した意味をもつ円／球／粒子は、人間の理知から逸脱しているがゆえに、優れて人間的な道具である言葉では名指しすることができない。だが、粒子は結合すると思いがけないまとまりを形成するものだ。意味づけ、関係づけることを本然とする物語の枠組みのなかで、円／球／粒子の集合が発生した。それは「理知と想像の力」を超えた物語（結合）として、不可視の鎖を、ひとつの秩序らしきものの存在を予感させてくれる。

もちろん、これは綱渡りのように落下の危険と隣りあわせの試みだ。無意味として現前する「出来事」を他の同様の「出来事」と結合させ、物語をつくったところで、それは単に無意味なものの無意味な羅列に堕すだけかもしれない。また逆に、無意味を意味化したものに落としこまれるかもしれない。実際、『出来事』や『関係』はそのようなものとして理解されることがある。[34] しかしながら、ハルムス自身は人間に隠された真実を求めて、それを物語（結合）において顕そうとしつづけていたのである。

4 超-物語

二つの系列がある。断片、円・球、出来事の系列と、総合、直線、物語の系列。前者は通常の規範・理知・想像力から逸脱したものたちであり、自律的な意味を有している。それにたいし後者は「理知と想像の力」であり、断片的な物事を関係づけ、意味づける。この二系列は通常交わることはなく、別々の次元に属している。だがハルムス後期の創作を代表するアンソロジー『出来事』は、その両方の性質を同時に同様に備えている。このことは、『出来事』のミニチュアといえる『関係』というテキストにも当てはまる。後期ハルムスのテキストのこうした様態は、粒子が分散し結合する運動体に喩えることができるだろう。

この両義性は、本来「理知を超えたもの」を志向していた彼が、言語という理知そのものであるような道具によって、その「理知を超えたもの」をあらわそうとする矛盾を反映しているといえる。ザーウミという理知を超えた言語で「理知を超えたもの」を表現しようとする試みには、このような矛盾は生じえない。

これまでハルムスは一貫し、ザーウミ的な＝理知を超えた世界を現出させようと奮闘してきた。『出来事』が一九三〇年代初頭までの彼の創作活動を分節しているとすれば、それは初志を実現するために彼の採用した方法が、音のザーウミはおろか意味のザーウミでさえなくなったためである。たしかに彼は、後期の散文、とりわけ『出来事』において、理知を超えるという元来の意味でのザーウミの概念に忠実に、ザーウミ的な世界を描こうとしている。だがその一方で、手法としてのザーウミを利用していない。かわりに彼が用いたのは、理知を支え理知に支えられる日常語を拠りどころとした、「出来事」と「物語」の連携であった。

彼が意味のザーウミという手法を放棄した直接的理由は、三〇年代半ば以降の活動の場として、散文というジャンルを選んだことにおそらく求められる。なぜなら、ジャッカールのいうように、散文においては物語が一定の方向へ進むことが前提にされているため、言葉を意味上の脈絡を度外視して配置してしまえば、物語はどこへも進まずに、散文はカオスと化すからである。[35]そこでは語られる対象（事物や事象）が言葉の衝突によって無意味化されてしまうだろう。詩的テキストにおいては、韻律や脚韻の助けを借りることで辛うじて無軌道にならずにすんでいた意味＝方向というものが、散文では完全に四散してしまうと、ジャッカールはいう。この四散を食い止めるには、意味のザーウミの使用を諦めるほかあるまい。

そうまでしてハルムスが散文という形式にこだわったのは、以前よりも強固に「結合」あるいは「超‐物語」を希求したからではないか。音のザーウミや意味のザーウミを用いたテキストでは、結局のところ、無意味として認識されるにすぎない「理知の限界」までしか行くことができない。しかし彼が望んでいたのは、理知と相容れないとはいえ無意味ではない世界、「理知の限界」の先、理知のむこうへと跳躍することである。

序章で紹介したように、一九三七年十一月の手帖にハルムスは次のように記していた。「幾何学におけるロバチェフスキーのような存在に、ぼくは人生におけるロバチェフスキーになりたい」。非ユークリッド幾何学がユークリッド幾何学とは別個の幾何学であるように、彼にとって超‐理知もまた別個の理知である。そのことを明確に打ちだすため、理知を超越した、それでいてひとつの物語でもあるテキストを彼は提示せねばならなかった。それには、詩よりも確かな論理性を要求され、意味化作用の強く働く散文のほうが適しているだろう。だからこそハルムスは、言葉の意味の衝突によってばらばらに砕け、分散していた「出来事」を、「出来事」の性質をとどめたまま結合させ、「超‐物語」を仮構しようとしたのではないだろうか。

1　*Обухов Е., Горбушин С.* Удивить сторожа. Перечитывая Хармса. М., 2012; Те же. О композиции «Случаев» Даниила Хармса // Вопросы литературы. 2013. № 1. 二人のこの著書と論文は相補的に『出来事』の入れ子状の構成について説明している。とりわけ書籍のほうでは、

それが図式化されている。*Обухов, Горбушин.* Удивить сторожа. С. 161.

2　Jakovljevic, *Daniil Kharms: Writing and the Event*, p. 8.

3　Ibid., p. 185.

4　*Обухов, Горбушин.* Удивить сторожа. С. 160.

5　コブリンスキーならば、別の角度から二者択一的な判断を批判するだろう。彼によれば、詩と散文双方において、ハルムスのテキストには相対性の原理が働いている。そこでは往々にして二重の解釈が可能だという。詩については、次の論文を参照せよ。*Кобринский А.А.* Несколько соображений по поводу особенностей обэриутской пунктуации // Тыняновский сборник. Вып.11: Девятые Тыняновские чтения. Исследования. Материалы. М., 2002. С. 399-410. 『出来事』などの散文については、次の論文を参照せよ。*Кобринский.* Поэтика ОБЭРИУ. С. 271-296.

6　世界を各部分からなる有機的組織とみなす考え方は、ハルムスが多大な影響を受けたロシア未来派にもみられた。とりわけ画家マチューシンはこの考えを理論化し、実践している。ハルムスはじめオベリウ・グループに及ぼしたマチューシンの影響については、以下を参照せよ。*Тильберг.* Цветная вселенная. С. 291-292.

7　*Ямпольский.* Беспамятство как исток. С. 196-223.

8　*Липавский.* Исследование ужаса. С. 330-331. ハルムスの友人リパフスキーは仲間内でおこなわれた議論を『会話集』として記録していた。ちなみにタマーラはそのリパフスキーの妻。

9　ハルムスは自分の生い立ちを滑稽なまでに脚色することを好んだ。こうした偽史は一九三〇年代半ばに集中的に書かれている（2, 68; 82-84）。

10　出典は次の文献。Рисунки Хармса / Сост. Ю. С. Александров. СПб., 2006. С. 43.

11　*Обухов, Горбушин.* Удивить сторожа. С. 156.

12　個々のザーウミが一定の図形として表象されるわけではない。ここで言っているのは、あくまでザーウミの詩学の表象である。

13　*Жаккар.* Даниил Хармс и конец русского авангарда. С. 368.

14　ハルムスがこのメモで「地上的な関心」として挙げているのは、食べ物、飲み物、暖かさ、女性、休息である。これは『多かれ少なかれ……』の性欲・食欲・物欲にかなり正確に対応している。

15　英語の「意味 sense」にも「方向」という語義がある。高橋康也は「センス」を意味づけの体系としたうえで、「ノンセンス nonsense」はそのような体系を解体するものと定めている。彼によれば、文学におけるノンセンスの精神はハンプティ・ダンプティやフォールスタッフ、ユビュ王の球体・肥満体に象徴的な、円ないし球のイメージを求めるという。高橋康也『ノンセンス大全』一四、四九～五四頁。

16　規範の**破壊**と新しい価値の**創造**という両義性は、そもそもロシア・アヴァンギャルド全体の詩的プログラムといえる。それを最も過激に体現しているのが、詩の領域ではフレーブニコフであり、絵画の領域ではマレーヴィチである。前者はザーウミによって規範的な意味を破壊し、直観的な意味を求めた。後者はスプレマチズムによって具象画を破壊し、究極的な意味を求めた。それぞれのハルムスへの影響については、たとえば以下の論考を見よ。*Иванов Вяч. Вс.* Заумь и театр абсурда у Хлебникова и обэриутов в свете современной лингвистической теории // Мир Велимира Хлебникова: Статьи исследования 1911-1998 / Сост. Вяч. Вс. Иванов и др. М., 2000. С. 263-278; Jakovljevic, *Daniil Kharms*, pp. 42-68, 199-210.

17　「出来事 Случаи」と訳出した単語には、「出来事」と「偶然」の二重の意味がある。だが、この「偶然」を前もって想像されたものからの逸脱と捉えれば、これから明らかになるように、「出来事」の概念は「偶然」の概念を包摂する。そこで本書では「出来事」という訳語を採用する。

18　ここからしばらく二人の諍いがつづく。

19　一九三〇年代のハルムスの散文に特徴的な、適切／不適切な情報の取捨選択に関しては、ロバーツが詳しく論じている。Roberts, *The Last Soviet Avant-garde*, pp. 87-94.

20　*Hansen-Löve Aage A.* Концепция случайности в художественном мышлении обэриутов // Русский текст. 1994. № 2. С. 32.

21　*Жаккар Ж.-Ф.* Даниил Хармс: Поэт в двадцатые годы, прозаик – в тридцатые (причины смены жанра) // Литература как таковая. От Набокова к Пушкину: Избранные работы о русской словесности. М., 2011. С. 176.

22　ただ、次の書籍は本書の関心と重複する部分が多く、有益な参考文献として挙げておくことにする。宇野邦一『物語と非知』書肆山田、一九九三年。特に九～五五頁を参照せよ。

23　ボリス・トマシェフスキー「テーマ論」（小平武訳）『ロシア・フォルマリズム文学論集2』せりか書房、一九八二年、六四～六五頁。なお、往々にして「ファーブラ」には「ストーリー」、「シュジェート」には「プロット」という訳語が当てられる。

24　ただし、神秘思想家エリファス・レヴィは『高等魔術の教理と祭儀』のなかで、両鼻翼は火星と金星が治め、木星は右目を支配する、と述べている。エリファス・レヴィ（生田耕作訳）『高等魔術の教理と祭儀　祭儀篇』人文書院、一九九二年、八六頁。ハルムスは一九二七年の手帖に、パピュス博士など他の神秘思想家の書と並べ、この書の名前を記している（5, 137）。ハルムスの神秘思想への傾倒については、次の文献が詳しい。*Россомахин А.* «REAL» Хармса:

По следом оккультных штудий поэта-чинаря. СПб., 2005.

25 「出来事」のこのような理解の仕方は決して珍しいものではない。たとえばドゥルーズによれば、言語において（言語によってではなく）生じる出来事は、事物や心理、概念といったものに還元されることはないという。それは言語によって何かを指示したり表出したりせず、意義をもっていない、あくまで自律した言語的な事象であり、現実世界を再現＝表象する機能を欠いている。ジル・ドゥルーズ（小泉義之訳）『意味の論理学』上、河出文庫、二〇〇七年、四六頁。彼はルイス・キャロル『不思議の国のアリス』を題材にして、意味・無‐意味・出来事・直線といった、ハルムスの詩学においても重要な位置を占めている概念を検討している。なお、「出来事」と「物語」の関係性については、次の書籍が意識的に取りあげている。小林康夫『出来事としての文学』作品社、一九九五年。

26 『出来事』所収の「青いノート№10」というテキストは、もともとこの『青いノート』の10番目に置かれていたテキストである。

27 ヤムポリスキーによれば、「№3」という番号は『現象と存在について』の「№1」と「№2」という番号を承けており、「マカーロフとペーテルセン」がこの二つのテキストのあとにつづくことを示しているという。*Ямпольский.* Беспамятство как исток. С. 212.

28 ハルムスのテキスト間における同じテーマ、モチーフ、イメージの使用のことを、コブリンスキーは「自己引用」あるいは「インターテクスチュアリティ」と呼び、それを一九三〇年代以降の彼の詩学の主軸をなすものとして詳細に検討している。*Кобринский.* Поэтика ОБЭРИУ. С. 271-296. 次章も参照のこと。

29 コブリンスキーは『関係』を通し番号のついたカード目録に喩え、その断片性に留意している。*Кобринский.* Даниил Хармс. С. 401.

30　キャリックによれば、『関係』における作者と登場人物の関係は、現実世界における神と人の関係を反映しているという。Neil Carrick, *Daniil Kharms: Theologian of the Absurd* (Birmingham: University of Birmingham, 1998), p. 51.

31　Robin Aizlewood, "Towards an Interpretation of Kharms's Sluchai," in Neil Cornwell, ed., *Daniil Kharms and the Poetics of the Absurd: Essays and Materials* (London: Macmillan, 1991), p. 97.

32　どんな人種にも理解可能な、各言語を超越する「世界語」としてのザーウミをフレーブニコフは探究した。*Хлебников*. Наша основа. С. 167-181. 第二章第三節も参照せよ。

33　前章でも触れたように、『ダニイル・イワーノヴィチ・ハルムスによって発見された物と形象』によれば、物には人間の感官や価値判断に基づく「働いている意味」にたいし、非人間的な「五番目の意味」がある。また『物の計測』によれば、標準的なメートル等の度量衡にたいし、非科学的なサーベルがある。

34　グローツェルによれば、ハルムスは『出来事』へさらにテキストを追加する予定でいたばかりか、そこから選りすぐったものを基に別の一冊の本を編纂する心積もりでもいたという。つまりグローツェルにとって現行の『出来事』は未完であり、そこに秩序はありえない。*Глоцер В. И.* Хармс собирает книгу // Русская литература. 1989. № 1. С. 208, 211. 逆に、コブリンスキーによれば、『関係』において露わになる奇妙な因果関係には、フィクションにしばしばみられる複雑な因果関係のパロディの側面があるという。*Кобринский*. Даниил Хармс. С. 400.

35　*Жаккар*. Даниил Хармс: Поэт в двадцатые годы. С. 178. このとき超‐物語はパロディという既存の文学制度に格下げされている。

第五章 ハルムスは間違える 『老婆』における「妨害」としてのザーウミ

注303頁以下

0 いま、ここにあるザーウミ

ハルムスが生涯にわたりその創作で探求していたのは、理知を超えた＝ザーウミ的な世界である。それを現出させるため、彼はまず音のザーウミを主用し、次いで意味のザーウミへと手法の比重を移した。一九三〇年代半ば以降の散文では、「出来事」という概念／手法を前景化させている。その結果、人間の理知のおよばない――ありていにいえば内容が読者の理解を拒んでいるテキストを量産してきた。彼の考えでは、そのようなテキストにこそ理知を超えた世界が立ちあがるのだ。

しかしながら、テキストが理知そのものであるかのような言語で出来ているかぎり、望むと望まざるとにかかわらず、人間はそれを理知と想像の側から捕捉し、規定しようとしてしまう。ハルムスの提示するザーウミ的な世界は、理知のうちにつねに留まろうとする現実世界とのせめぎ合いのなかで塑像されてきたといってよい。その最終的な形態を、後期の散文『老婆』（一九三九年）に認めることができる。そこでは、ザーウミ的なものはわれらの現実のむこうにあるのではなく、むしろこの現実のなかに含まれている。すなわち日常とともにあるザーウミこそ、ハルムスが最終的に提出したザーウミの姿である。この結論は、彼の日常への道行きを丹念に追ってきた本書にとっては、必然の帰結といわねばならない。ロシア未来派由来の理知に反逆する概念／手法としてのザーウミは、ハルムスにおいて、理知の支配する日常を構成するのに不可欠な要素として見出されるのだ。

『老婆』の先行研究について、簡潔にまとめよう。これはハルムスの創作のなかで最も長い散文であり、『エリザヴェータ・バーム』や『出来事』と並ぶ代表作のひとつといってよい。そのため、早くから多くの研究者たちによって様々な角度から分析されてきた。そのあまりの多様性ゆえ、多様性そのものに着目したイギリスのロシア文学研究者ミルナー＝ガランドが、一九九八年の時点における『老婆』の先行研究を一二個のアプローチに分類・整理してみせたほどである。[1]

彼によれば、『老婆』はいままでインターテクスチュアリティ、精神分析、怪奇、宗教、神話、伝記、社会、哲学、アレゴリー、バフチンの諸理論（ダイアローグ、クロノトポス、カーニバル）、メタフィクション、アイロニーという一二個の観点から分析されてきたし、また分析可能だという。これらに加えて、文体やシンボルといった点を手がかりにすることも彼は提案している。実際、この論文以降の『老婆』研究においても、一二個のアプローチのいずれかが往々にして踏襲されている。もし新しい着眼点を挙げるとすれば、コブリンスキーが前景化させたおびただしい量の「自己引用」が、それに相当するかもしれないが、[2]これは彼自身が「インターテクスチュアリティ」と呼び換えているように、既出のアプローチの範疇に入れるべきだろう。いずれにせよ、長年にわたり『老婆』は多角的に分析され、そこから様々な解釈が引きだされてきた。ミルナー＝ガランドによれば、この散文はいかなる読みをも許容する「創作の実験室」だという。[3]

いま列挙した一二個のアプローチのなかに、ザーウミという文字はない。たしかに、『老婆』にはもはやザーウミという言語形式はみられない。しかしながら、本書がくり返し指摘してきたように、ハルムスの創作全体を通してザーウミの理念は墨守されている。その理念を『老婆』においても実現させるため、音のザーウミ、意味のザーウミ、「出来事」の系列に加わる新たな表現手法として彼の持ちこんだのが、「妨害」という後期ハルムスの思想において重要な概念／手法である。

これは「小さな過ち」というドゥルースキンの発想を礎に、ハルムスが独自の概念／手法へと変形させていったものであり、やはりこの友人の考案した「これ」と「あれ」という概念とともに三位一体をなしている。「存在」についてハルムスが二五項目にわたって記した無題のエッセイによれば、「世界は均質ではありえず、部分を有していなければならない」。その「部分」を、ハルムスは「これ」と「あれ」と呼ぶ。「これ」と「あれ」のどちらか一方だけが存在することはありえず、両者は依存関係にある。そして「これ」と「あれ」を創出するものこそ「妨害」だという。なぜなら、「妨害」は単一のもの、均質なもの、不可分のものを分断し、そうして世界を「これ」と「あれ」からなる部分に分割することで、「これ」と「あれ」を、したがって世界を創出するからである。

「これ」「妨害」「あれ」の思想を『老婆』に適用するのは本書が初めてではない。すでにヘイノネンが同様の目論見のもとで論文を書いている。[4] しかしながら、残念なことに、彼はハルムスのこの思想を弁証法の枠組みに閉じこめて考察しており、根本的に誤読しているといわざるをえない。彼によれば、ハルムスの世界は「これ」と「あれ」を両極にもつ軸である。「これ」は通常の世界の知覚に属す一方、「あれ」は通常ではない知覚、すなわち夢、幻想、狂気、強烈な宗教体験などに属しているという。だがハルムスの先のエッセイを読むかぎり、「これ」と「あれ」にこのような具体的な性質は付与されていない。また、それらはともに「あそこ」という一語で言い換えられており、両者は必ずしも両極的な存在とされていない。ヘイノネンは自らの立脚する弁証法的解釈に、「これ」「妨害」「あれ」の思想を強引に付会することで、大きな読み間違いを犯してしまったといえる。

本章では、ドゥルースキンの「小さな過ち」という概念を踏まえたうえで、それを継承したハルムスの「これ」「妨害」「あれ」という概念がザーウミの詩学の延長線上にあることを確認し、それが『老婆』の構成原理となっていることを明らかにしたい。そうすれば、ハルムスが最終的に獲得するにいたった詩学を開示することができるはずである。

1　小さな過ち

ドゥルースキンからハルムスへ

「チナリ」の仲間であった哲学者ドゥルースキン（一九〇一～八〇）が「小さな過ち」という用語を

着想したのは、一九三三年のことである。正確にはそれは「小さな過ちを伴うある平衡」と称され、キリスト教ときつく結びついている。

> 一九三三年に私は「小さな過ちを伴うある平衡」という用語を発見した。それはおそらく六年以上ものあいだ私が探し求めていたものだった。その宗教的な意味には当時から気付いていたが、完全に明らかになったのは、後のことだ。「過ち погрешность」の原イメージは神の受肉であり、十字架である。（……）それから私は過ちを体系化しようと努めた。[5]

「平衡」に「小さな過ち」が伴っているということは、「平衡」が平衡を少し欠いているという逆説的な事態を意味している。それは、神でありながら人間の肉体を得たキリストに、異なる位格の一体化である三位一体説になぞらえられる。この発想は、彼が考察していた哲学体系のあり方と照らしあわせることで、より深く理解することができる。曰く、「体系はすみずみまで堅牢であるべきではない。すなわち、完全に合理的で筋道立っているべきではない」。論理的な堅牢さには脆弱さが含まれているべきだというのだ。もし哲学体系に矛盾が一切なければ、それはA＝A式のトートロジーに陥ってしまうと彼はいう。平衡であるためには平衡を欠いていなければならないという逆説は、こうした考え方とパラレルな関係にある。

　彼が「小さな過ち」の概念について本格的に熟慮する契機となったのは、一九三一年に見たギムナジウムの恩師ゲオルグの夢だという。「三十歳になった夜、私のもとを亡きゲオルグが訪ねてきた。

彼は私に死を示した……それは恐るべき、そして説得力に富むものだった」[6]。妹のリジヤ・ドゥルースキナによれば、この夢は兄にまったく矛盾のない哲学体系を構築することの不可能性を教示してくれたという。それはおそらく、人生に死が必ず待ちうけているように、哲学体系にも、その体系を葬ってしまうような根源的な矛盾が組みこまれていなければならないと思い当たったためだろう。

事実、ドゥルースキンはこの「小さな過ち」を哲学体系のみならず人生にも適用している。「哲学史、いやおそらく人生一般には、ある法則がある」と書きだした彼によれば、「現実の直観はつねにある矛盾を含んでいる。この矛盾は筆者の無能に由来するのではなく、本質的なものだ。現実は合理的な思考の、すなわちアダムの身に降りかかった思考の網に捕われているのではない。それは合理的でも非合理的でもなく、脱合理的なものである」[7]。要するに、現実は合理的なものからは完全に隔絶された領土をもっており、合理性を基準にそれを計測することはできないということだ。人生には、合理的ではない「空虚な場所——間や裂け目」が不可欠なのだと、ドゥルースキンはいう。彼にとって、生／哲学体系は、死／過ち／脱合理性を前提とし、つねにそれらを内摂していなければならない。自らを内側から喰い破る、生／哲学体系の矛盾こそが、自らを存立せしめるのである。いわば外部を内包する——この逆説こそ、ドゥルースキンの思想の要諦といえる[8]。

ハルムスは自身の音楽評のなかで、この「小さな過ち」という概念を用い、ショパンの楽曲を分析している。『老婆』より三ヶ月ほど早く書かれた『作家クラブにおける一九三九年二月十九日のエミール・ギレリスのコンサート』によれば、ショパンのどの楽曲にも「蓄積」・「切断」・「自由な呼吸」という三つの重要な相（フェーズ）があるという。ハルムスは「マズルカ第13番 op. 17-4」からこの三相を抽出し、それらが次のような順序で展開することを示す。

1　調律　1-4 小節
2　第一の蓄積　5-20
3　第二の蓄積　21-37
4　切断　38-45
5　第三の蓄積（そして飽満）46-61
6　自由な呼吸　62-93
7　第四の蓄積　94-109
8　切断（完了）110-129
9　調律　130-133（4, 47-48）

ハルムスが「小さな過ち」を指摘するのは、第二の蓄積の分析に差しかかったときである。それは第一の蓄積とは微妙に異なっているという。

5小節目から最初の蓄積がはじまる。左手は上に留まりながら、主調音（a moll）のほかに様々な三和音を押さえている。13小節目で左手は低音部「ラ」を叩き、はじめて下におりて基音に触れる。蓄積はまだ終わっていない。というのも、このとき右手がかなり複雑かつ速い三連符の音型を弾いているからだ。そのあいだに基音は8小節のなかを飛びすぎてゆく。いま14小節目において蓄積はつづいている。左手はふたたびその上限に集中するが、突如19小節目において、解決にむけた準備が急速に生じる。右手は最大まで上がり（高音部の「ド」）、左手は最低まで下がる（低音部の「ミ」）。そして20小節目で完全な解決がやってくると（右手は基音を全体の3／4だけ押さえ、左手は低音部の「ラ」と主要な三和音を押さえる）、最初の蓄積は完了する。しかし21小節目から新しい蓄積がはじまる。それは最初の蓄積とほぼ同じで、違いがほとんど分からない。まさにこの些細な誤差こそ（7小節目と23小節目、13小節目と30小節目、15小節目と32小節目を比較せよ）、だが巧妙かつ正確に発現しているこの誤差こそが、かけがえのない「**小さな過ち**」を創造しているのである。（4, 45）[9]

ハルムスは「小さな過ち」にたいし、こう注釈を付している。「ドゥルースキンの用語「小さな過ちを伴うある平衡[10]」」。彼によれば、この「小さな過ち」は第三の蓄積と第四の蓄積においてもくり返される。それは直接的には第一の蓄積との「些細な誤差」を指し、第一から第四までの蓄積においてバリアントを作る。また、それは必ず次の展開への布石にもなっている。「第三の蓄積の終わりにかけて、聴き手は突如として理解する。蓄積は本当は途絶えていなかったのだと。（……）するとショパンはこの相に見切りをつけて、自由な呼吸の相に移行する」、「彼はそこで第四のバリアントを遂行し、またしても小さな過ちを創造する。すると今度は、62小節目では自由な呼吸への単なる導入だと思いなしていたものが、実は新しい呼吸の解決であることを、聴き手は諒解する」。

このように、ハルムスにとって「小さな過ち」とは、反復の同一性に亀裂をいれる「誤差」である。それは安定したリズムをぐらつかせ、これまでの経験に倣って予測していた結果を裏切る。そうして新たな展開をもたらす契機となる。したがって、この用語は合理的・経験的な推測に矛盾する事態を指しているばかりか、それを反転させる技術をも指す用語として、使用されていると考えられる。

だが、ショパンの楽曲分析を見るかぎりは、矛盾や脱合理性という、ドゥルースキンにとって重要だったはずの性質はそれほど強調されているとはいえない。ハルムスがそれらを前面に押しだすのは、『平衡について』(一九三四年)という創作のなかである。そこでは、ドゥルースキンにおいてそうだったように、「小さな過ち」という概念は理知を超えたものに直結している。

1・5キログラムの間違い

『平衡について』は一九三四年に書かれた短篇であり、ニコライ・イワーノヴィチ・セールプホフという男がレストランで妖精に遭遇した顛末が描かれている。注目すべきは、妖精の出現という常ならざる出来事の扱われ方だ。妖精はお伽噺のようにごく自然に登場してくるものの、生憎ハルムスのテキストの舞台はナルニアでも中つ国でもなく、現代人が平凡に暮らしている都会であるため、その存在はまずもって混乱を招来し、やがて自然法則への違反と判断される。

ある日ニコライ・イワーノヴィチは西洋式ホテルのレストランに入ることになった。ニコライ・イワーノヴィチはテーブルの前に坐っていて、その隣のテーブルには外国人たちが坐ってリンゴを貪り食っている。

そのときニコライ・イワーノヴィチは独り言をいった。「人間の体の作りっていうのはおもしろいな」とニコライ・イワーノヴィチは独り言をいった。

彼がそう独り言をいうとすぐに、どこからともなく目の前に妖精が現れて、いう。

「善良なお人、お前は何が欲しいの？」

そこでもちろんレストランに動揺が走った。この知らないご婦人はどこから現れなすったのかって。外国人たちもリンゴを貪り食うのをやめてしまった。(2, 45)

あたかも妖精物語を現代の市民生活を舞台に再現させたかのようなこの散文は、結果的に妖精物語というジャンルをパロディ化しているようにみえる。妖精が突如出現するという、お伽噺のなかでは神秘的でロマンティックでさえあるはずの現象は、ハルムスのテキストにおいては周囲の人々を恐慌に陥れるだけだからだ。彼らはごく現実的に——つまりフィクションの外のわれわれのように動揺し、狼狽してしまう。「灰色の背広を着たどこかの男は彼らの会話に注意深く耳をすませ」、「給仕長は開いたドアのなかへ駆けこむ」。仕舞いには、「給仕長はテーブルのうえを跳びはねて行き、外国人たちは絨毯をぐるぐる巻きにする」。この収拾のつかない事態に、セールプホフは「クロークルームにある帽子も取らず、ラサール通りへ駆けだした」。

妖精物語と、市民生活を基調に描いた短篇と、それぞれのジャンルが拠って立つ制度＝約束事は本来異なっている。それにもかかわらず、『平衡について』においては前者のジャンルが後者のジャンルに楔のように打ちこまれている。その結果、妖精は後者の視座から捉えられ、自身の不可解な異物性を露呈させてしまう。そもそも前者のジャンルにおいても、物理法則を無視した妖精の突然の出現は、合理的に説明されうるものではない。『幻想文学論序説』を著したトドロフは妖精物語を「純粋驚異」のジャンルに分類し、合理的説明を要請しないものとみなした。[11] その有名な幻想文学の定義によれば、「幻想とは、自然の法則しか知らぬ者が、超自然と思える出来事に直面して感じる「ためらい」のこと」である。[12] 幻想は理性的・合理的に説明されるか否かの境界線上に、その「ためらい」に発生するというわけだ。したがって、合理的説明を一切必要としない妖精物語は、この「ためらい」から最も遠いところに成立することになる。妖精の存在は、そのジャンルに固有の、合理性に取ってかわる超自然的な別制度によって前提とされるだろう。

もちろん、現代の市民生活を描いた小説のジャンル(いわゆるリアリズム小説)においても妖精の出現は合理的に説明されうるものではない。他方で、それにかわる、「純粋驚異」に固有の超自然的な制度もここにはない。そこでセールプホフはこれを合理的にではなく、脱合理的に、いわば合理性に生じた裂け目として説明する。結末部において、妖精の存在は全宇宙のなかの「間違い」を体現したものとして総括されるのだ。

家に着くと、ニコライ・イワーノヴィチは妻にこういった。「驚いてはいけませんよ、エカテリーナ・ペトローヴナ、心配してはいけませんよ。世界に平衡なんてものはあるんでしょうか。

全宇宙にはたった1・5キログラムの何かの間違いがあるんです、でもやっぱり驚くべきことですよ、エカテリーナ・ペトローヴナ、まったく驚くべきことですよ！」（2, 46）

世界にはいかなる「平衡」もなく、そこにはわずか1・5キログラムの「間違い」があるというセールプホフの言葉に、「小さな過ちを伴うある平衡」というドゥルースキンの概念のこだまを聴きとるのは、決して難しいことではない。また、無矛盾の哲学体系はトートロジーに陥るという彼の主張に鑑みれば、この散文に異常なほど頻出する同じ単語や言い回しの反復は、「小さな過ち」を伴わない平衡を示唆していると考えることもできる。重要なのは、その名も『平衡について』というテキストにおいて、合理的に説明のつかない存在が「平衡」を揺るがす「間違い」という言葉で象徴的に理解されていることである。

この脱合理的な事件を通して、ハルムスは「小さな過ちを伴うある平衡」という概念を自身の創作に表出させているといえる。彼の短篇においては、文字通りの意味で人間の理知を超えている「妖精」、すなわち超‐理知は全宇宙のたった1・5キログラムの間違いにすぎないものの、確かに存在しているのだ。

ところで、ドゥルースキンはこの概念と並行して「これ」「あれ」という別の概念装置も発明した。やがてハルムスは「小さな過ちを伴うある平衡」と「これ」「あれ」を継承して、「これ」「妨害」「あれ」という自身の哲学体系を構築することになる。

2 妨害

存在の三位一体

一九三六年、ドゥルースキンは日記に次のように書いている。「最初の間違いの理論とは、**これとあれ**の科学である」[13]。ハルムスの手帖とは異なり、ドゥルースキンの日記はかなり整頓されており、ひとつの作品として完成されているとさえみなせる場合がある。「**これとあれ**の科学」について記した文章も相当に統制されている。彼によれば、哲学理論において「明白だと思われる何か」のなかには間違いが生じている。なぜなら、前節で引用したように、哲学体系は「すみずみまで堅牢であるべきでは」なく、「完全に合理的で筋道立っているべきではない」からであろう。いかなる哲学体系のなかにも矛盾や間違いは内在していなければならないと、彼はみなしているのだ。そのような原理が、一方では「小さな過ちを伴うある平衡」と呼ばれ、他方では「間違いの理論」すなわち「**これとあれ**の科学」と呼ばれている。

彼はさらに、現象と物自体の異同や「存在」と「非在」の関係について大きく八項目に分けて記した文章のなかで、「これ」と「あれ」を相補的な区分として用いている。

6　認知の相対性。私は何かを直接的に定義しない。そうではなく、「**あれ**」と区別しながら「**これ**」と名づける。私は一方をもう一方との関係性においてのみ定義し、直接認知することはない。[14]

差異の体系において対象を定義するドゥルースキンにとって、「**これとあれ**に関する研究は、最初の差異の研究」でもある。「これ」と「あれ」が単独では存在しえない相互依存の関係にあるとすれば、その本質は、彼の言葉でいえば互いの「不一致」に、その「差異」に求められる。つねにすでに不一致を析出してゆく「**これとあれ**」は、トートロジーを嫌い、必ず矛盾＝不一致を出来させる「小さな過ちを伴うある平衡」に欠かせない原動力にちがいない。だからこそ、「間違いの理論」としての「**これとあれ**の科学」は「差異の研究」にも寄与するのだ。

一九四〇年、ハルムスはドゥルースキンの用語「これ」と「あれ」に「妨害」という独自の用語も加え、[15]二つのエッセイのなかで厳密に論理的な考察をおこなっている。まずは「存在について」「位格について」「十字架について」という三つの節をもち、全体で二五項目にわたって記述された無題のエッセイから検討しよう。

1　無い世界を存在していると呼ぶことはできない。なぜならそれは無いからである。

2　何かしらの単一のもの、均質なもの、不可分のもので出来ている世界は、存在しているとはいえない。なぜなら、そのような世界には部分が無く、そして部分が無ければ、全体も無いからである。

3　存在している世界は均質ではありえず、部分を有していなければならない。

4　二つの部分は必ず異なっている。なぜならつねにひとつの部分はこれであり、もうひとつの部分はあれだからである。

5　もしこれだけが存在しているとすれば、あれは存在しえない。なぜなら、すでに述べたように、これだけが存在しているからである。だがそのようなこれは存在しえない。なぜならもしこれが存在しているとすれば、それは不均一のものでなければならず、部分を有していなければならないからである。そしてもし部分を有しているとすれば、これとあれから出来ているのだ。（4,34）[16]

項目ごとに分けた構成は、ドゥルースキンによる「**これとあれ**の科学」の分析をすぐさま思い出させる。「これ」と「あれ」は世界の部分であり、単独では存在しえず、つねに互いに異なっている。つまり、ハルムスにとっても「これ」「あれ」の理論は「差異の研究」なのである。彼によれば、「これ」と「あれ」以外にも世界を構成する要素が存在する。それが「妨害」だ。「妨害」は「これ」でも「あれ」でもない何か（「非これ」と「非あれ」）であり、この二つを分割する線とみなされる。

6　もしこれとあれが存在しているとすれば、非これと非あれが存在している。なぜならもし非これと非あれが存在していなかったとしたら、これとあれは単一のもの、均質なもの、不可分のものとなり、したがって、やはり存在しえないからである。

7　最初の部分をこれと呼び、二番目の部分をあれと呼ぼう。一方からもう一方の部分への移行を非これと非あれと呼ぼう。

8　非これと非あれを「妨害」ないし「分割線」と呼ぼう。

9　したがって、存在の基礎は三つの要素から出来ている。これ、妨害（ないし「分割線」）、あれ。（4, 35）

第十一項で「これ」「妨害」「あれ」の三要素を「存在の三位一体」と呼ぶハルムスは、それを「神は単一だが、三様態である」ところのキリスト教的三位一体説と直接結びつけたうえで、十字架として図像化する。

13　十字架は位格のシンボルである。存在の基礎に関する最初の法則のシンボルである。

14　十字架の形を観察しよう。十字架は二本の割線から出来ている。

15　存在に関する法則を絵で描いてみよう。

16　何も存在していなければ、何も描かない。

17　何かしらの単一のもの、均質なもの、不可分のものが存在している。しかしながら、これは第一節第一項で述べたように、存在しているということはできない。これを直線で図示しよう。

18　何かが存在するためには、部分を有しなければならない（第一節第三項）。

19　第一節第九項で述べたように、部分は妨害を通して作られる。この単一の存在への妨害を図示しよう。

20　このように、妨害として図示したппは「これ」と「あれ」の部分を作るだろう。

21　この図をシンボリックな形に変えれば、十字架が得られる。

22　くり返そう。十字架は存在と生の法則のシンボリックな記号である。

（4, 35-36）[17]

不可分であるがゆえにまだ存在しているとはいえないという世界を「妨害」が分割することで、「これ」と「あれ」が創出される。この瞬間に、世界も存在しはじめる。その過程が十字架の表象によって明快に示されている。

ところで、このキリスト教色の強さはドゥルースキンが自身の概念にたいし付与していた同様の性質を想起させる。彼は次のように述べていたはずだ。「「過ち」の原イメージは神の受肉であり、十字架である」。彼にとって、「過ち」は受肉したキリストに擬せられる。それは「存在の苦しみと痛み」であり、リジヤ・ドゥルースキナによれば、人々を救済するために人の姿に身をやつしたキリストである。[18] 人間キリストは神の平衡をもたらすための「小さな過ち」というわけだ。

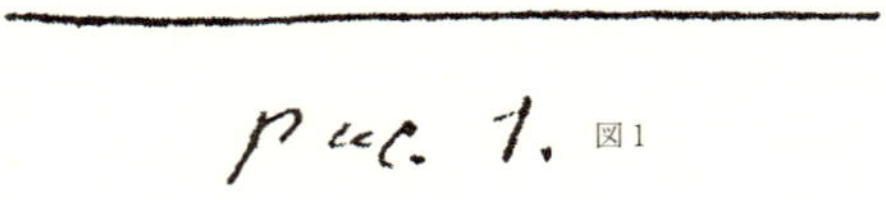

рис. 1.

図1

そもそもハルムスはドゥルースキンの思想の枠組みを受け継いでいる。後者にとって「真の平衡とは小さな過ちを伴うある平衡のこと」であり、[19]この「過ち」こそが平衡を存立せしめる。前者にとっては「妨害」が「これ」と「あれ」を、したがって世界を創出する。「妨害」も「小さな過ち」も、ある存在の発端をなすという役割が一致している。『存在について、時間について、空間について』という通称で知られるもうひとつのエッセイのなかで、ハルムスは端的にこう書くだろう。「妨害は創造者であり、「無 ничто」(nishto) から「何か нечто」(neshto) を作りだす」。両者にとって、「小さな過ち」あるいは「妨害」は存在を創造するのである。

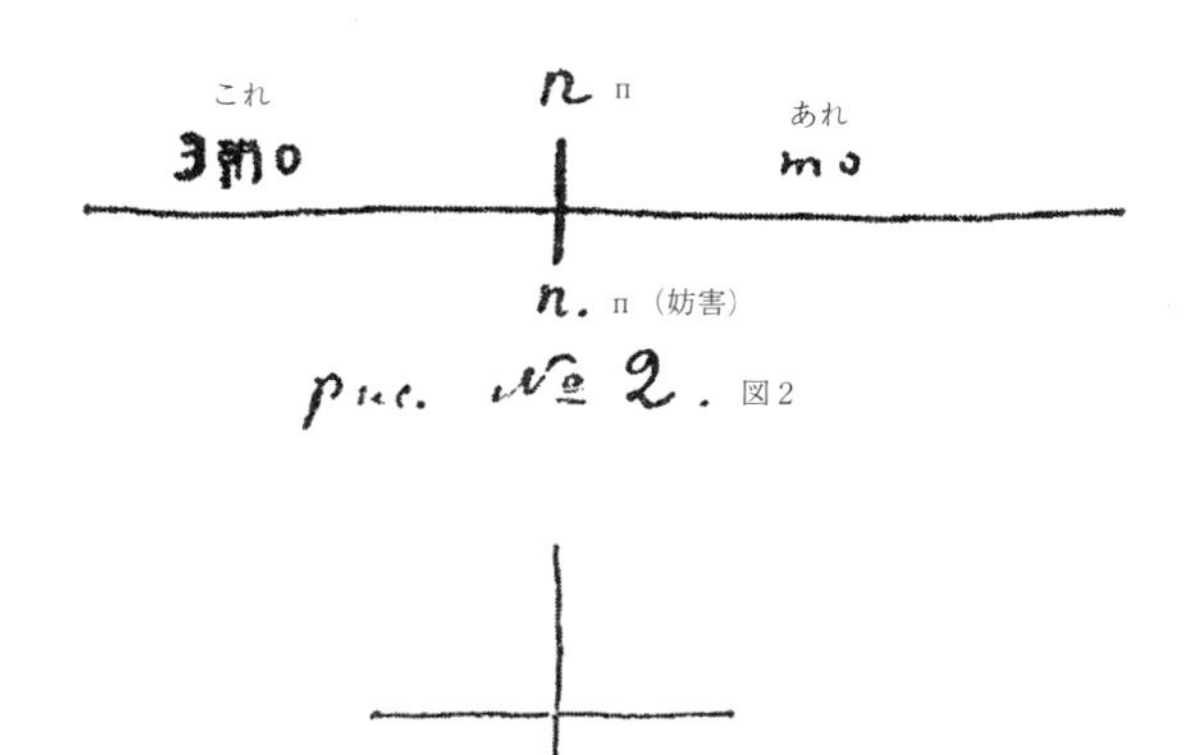

Рис. № 2. 図2

Рис. № 3. 図3

時空間のレベル

60項目にわたって記述されている『存在について、時間について、空間について』の最初の11の項目は、いま見てきた一つ目のエッセイとまったく同一である。そのあと後者が十字架の図像を掲げるのにたいし、前者は時間と空間双方のレベルで「存在の三位一体」の考察をはじめる。時間のレベルにおいて、それは以下のように理解されている。

28　分割され、存在している時間は存在の主要な三要素から出来ている。過去、現在、未来である。

29　存在の主要な三要素としての過去、現在、未来はつねに相互に依存しあっていなければならない。現在と未来なしの過去はありえず、過去と未来なしの現在や、過去と現在なしの未来はありえない。

30　これら三要素を個別に観察すると、過去は無いことが分かる。なぜなら過去はすでに過ぎ去っているからである。そして未来も無いのは、未だ来ていないからである。つまり、残るは「現在」ただ一つである。しかし「現在」とは何であろうか？

31　この単語を発声しているあいだ、この単語の発声された文字は過去であり、発声されていない文字は未だ未来にある。つまり、いま発声されている音だけが「現在」である。

32　しかし、この音の発声プロセスにはある長さが伴う。したがって、このプロセスのある部分だけが「現在」であり、別の部分は過去か未来である。だが、「現在」だと思われたプロセスのその部分についても同じことがいえる。

33　そう考えれば、「現在」は無いことが分かる。

34　現在とは、過去から未来への移行に際しての「妨害」にすぎない。過去と未来とは、われらにとって時間の存在のこれとあれである。(4, 32)

このエッセイによれば、時間は過去、現在、未来の三つに分割することができる。また、過去と未来は「これ」と「あれ」に、現在は「妨害」に対応しているという。現在＝妨害は、いわば非過去と非未来であり、過去から未来への移行の際に生じる。あの十字架像をここにも適用するならば、現在＝妨害とは水平線(時間)を過去と未来に分断する垂線である。したがって、それは時間の「存在の主要な三要素」の一角をなしているものの、幅をもたない時間であるために明確に認知することは叶わず、「「現在」は無い」といわれることになる。

なおドゥルースキンは過去と未来のあいだにある一瞬のことを「ある合間」という用語で表現しており、[20]これは過去と未来の中間点としての現在＝妨害というハルムスの考えに近い。彼が「妨害」という独自の用語に変更したのは、おそらくその分割線としての機能を強調するためだろう。また、「合間」という用語が往々にして時間を連想させる語彙であることも、否定的な理由になったにちがいない。なぜなら、次に示すように、「これ」「妨害」「あれ」は空間のレベルでも同様に把握されるべきだからだ。

42　分割された存在する空間は三つの要素から出来ている。あそこ、ここ、あそこ。

43　一方のあそこからもう一方のあそこへ移行する際には、ここの妨害に打ち勝たねばならない。なぜなら、もしここの妨害がなければ、一方のあそこともう一方のあそこは単一のものになるからである。

44　ここは存在する空間の「妨害」である。（……）（4, 33）

「これ」と「あれ」を空間的に把握すれば「あそこ」となり、「妨害」は「ここ」となる。また、ハルムスによれば、時間と空間は単独では存在しえないが、相互に関係しあい、互いに互いの妨害となることで存在することが可能になるという。「空間と時間がある相互関係をもてば、それらはすぐに互いの妨害となり、存在しはじめる」。つまり、時間の妨害とは空間であり、空間の妨害とは時間であるとされる。したがって、すでに見たように「現在」が時間の妨害だとすれば、「「現在」とは空間のこと」を指すだろう。同様に、「ここ」が空間の妨害だとすれば、「ここは、時間のこと」を指すだろう。その結果、「空間のここと時間の「現在」は時間と空間の交点である」といわれることになる。その交点とは、「いま・ここ」という捉えがたい「何か」である。

52　空間と時間の交点にあるこの「何か」は、ある妨害を形成し、「ここ」を「現在」から切り離す。

53 妨害を形成し、「ここ」を「現在」から切り離すこの「何か」は、ある存在を作りだす。それを質料ないしエネルギーと呼ぼう（以下、とりあえずは単に質料と呼ぶことにしよう）。（……）

57 したがって、宇宙の存在の主要な三要素は、時間、空間、質料としてわれらに知覚される。

（4, 34）

空間と時間の交点にある「何か」は「妨害」を形成し、かつ「質料ないしエネルギー」を作りだすという。宇宙を形成しているのは時間、空間、妨害であるとされているのと同時に、「宇宙の主要な三要素」は時間、空間、質料ないしエネルギーであるとも書かれていることから、「妨害」と「質料ないしエネルギー」は同一視されているとみてよいだろう。

では、「質料ないしエネルギー」とは何だろうか。ロシア哲学事典によれば、唯物論において「質料」は主観的な現実とは異なる客観的な現実を意味する。[21] まずそのことを押さえたうえで、「エネルギー」との関わりを念頭に説明してみよう。プラトンがイデアを現実とは別個の実体と考えたのにたいし、アリストテレスはそれを物質の材質や材料である「質料」と不可分とみなすことで、エイドスと呼び改めた。また、彼はエイドスが「質料」と一体化して顕在化した現実態を「エネルゲイア」と呼んだ。「エネルギー」はこれに由来している。[22] 注目すべきは、ハルムスがこれらを「質料ないしエネルギー」とひとまとめにしていることである。この二重の属性が「妨害」にも受け継がれているとすれば、単一のものを切断することで、そこから部分を創出する起点（材料）となる「妨害」には、それ自体が到達するべき「何か」でもあるという属性（エネルギー）も備わっていることになるだろう。

このように、ハルムスは『存在について、時間について、空間について』において独自の考察をくり広げているといえる。だが「質料」というその根幹部分にかかわる概念には、やはりドゥルースキンの哲学が介在している。それは彼が「これ」「あれ」について論じるなかですでに持ちだしていたものだからだ。前述したように、「**これとあれ**の科学」は、現象と物自体、観念と物、存在と非在といった二項の関係性について、すなわち両者の異同について述べる枠組みを提供するものであった。「質料」という概念もこの文脈のなかに見出される。「見ることと感じることとは存在することである。存在とは反射によって見るものと感じるものだけであり、したがって質料ではないものである[23]」。このように、彼は「質料」を「反射によって見るものと感じるもの」ではない超‐主観的な現実とみなしている。それは唯物論における「質料」理解と一致する。

ハルムスはドゥルースキンに倣い、「これ」「あれ」の文脈のなかで「質料」という概念を用いたのだろう。そもそも彼はドゥルースキンやリパフスキーら哲学に明るい仲間との頻繁な集まりを通じ、哲学の知識を吸収していたと思われる。「これ」「妨害」「あれ」がドゥルースキンの用語体系を礎にしていることがその証左だ。この点についてジャッカールは次のように述べている。「ハルムスの哲学的教養はチナリの仲間たちと議論したときに彼が汲みとったものに限られ、カントの著作よりも、パピュス博士の神秘主義に関する論文を好んで読んでいたと、われらは断言することができる[24]」。筆者もこの主張に賛同するものである。おそらくハルムスは「妨害」を定義する際、超-主観性を前提として、そのうえに起点（材料）と到達点（エネルギー）という二重の性質を加味したのだろう。

　他方で、「見るものと感じるもの」ではない客観的な現実としての「質料」という概念自体は、ハルムスに馴染みのものでもあった。それは彼のエッセイ『サーベル』と『ダニイル・イワーノヴィチ・ハルムスによって発見された物と形象』に書かれた内容を想起させるからだ。そこで提出されている「サーベル」や「五番目の本当の意味」といった概念は、第三章で詳述したように、人間の個人的な感情や知覚を除去したところに出現するとされる。まさしく「見るものと感じるもの」を超出するのだ。また、やはり第三章で述べたように、これはオベリウ宣言の「文学や日常の表皮を剝がされた具体的な物」とも通底している。つまり、『存在について、時間について、空間について』のなかでハルムスの用いた「質料」という概念は、彼が一九二〇年代から持ちつづけていた一連の概念を代用するものといえるのである。

「質料」と同一視されている「妨害」が「小さな過ち」と非常によく似た性質を有している点は、これまで見てきたとおりだ（「妨害」は十字架を形成し、「これ」と「あれ」を創出する。「小さな過ち」はキリストに擬せられ、矛盾を創出する）。ここにおいて、「五番目の意味」・「具体的な物」・「サーベル」・「質料」・「妨害」・「小さな過ち」は同系列をなす。「出来事」という概念／手法も当然この系に加えることができるだろう。いずれもザーウミの理念ないし手法を体現している。実際、ハルムスとドゥルースキン双方にとって、「小さな過ち」は論理や理知の外部に、すなわち「理知のむこう за ум（ザ ウーム）」の領域にあるべきものとして措定されている。また、世界に差異を作りだすことで世界を存在させる「妨害」の機能は、通常は結びつきえない言葉と言葉を組み合わせることで思いがけない意味やイメージを発現させる意味のザーウミの手法に、安定的な規範や平衡を破壊することで新たな意味や世界をもたらそうとする点で、発想が近いといってよい[25]。ザーウミをめぐるこの一連の概念／手法を自らの詩学の根本に据えて、ハルムスは創作活動をおこなってきたのである。

『老婆』も同様の目論見に捧げられている。そのために彼が用いる手法は、自身が「分割線」とも呼ぶ「妨害」である。「妨害」は目指すべき「何か」であるとともに、それを創出する手法ないし操作でもありえている。次節以下で詳しく検分しよう。

3　『老婆』における「妨害」

言葉のない対象

本章の最初に述べたように、『老婆』の先行研究はバラエティに富んでおり、このテキストはいかなる読みをも許容してしまうとさえ評される。一方、ハルムスの創作を包括的かつ徹底的に論じたジャッカールの著書のなかには、『老婆』への言及がほとんど見当たらない。

この非常に興味深い事態には、相応の理由がある。というのは、ハルムスの思想や哲学は『老婆』においてはしばしば否定されており、両者のあいだには明らかに齟齬があるからである。したがって、ハルムスの全生涯を視野に『老婆』を論じることは甚だ厄介な作業となる。
テキストとテキスト外部（ハルムスの思想や哲学）のこの不一致にたいし、テキスト内部における言葉同士の不一致もみられる。『老婆』では言葉と物が正しく対応していない。ある言葉は、たしかに何かを表象してはいる。だが別の言葉がその何かと矛盾するまったく別のもの・ことを表象してしまう。まるでテキストに並べられた文字などインクの染みにすぎないとでもいうように。しかし、それがインクではなく言葉、それも日常語であるかぎり、人は必ず意味を見出す。こうした理知と想像の力をハルムスは十分にわきまえているだろう。少なくとも二十世紀初頭までは文学を文学たらしめていた約束事、いやそれを支えてきた言語の機能そのものの土台すらも、彼は『老婆』において突き崩しているのである。

書かれている内容のほとんどが不適切で信用のならないこの一筋縄ではいかないテキストを、いかに読むべきか。手がかりとなるのは、それでもやはり言葉である。本章は「これ」「妨害」「あれ」の思想を言語のレベルないし指示機能のレベルに適用することで、『老婆』において新たな言語を、新たな文学を創造しようとしたハルムスの試みに肉薄したい。

『老婆』は自己言及の極めて多いテキストである。コブリンスキーはハルムスの別のテキスト（たとえば『出来事』）からの「自己引用」が多いことに着目しているが、[26] 加えて、同じテキスト（『老婆』）それ自体からの「自己引用」、すなわち反復が際立っている。外的世界ではなく、つねに自らのテキスト＝言葉を参照項とするその閉鎖的な性格は、このテキストが言語による構築物であることを強く意識させる。

ドゥルースキンが主張したように、トートロジーとは無矛盾の平衡にほかならないとすれば、こうした反復はまさに平衡を示唆しているといえる。ところが、このテキストにおける反復はまったく同一であるわけではなく、微妙な差異を伴っている。その意味で、平衡は「些細な誤差」あるいは「小さな過ち」によって脅かされている。ハルムスはこの平衡の破壊をさらに推し進めてゆく。『老婆』を成立させている文学の約束事、そしてそれを根底から支えている言語の指示機能という平衡（体系）に、「妨害」を振りおろすのである。

指示機能における平衡状態とは、指示するものと指示されるものとの関係が一定で安定している様子を指しているとみなせる。「妨害」とは、そうした言葉＝物の不可分の関係に楔を打ちこみ、言葉≠物に分断するものだ。『老婆』のなかでは言葉と対象は二つの型に即して分裂している。第一に、対象だけがあり、それを指示する言葉が存在しない、「言葉∧対象」型。第二に、言葉だけがあり、それの指示する対象が存在しない（あるいは少なすぎる）、「言葉∨対象」型。前者から順に見てゆこう。

『老婆』は「物語 повесть」という但し書きを付されているように、たしかに一定のストーリーが進行しており、古典的な小説の体をなしているようにみえる。そのストーリーは次のように要約できる。語り手の部屋に老婆が闖入してくる。いつのまにか語り手は気を失ってしまう。目を覚ますと、老婆が死んでいる。彼はその出来事に混乱するが、ついに死体をトランクに詰め、遺棄するため郊外まで運んでゆく――。しかし、「物語」に直接関係しているようにはみえない奇怪な細部が多く、実際には極めて面妖なテキストになっている。内容を確認してゆこう。

中庭に老婆が立っていて、両手に壁掛け時計を抱えている。私は老婆のそばを通りかかり、立ち止まって尋ねる。「何時ですか？」

「ごらんなさい」老婆が私に言う。

見てみると、時計に針がない。

「これには針がありませんよ」私は言う。

老婆は文字盤を見て、私に言う。

「いま二時四五分ですよ」

「ああ、そうですか。どうもありがとうございます」私は言って、立ち去る。（2, 161）

『老婆』の冒頭に置かれているこのエピソードは、これから徹底されるだろう言葉と対象の指示関係の破壊を予告しているかのようだ。なぜなら、針のない時計というモチーフは、指示するもの（言葉）のない指示されるもの（対象）といういびつな関係を変奏したものにほかならないからである。この関係は、原因のない結果という、もうひとつのアンバランスな関係をすぐに派生させることになる。このあと老婆は理由もなく語り手の部屋を訪れ、そこで原因もなく死ぬ。


ドアを誰かがノックしている。

「どなたですか？」

誰からも返事がない。ドアを開けると、朝、中庭で時計を手にしていた老婆が目の前にいる。

私はとても驚いてしまい、一言も口がきけない。

「あたしだよ」老婆は言って部屋に上がりこむ。

私はドアのところに立ったままで、どうすればいいのか分からない。老婆を追いだすべきか、それとも逆に坐るよう勧めるべきか？　しかし老婆は勝手に窓のそばにある私の肘掛椅子のほうへ行き、そこに腰を落ち着ける。

「ドアを閉めて、鍵をかけな」老婆が私に言う。

私はドアを閉めて鍵をかける。

「膝立ちになりな」老婆が言う。

私はひざまずく。(2, 164)

老婆に指図されるがまま膝立ちになり、やがて腹這いになる語り手は、そのままの状態でいつのまにか意識を失ってしまう。目を覚ました彼は、老婆がまだ肘掛椅子のうえにいるのに気がつくが、彼女はすでに死んでいる。

老婆は動かない。私は身を屈めて老婆の顔を覗きこむ。口がわずかに開いて、外れた入れ歯がそこから突きでている。突然すべてが明らかになる。老婆は死んだのだ。(2, 166)

指示するもの（時計の針）抜きで指示されるもの（時刻）を言い当てることができる老婆の能力は、言語における指示関係のひとつの型――言葉よりも対象のほうに力点の置かれる関係性――を象徴しているといってよい。それを裏付けるかのように、彼女の死以降、この型の関係性は今後テキストから後退してゆくことになる。ひとつの型を代表する存在が消えた『老婆』のテキストに前景化するのは、もうひとつの型――対象よりも言葉のほうに力点の置かれる関係性――である。

対象のない言葉

断片的なモチーフ

「言葉∧対象」型の指示関係を老婆の能力のうちに見てとることができるのにたいし、「言葉∨対象」型の指示関係は老爺の在否をめぐる次の問答のうちに認めることができる。語り手は外出先から戻ったとき、同じアパートの住人マリア・ワシーリエヴナに「どこかの爺さん」が訪ねてきたことを告げられるのだが、この謎めいた「爺さん」が今後の展開に影響を与えることは一切ない。明らかに「老婆」と関連しているその呼び名は不穏な雰囲気だけをその場に醸し、ついに姿をあらわさないのだ。


「どこかの爺さんが訪ねてきなさっただよ」

「どんなお爺さんですか？」私は言った。

「知りませんがね」マリア・ワシーリエヴナは答えた。

「いつのことですか?」私は訊いた。

「やっぱり知りませんがね」マリア・ワシーリエヴナは言った。

「そのお爺さんと話したのはあなたなんですよね?」私はマリア・ワシーリエヴナに訊いた。

「そうですよ」マリア・ワシーリエヴナは答えた。

「それなのにどうしていつのことだか分からないんですか?」私は言った。

「二時間くらい前だったかね」マリア・ワシーリエヴナは言った。

「どんな人でしたか?」私は訊いた。

「やっぱり知りませんがね」マリア・ワシーリエヴナは答えて、台所のほうへ行ってしまった。


(2, 178)

「名」は言及されるものの「実」がない老爺のエピソードは、まさしく「言葉∨対象」型の言語におけるアンバランスな指示関係を代表している。おまけにマリア・ワシーリエヴナはこの老爺の訪問してきた時刻をきちんと覚えていない。老婆が時計の針なしで時刻を答えてみせたのとは対照的である。また、たとえ対象が無ではなくとも、言葉がしかるべき対象をもたないか、対象よりも過剰といった同様の不完全性は、謎めいた断片的なモチーフや、同じ対象について述べた矛盾する描写というかたちで、『老婆』のなかにばらまかれている。特に、解明されずに片鱗だけを覗かせているモチーフや出来事が膨大にある点については、大部のハルムスの伝記を著したシュビンスキーが優れて文学的に、かつ的確に言いあらわしてみせている。

チェーホフが明確にしたように、伝統的なプロットの論理にしたがえば、もし舞台に銃がかかっているなら、それは五幕目で火を噴かなければならない。ナボコフはさらに細かく規定している。もし舞台に銃がかかっているなら、それは五幕目で撃ち損じなければならない、と。しかし、ハルムスのこの短い物語は銃で一杯になっているものの、それは火を噴くこともなければ、撃ち損じることもない。『老婆』の非常に多くのエピソードは、あたかも宙にぶら下がっているかのようで、続きがないのだ。[27]

『老婆』には新しい展開をみるはずだったモチーフや出来事が豊富にあるにもかかわらず、それらは実際にはどこへも進展せず、何とも結合しないという。つまり、物語の展開に貢献しない断片としてのモチーフや出来事がこの散文には横溢しているというのである。特筆すべきは、それらの断片が何度も反復され、組み替えられながらテキストが構築されている点だ。反復ないし変奏されている表現を、モチーフ毎にひとつひとつ挙げてゆこう。

太陽に目を細めるモチーフ、パイプ／煙突のモチーフ

「私は歩きながら目を細め、パイプ трубка をふかす」、「ペンを置いてパイプを詰める。太陽が目にじかに照りつけてくる。目を細めてパイプをふかした」、「太陽が向かいの家の煙突 труба の裏に隠れる。煙突の影は屋根を走り、通りを飛びこえ、私の顔に落ちかかる」、「春の陽射しが顔にじかに照りつけてくる。パイプをふかした。なんて素敵なご婦人だろう！　今時めずらしい。私は立ちどまり、太陽に目を細めて、パイプをふかし、この愛らしいご婦人のことを考える」、「春の陽射しが窓に照りつけている。光に目を細める。そら、太陽が向かいの家の煙突の裏に隠れる。煙突の影は屋根を走り、通りを飛びこえ、私の顔に落ちかかる」。

義足の男のモチーフ

「窓から通りへ目をやると、舗道を義足の男が歩いているのが見える。彼は自分の足と杖でカツーンカツーンと大きな音をさせている」、「反対側を義足をつけた障害者が歩いており、自分の足と杖でカツーンカツーンと大きな音をさせていた。六人のガキどもが彼の歩く真似をしてからかいながら、そのあとを追いかけていった」、「私は窓を覗いた。通りを義足をつけた障害者が歩いており、自分の足と杖でカツーンカツーンと大きな音をさせていた。二人の労働者と老婆が腹を抱えながら彼のおかしな歩きぶりをあざけっていた」。

隠れた両手のモチーフ

「両手は胴体の下敷きになって見えなかったが、まくれ上がったスカートの下からは白の汚らしいウールのストッキングを穿いた骨ばった両足が突きでていた」、「サケルドン・ミハイロヴィチは両手をうしろに組んだ。手が見えなくなった。が、まくれ上がったガウンの下からは中程で切断したロシア長靴を履いた剝きだしの骨ばった両足が突きでていた」、「両手をうしろに組んで、頭を垂らしながら、男が歩いている」。

「太陽に目を細める」「パイプ／煙突」「義足の男」「隠れた両手」といった諸々のモチーフは、このように少しずつ変奏されながら執拗にあらわれる。これらは何かを暗示しているようにもみえるが、それが何かはついに明かされない。思わせぶりなモチーフは読み手に謎だけを残す。たとえそれに回答を与えることができたとしても、正解か否かは分からず仕舞いだ。[28]

謎めいた印象をもたらしているのはこれら断片的モチーフだけではない。あからさまに矛盾した表現がテキストのなかに点綴されていることもその印象を強めている。たとえば、ここでは異なった季節を指示する単語や状況があたりまえに同居している。

「春の陽射し」、「部屋がそれほど明るくない。今はきっと白夜だからだろう」、「サケルドン・ミハイロヴィチが自分でドアを開けてくれた。彼は裸の体にガウンを引っかけ、中程で切断されたロシア長靴を履き、耳当てのついた毛皮帽をかぶっていた」。

言うまでもなく、「春の陽射し」は春、「白夜」は夏、「毛皮帽」は冬に属する物ないし状況だ。さらにいえば、「部屋がそれほど明るくない」理由が「白夜」だという理屈は論理的に逆であり（「白夜」は普通「部屋がそれほど暗くない」理由になる）、「裸の体にガウンを引っかけ」れば済むほど暖かい部屋にいながら「耳当てのついた毛皮帽をかぶって」いる状況も不自然だろう。反復されるモチーフがその暗示対象を明らかにすることがないように、異なる季節の描写は当然ひとつの季節を指示してくれない。要するに、指示するものが指示されるものに比して過剰なのである。この状況は「言葉∨対象」型のいびつな指示関係によってもたらされる事態の典型といえる。

断片的モチーフにせよ矛盾にせよ、『老婆』が謎めいた描写に満ちているのは、語り手の夢や妄想を反映しているからではないか、と読み手は疑うこともできるだろう。実際、語り手の「私」は最低二回は気を失うか夢を見るかしており、自身からしてその可能性を疑っている。「つまり、これはすべて夢だったのだ。でも一体どこからが夢だったんだ？　老婆は昨日部屋に入ってきたんだろうか？ひょっとしたらそれも夢だったんじゃないか？」。

しかし、『老婆』における叙述の混乱は、まさにその混乱ゆえに、作中に描かれている世界が語り手の夢や妄想であることを否定してしまう。基本的に一人称で書かれたこの散文は、いわゆる「全知の語り手」の唐突な介入を、視点のゆらぎを許すことで、その内容を担保する責任を「私」一人の肩から降ろすからだ。「全知の語り手」は「私」の内面に即した読みを妨げる。


私は辞去した。

一人になったサケルドン・ミハイロヴィチは机の上を片付け、戸棚に空の瓶を捨てておき、耳当てのついた自分の毛皮帽をまた頭にのせると、窓の下の床に坐りこんだ。サケルドン・ミハイロヴィチは両手をうしろに組んだ。手が見えなくなった。が、まくれ上がったガウンの下からは中程で切断したロシア長靴を履いた剝きだしの骨ばった両足が突きでていた。（2, 176）

「私」が「辞去した」あとのサケルドン・ミハイロヴィチの一連の行為は、「私」の視点からは描きえない。彼は「窓の下の床に坐りこん」でいると、外からは絶対に見えない位置を書き手がわざわざ指定してくれているのだ。このとき、『老婆』に客観性が付与される。

また、「私」が「愛らしいご婦人」と会話する次の場面は戯曲スタイルで書かれており、ここでもやはり一人称の視点は幾分後退しているといえる。

彼女　私もあなたと一緒にウォッカを飲みたいわ。
私　失礼ですが、ひとつお伺いしてもよろしいでしょうか?
彼女　(ひどく赤くなって) もちろんですわ、お尋ねになって。
私　分かりました、お伺いします。あなたは神を信じておられますか?
彼女　(びっくりして) 神を?　ええ、もちろんですわ。
私　では、これからウォッカを買って私のところへ来ませんか。この辺に住んでいるんですよ。
彼女　(情熱的に) まあ、いいですわね! (2, 171)

「全知の語り手」、さらには戯曲スタイルの突然の挿入によって、『老婆』が語り手の視点のみで描かれているという前提は覆されてしまう。したがって、無秩序な描写を語り手の夢や妄想に帰する解釈は、土台から崩れてゆく。こうして、言葉が対象よりも過剰にある関係性は、異なる手法やスタイルの衝突によって夢や妄想に動機づけられることなく、そのアンバランスさをもて余すのだ。[29]

いまいましい不死

断片的モチーフや矛盾した描写といった「言葉∨対象」型の叙述の混乱は、いずれも『老婆』というテキスト内部における言葉と対象の不整合性をあらわしている。では次に、テキスト内部に書かれている言葉とテキスト外部にある書き手の思想との不整合性について見てゆこう。

ハルムスは自身の好んだ哲学的モチーフを次々と『老婆』のなかで開陳しているが、それらを中心課題として焦点化することはない。むしろ脱中心化しているといったほうがよい。こうした哲学の形骸化が最も顕著に生じているのは、「不死」と「奇蹟」の問題においてである。どちらも一九三〇年代後半以降にハルムスが多大な関心を寄せていた重要な哲学的テーマだが、『老婆』のなかでは転倒させられたり皮肉られたりしている。このことから、この散文は彼の思想や哲学を必ずしも反映していないと推断を下すことができる。いうなれば、提示された哲学的モチーフが、ハルムスの哲学を指示していないのである。まず「不死」の問題から検証してみよう。

『老婆』というテキストは二項対立をその構成原理としている。そこには夢と現、生と死など、対立的な要素が多く含まれている。そのひとつが老婆と「愛らしいご婦人」である。両者はそれぞれ「不死」と「享楽」を体現しているからだ。前者は語り手の部屋に闖入したのち、いつのまにか死んでしまう。しかし彼はその死体が甦ったように錯覚し、あるいは甦るかもしれないという疑念にかられる。

私は少しだけ開けたドアのなかを覗きこみ、瞬間、その場に凍りついた。老婆が四つん這いになってひたひたと私のほうに這い寄ってくるではないか。

ギャッと叫んで私はドアを勢いよく閉めた。鍵を回し、背後の壁まで飛びのいた。(2, 178)

「四つん這いでひたひたと私のほうに這い寄ってくる死んだ老婆」に平常心を失った語り手は、「自分の思考たち」の「司令官」であることを放棄する。すると「思考たち」は死人の恐怖について語りだす。そうして死人が動きだして生者に襲いかかる物語が語り手の頭のなかでとめどなく展開してゆく。その考えを「馬鹿らしい。死体が動くものか」とようやく打ち消した彼は、ふたたびドアを開ける。そして敷居のところで身動きせずに倒れている老婆を確認して、その死体をトランクに詰めこむ。

こうして老婆は語り手や読み手に不死（甦り）の恐怖を惹起してくる。死体の位置は彼が目を離すたびに変化しており、それが実際に動いているという印象を読み手に植えつけている。彼がふたたびドアを開けたあとも、部屋に横たわっていたはずの死体は、あたかも四つん這いで寄ってきたことが現実であることを立証するかのように、「敷居」まで移動している。動きまわる死者である老婆は不死を体現しており、そのテーマと密接に関係しているといえるだろう。

一方、「愛らしいご婦人」が食欲や性欲といった享楽的な欲望の次元にいることは、先刻引用した戯曲スタイルの会話から明らかだろう。彼女と語り手は急速に親密になり、彼の部屋でともにウォッカを飲む約束を交わす。だがその約束はもちろん履行されない。彼の部屋には死んだ老婆がいるからだ。このように、老婆と「愛らしいご婦人」は語り手にとって二者択一的な関係にある。死体をトランクに隠して郊外まで遺棄しにゆく途中、彼は偶然「愛らしいご婦人」の姿を認める。だがトランクが邪魔をして、彼女に追いつくことができない。

私はトランクを両手に持ち、前に提げた。膝やお腹にドカドカ当たる。愛らしいご婦人はかなり早足だったので、追いつけないと感じた。私は全身汗びっしょりで、へとへとになっていた。愛らしいご婦人は横道に入ってしまった。角までたどり着いたときには、彼女の姿はなかった。「いまいましいババアめ!」トランクを投げおろして、低くつぶやいた。(2, 185)

語り手は老婆(の入ったトランク)に邪魔をされて「愛らしいご婦人」の姿を見失ってしまう。図らずも彼は老婆のほうを選択することになるのだ。老婆が「不死」に、「愛らしいご婦人」が「享楽」に関係している以上、この二者択一の図式は、前章で取りあげた『多かれ少なかれエマソンの要点に基づく論文』(一九三九年)における「不死」と「享楽」という図式に対応していると考えることができる。そこでハルムスは「享楽」を性欲・食欲・物欲に分けたうえで、こう結論したのだった。「この享楽への道の途上にはないものだけが、不死へつづいている」。死に至るべき「享楽」は「不死」と対置させられているのだ。『老婆』はこのエッセイと同じ一九三九年に書かれているため、「不死」の哲学は『老婆』執筆時のハルムスの信条であったと考えてよい。また、やはり前章で言及したように、一九三八年の手帖にも彼は「あらゆる人間の生の目的はひとつ、不死である」と書き記している。この事実も彼の「不死」への志向性の高さを裏付けている。

『老婆』においても「享楽」（愛らしいご婦人）は退けられ、「不死」（老婆）が選択されている。しかしながら、この選択にはかなり皮肉が効いているといわざるをえない。「不死」を体現しているはずの老婆を語り手が嫌悪していることは明白だからだ。死者が復活するという「不死」は、彼にとって望ましくない、むしろ「いまいましい」ものとして立ち現れる。ハルムスは自らの信奉する不死の哲学を、自身の創作においては転倒させているのだ。『老婆』は彼の思想や哲学を反映していないのである。

おこなわれない奇蹟

老婆が本当に復活しているとすれば、それは人智を超えた奇蹟にほかならない。[30] ただし、悪夢として実現してしまった奇蹟でもある。ゲラーシモワならば「あべこべの奇蹟」と呼ぶだろう。[31] なぜなら語り手にとって老婆の復活は「いまいましい」ものでしかないからだ。

他方で、『老婆』においては別種の奇蹟にも照明が当てられている。語り手の書く小説のなかに「奇蹟をおこなう者」が登場するのだ。それは次のように書きだされる。「奇蹟をおこなう者は背が高かった」。だがこの小説はそこから先がつづかない。奇蹟をおこなう者の物語は構想にとどまり、冒頭の一文のほかは文字に起こされない。頭のなかにだけ仮構され実現していない構想を「小説」と呼ぶことが可能なら、このような「小説」の性格はその内容にも通じている。「奇蹟をおこなう者」は「自分が奇蹟をおこなう者であり、どんな奇蹟でもおこなうことができると知っているのに、奇蹟をおこさない」（2, 163）からだ。都会のアパートを追いだされ、郊外での納屋暮らしが始まってもなお、この男は何もしない。

彼はこの古い納屋を美しい煉瓦造りの邸宅に変えてしまうことができるのに、そうしない。彼は納屋に住みつづけ、その一生のあいだにたったひとつの奇蹟もおこさないまま、ついに死んでしまう。(2, 163)

そしてこの「奇蹟をおこなう者」のように、奇蹟をめぐる小説もついに語り手は書きあげられないまま、『老婆』は終わってしまう。奇蹟はやはり否定的・消極的にしか描かれないのである。

ところがハルムス自身は奇蹟を希求していた。一九三三〜三四年頃に交わされた「チナリ」の仲間との会話のなかで、彼は興味があるもののひとつとして「奇蹟」を挙げている。[32] ほかにも彼は極めて雑多な事項を列挙しているが、その順番は一定の規則に支配されている。連想ゲーム。とりわけ「奇蹟」の周辺はある明瞭な傾斜にそって順序だてられている。それは「脱論理性」から「合理性」への傾斜である。そこには次のように記されている。「天然の思想家。古くから考えられていた前兆と、誰かに新しく考えられた前兆。奇蹟。手品(器具を用いないもの)」。まず両端に配されている事項から確認してゆこう。

「天然の思想家」とは、一九二〇年代後半から一九三〇年代前半にかけてハルムスが親しく交遊していたある種の奇人たちを指している。ハルムスの友人ペトロフは回想記のなかで彼らのことを以下のように説明している。

ここで、ダニイル・イワーノヴィチが「天然の思想家」と呼んでいた人びとについて数言を費やしておくべきだろう。

（……）

彼ら全員ともハルムスが高く評価していたその特質によって際立っていた——意見の独自性、先入観にとわられず判断できる能力、旧来の伝統からの自由、考え方のある種の脱論理性、そしてときに精神病によって思いがけず呼び醒まされる創造力。彼らはみな狂気じみた人びとだった。（……）私が思うに、ハルムスを惹きつけていたのは、何よりも彼らの脱論理、もっと正確にいえば、独特の少しだけずらされた論理だった。芸術における秘められた論理との何らかの親和性をハルムスはそこに感じとっていた。彼が私に話してくれたところでは、オベリウ派の運動に嵐のような勢いのあった二〇年代、出版会館で「天然の思想家たちの夕べ」を開催するのを真剣に計画していたという。[33]

ペトロフによれば「狂気じみた人びと」だという彼らは、その思考の独自性や脱論理性によってハルムスの関心を惹いた。それを傍証するのが、友人パンテレーエフにハルムスが宛てた手紙（一九三二年八月十日）である。そこで彼は自分が熟考したすえに至った結論が「あまりに予想外」であるがゆえに、自分が「天然の思想家」に似てきた旨を誇らしげに報告している。「数に関する論文を二本書きあげたよ。すごく満足してる。（……）そこで出した結論があまりに予想外なものだと分かったので、そのおかげでぼくは天然の思想家に随分似てきたよ」(4, 70)。以上より、「天然の思想家」とは、通常の理知では把握できない、脱論理的な思考の持ち主のことだとみなしてよい。

一方、最後に挙げられている「手品」とは、理知の盲点を突くところに醍醐味があるものの、合理的な説明が可能なものでもある。それでもハルムスは一九二〇年代から手品を好んでいた。『I 手品』(一九二七年)と題する、まさに手品の光景を描写した詩を書いているほどだ。ハルムスの伝記を著したコブリンスキーによれば、彼は人を驚かせるのを好み、自分でも実際に手品をやってみせることがあったという。[34]

では、「古くから考えられていた前兆と、誰かに新しく考えられた前兆」とは何だろうか。これも理知の問題系に連なっている。無論、前兆とは、将来起こるはずの事象(A)を予示する自然現象(B)のことを指している。それを「新しく考え」るということは、AとBの因果関係を新しく構築することにほかならない。したがって、前兆を見出す行為(予知する能力)は、両者の関係性に疎い者にとっては超自然的な能力に依拠していると映るものの、実際には理知と想像の力の発露といってよい。

この文脈のなかで「奇蹟」について考えてみなくてはならない。「前兆」も「手品」も、規模こそ異なるとはいえ、どちらも特殊な能力のようにみえて理知に裏打ちされている。この二つのあいだに置かれている「奇蹟」もそのようなものとして措定されているはずだ。[35]

しかし、合理的に説明されうるがゆえにハルムスが奇蹟を好んでいたと早合点するべきではない。彼が奇蹟に関心があったのは、むしろ、合理的に説明されうるものが非合理なものとして出現するためだろう。「手品」を好んでいたのも同じ理由による。意想外の結果をもたらし人に驚きを与えることができるからこそ、彼は実生活で手品を披露していたのだ。

前章で取りあげた『関係』は、まさにこのような合理性の不合理なあらわれを描いたテキストであった。そこで剔きだしにされた、この世界に張りめぐらされている因果関係の不可視の鎖は、「前兆」と「手品」にも及んでいる。自然現象にせよ手品にせよ、そのむこう側には多くの人間には隠されている種や仕掛けがあるからだ。いずれにしろ、「奇蹟」は脱論理と理知をめぐる文脈のなかに配され、「興味があるもの」とはっきり言明されている。

また、『老婆』が脱稿されたのと同じ一九三九年の手帖には、彼はこう記している。「世界の物理的構造を破壊するものとしての奇蹟だけが興味深い」(6, 146)。つまり、「古い納屋を美しい煉瓦造りの邸宅に変えてしまう」といった、『老婆』では実現しないものとして描かれる、物理的なレベルにおける奇蹟をこそ彼は望んでいたと思しいのだ。

それにもかかわらず、彼は『老婆』のなかでは奇蹟を皮肉たっぷりに、否定的に描いている。ゲラーシモワの言葉を借りれば、『老婆』は「実現されなかった奇蹟の問題」を扱っている。[36] 奇蹟という観点からみても、このテキストはハルムスの思想や哲学を反映していないとみなせるのである。

このように、不死や奇蹟といった哲学的テーマにおいても、「名」は「実」を指示しない。口の端にのぼる「爺さん」がついに姿をあらわさないように、当時ハルムスの探求していたはずの哲学的問題を予感させるモチーフが実際にそれを現像することはないのだ。

断片的モチーフ、矛盾した描写、哲学的テーマ——これらはいずれも持主のいない指輪さながら、テキストのうえを空虚に転がりつづけている。

おわりに

ハルムスは理知を超えた＝ザーウミ的なものを追求しつづける過程で、それを「五番目の意味」・「サーベル」・「小さな過ち」等々と呼び換えながら、音のザーウミ、意味のザーウミ、「出来事」という一連の手法を用いてきた。一九三〇年代末に至り、彼は「妨害」という手法を考案する。ドゥルースキンの「小さな過ちを伴うある平衡」や「これ」「あれ」といった概念を借用し発展させた「妨害」は、時間・空間・世界といった様々なレベルにおける平衡を破壊する操作として捉えられている。それは安定的な関係を分断することではじめて時間・空間・世界を出現させる、あらゆる存在に欠かせない要素である。同時に、それ自体は「いま・ここ」として措定され、把握することのできない、理知を超えたものでもある。このような「妨害」の性質は、まさしく手法／概念としてのザーウミの性質に合致する。

この「妨害」が文学の約束事を支える言語の指示機能そのものに導入されているのが『老婆』である。そこでは言葉と対象の関係は二通りに分断されている。一つ目の「言葉∧対象」型は、針のない時計を読むことのできる老婆の能力に、二つ目の「言葉∨対象」型は、名前だけがひとり歩きして姿のみえない老爺の存在に、それぞれ代表させることができる。いずれにおいても言葉が対象を正しく指示する等号関係が分断されているが、老婆が死んでしまうこの散文においては、対象をもたない（または対象より数が多すぎる）言葉の世界が前景化している。

ここで、言葉＝対象という平衡状態に楔を打ちこんでいるのは「妨害」だと考えてみよう。「妨害」が「これ」と「あれ」を創出するとすれば、言語を言葉と対象に分断し、言語の世界に混沌をもたらす「妨害」は、言葉と対象の濫觴（らんしょう）になりうるだろう。また、それはひとつの作用であるとともに、言語に本来的に組みこまれているはずの必須要素でもある。

ハルムスはオベリウ期から次第に日常語の比重を大きくしている。音のザーウミという理知の外部にある言葉＝手法や、意味のザーウミという日常語を衝突させて超‐理知を現出させようとする手法を経て、日常語そのものの原理のうちに、理知を超えた＝ザーウミ的なものをつねにすでに内在させてしまう「妨害」という手法／概念を彼は創出した。現実と別個にある理知を超えた世界を求めるのではなく、「いま・ここ」こそが「妨害」＝理知を超えたものだという思想のもとに、彼はザーウミを日常（語）の基幹に見出したのだ。これこそがハルムスの詩学の到達点である。

1　Robin Milner-Gulland, "'This Could Have Been Foreseen': Kharms's *The Old Woman* (*Старуха*) Revisited. A Collective Analysis," *Studies in Slavic Literature and Poetics*, no. 32 (1998), pp. 105-109.

2　*Кобринский*. Поэтика ОБЭРИУ. С. 272.

3　Milner-Gulland, "'This Could Have Been Foreseen,'" p. 119.

4　*Хейнонен Ю*. *Это* и *то* в повести *Старуха* Даниила Хармса / Под ред. Arto Mustajoki, Pekka Pesonen, Jouko Lindstedt. Helsinki. 2003.

5 *Друскин Я. С.* Перед принадлежностями чего-либо: Дневники: 1963-1979 / Сост. Л. С. Друскина. СПб., 2001. С. 270.

6 Там же. С. 604. ゲオルグはドゥルースキンやリパフスキー、ヴヴェジェンスキーの通ったギムナジウムのロシア語・ロシア文学教師であり、彼らに強い影響を及ぼしたといわれる。

7 Там же. С. 269.

8 そもそも「間違い ошибка」はロシア未来派の好んだ現象のひとつであり、理性のおよばない領域を炙りだす手法として注目された。とりわけクルチョーヌィフやテレンチエフら「41°」グループは「間違える能力」を賞讃し、誤植を積極的に創作に取りいれている。ロシア未来派全般による誤植の多彩な活用法については、次の論文を参照せよ。*Кобринский А. А.* Ошибка, опечатка... // О Хармсе и не только: Статьи о русской литературе XX века. СПб., 2013. С. 271-278.

9 太字強調は引用者。

10 これにつづけて、「ローザノフの「少しだけ」と比較せよ」ともハルムスは注釈している。しかし、小説家ローザノフのどの使用例を指しているのか定かでない。ドゥルースキンは天才と無能を区別するわずかな差異として「少しだけ」というこの言葉を何度も用いており、ハルムスは実際にはこちらの使用法を踏まえていると思われる。*Друскин Я. С.* Дневники / Сост. Л. С. Друскина. СПб., 1999. С. 550. この点については、ジャッカールの研究書にも同様の指摘がある。*Жаккар.* Даниил Хармс и конец русского авангарда. С. 148.

11 ツヴェタン・トドロフ（三好郁朗訳）『幻想文学論序説』創元ライブラリ、二〇一七年、八五頁。

12 前掲書、四二頁。

13 *Друскин.* Дневники. С. 73.「これ」と「あれ」の太字強調はドゥルースキン。以下同様。

14　Там же. С. 74.

15　ドゥルースキンは「ある合間」という用語を用いているが、後述するように、ハルムスはこれを「妨害」に変更している。Там же. С. 75.

16　傍線強調はハルムス。以下同様。

17　三枚の画像はいずれもハルムス全集の該当箇所を筆者がスキャンしたもの。

18　*Друскин*. Дневники. С. 500.

19　*Друскин*. Перед принадлежностями чего-либо. С. 270.

20　*Друскин*. Дневники. С. 75.

21　*Грецкий М. Н.* Материализм и эмпириокритицизм // Русская философия: Энциклопедия / Под общ. ред. М. А. Маслина. Сост. П. П. Апрышко, А. П. Поляков. М., 2007. С. 330.

22　イデア、エイドス、質料、エネルゲイア等の関係性については、次の書籍が非常に明快に示している。谷川渥『美のバロキスム』武蔵野美術大学出版局、二〇〇六年、七～一五頁。ちなみに、ハルムスと同時代の思想家フロレンスキイは、エルゴンとエネルゲイアという二つの属性を言語そのものに備わった二律背反とみなし、前者を物質性／理性、後者を活動性／非理性の系列においたうえで、ザーウミはエネルゲイアだけに特化しているため言語を滅ぼすものだと批判している。フロレンスキイ『逆遠近法の詩学』一八三～二三五頁。ハルムスのフロレンスキイにたいする態度は詳らかでないものの、この思想家の著作は参照に値する。

23　*Друскин*. Дневники. С. 73.

24　*Жаккар*. Даниил Хармс и конец русского авангарда. С. 11.

25　ジャッカールは「小さな過ち」を平衡をずらすものと見るかぎりにおいて、それはズドヴィークの概念と「そう遠くないところにある」と正しく指摘している。*Жаккар*. Даниил Хармс и конец русского авангарда. С. 143.

26　*Кобринский.* Поэтика ОБЭРИУ. С. 272.

27　*Шубинский.* Даниил Хармс. С. 469.　シュビンスキーがここで取りあげている話題は、小説や戯曲の伏線の回収をめぐる批評において、「チェーホフの銃」と呼びならわされている。チェーホフ自身が銃の比喩を用いて作劇術について説明した文章は発見されていないが、同時代人が彼からの伝聞として紹介している。Летопись жизни и творчества А. П. Чехова / Сост. И. Ю. Твердохлебов. М., 2004. Т. 2. С. 187.「チェーホフの銃」の典拠についてより詳しくは、次の文献を見よ。沼野充義「オーウェル、チェーホフ、ヤナーチェック『１Ｑ８４』をより深く楽しむための注釈集」『村上春樹『１Ｑ８４』をどう読むか』河出書房新社、二〇〇九年、四四〜四五頁。

28　「パイプ／煙突」のモチーフについては、第三章「日常へ」（二〇五頁）を参照せよ。ただし、『老婆』にはこのモチーフがどのように使用されているのかを推定するだけの材料が乏しい。

29　『老婆』における全知の語り手については、これまで多くの研究者が言及してきたが、彼らはしばしば大きな必然性を備えたものとしてこれを解釈している。たとえばナヒモフスキーによれば、ハルムスはこの全知の語り手をあえて導入して全体の調子を一時的に乱すことで、サケルドン・ミハイロヴィチと老婆の類似性を引き立たせているのだという。Nakhimovsky, *Laughter in the Void*, p. 94.　しかし、『老婆』の調子は全知の語り手によって「一時的に」乱されているわけではなく、つねに破綻している。全知の語り手の異物性はむしろテキスト全体の不調和に加担していると考えるほうが自然だろう。

30　死者の復活は容易にキリストを想起させる。実際、『老婆』のなかに『聖書』のモチーフを読みとる研究者は多い。たとえばヘイノネンは老婆をキリストになぞらえている。Хейнонен. *Это* и *то* в повести *Старуха*. С. 137-151. しかし、むしろ老婆は反キリストであり、その復活は悪魔的なものといえる。

31　*Герасимова А.* Даниил Хармс как сочинитель (проблема чуда) // Новое литературное обозрение. 1995. № 16. С. 137.

32　*Липавский.* Исследование ужаса. С. 308.

33　*Александров А.* Материалы о Данииле Хармсе и стихи его в фонде В. Н. Петрова // Ежегодник рукописного отдела Пушкинского Дома на 1990 год. СПб., 1993. С. 196-197.

34　*Кобринский.* Даниил Хармс. С. 154.

35　「奇蹟」を荒唐無稽な神業とみなすのではなく、ある特殊な因果関係による帰結と解釈することは、ハルムスが傾倒していた神秘思想家エリファス・レヴィの解釈とも符合している。彼は奇蹟を「異常な原因から生じる当然の結果」と定義しており、「原因のない結果、自然の矛盾、「神」の気紛れな虚構」とみなす判断を「誤った見方」として退けている。レヴィ『高等魔術の教理と祭儀　祭儀篇』二五〇頁。

36　ただし、ゲラーシモワはこの問題を語り手の自由意志の問題ともみなしている。つまり、彼は奇蹟をあえて拒絶しているのだという。*Герасимова.* Даниил Хармс как сочинитель. С. 137.

結論

本書では、ダニイル・ハルムスをロシア未来派の伝統を引き継いだ詩人・小説家として捉え、その創作をザーウミの詩学の延長線上に位置づけてきた。このような視点を可能にしたのは、第一に、狭義では新造語を指すロシア未来派の発明したザーウミという手法を、概念や理念のレベルとしても把握した点にある。第二に、その手法を音のザーウミと意味のザーウミに二分した点にある。その結果、彼が音のザーウミから意味のザーウミへ手法の軸足を移動させ、さらには「出来事」や「妨害」といった手法を用いることで、理知を超えるというザーウミの基本理念の実現を目指していたことを論証することができた。

注318頁以下

ハルムスが詩作に取り組みだしたのは一九二四年頃のことだ。当時は音のザーウミを多用していたものの、一九二六年半ば以降になると、次第に意味のザーウミを前景化させるようになる。音のザーウミが主に個々の単語にかかわる実験であり、不可解な単語を生成するのにたいし、意味のザーウミは単語と単語のあいだの関係上の実験であり、非慣習的な語結合を生成する。後者はオベリウ宣言のなかで「言葉の意味の衝突」と呼ばれるだろう。実際、オベリウ期の彼のテキストには、意味のザーウミへの志向が克明に反映されている。

音のザーウミにあたかも鎮魂歌を捧げているかにみえる戯曲が『エリザヴェータ・バーム』である。そこでは音のザーウミの使い手が打ち倒され、弔鐘が鳴り響いている。その鐘の音（Бум）こそが、ヒロインの名バーム Бам の由来と考えられる。また、『報復』においては、ハルムスの詩学にとって意味のザーウミが重要な位置を獲得してゆく様子を、作中における様々なモチーフの錯綜を紐解いてゆくことではっきりと確認することができる。『フニュ』においては、同名のヒロインの自然界から文明世界への歩みに、非日常語から日常語へのハルムス自身の傾斜を重ねあわせることができる。

一九三〇年代半ば以降の創作において、彼は新しい手法を考案している。「出来事」と「妨害」だ。どちらも手法であるとともに概念でもあり、理知を超えるというザーウミの手法ないし概念と同じ系列に連なっている。前者はアンソロジー『出来事』やそのミニチュアとみなせる『関係』に顕著であり、後者はハルムス最長の散文『老婆』に顕著である。

『出来事』に収められている諸篇は、人間に本来備わっている物語化する力を理知と想像の力と定義するかぎりにおいて、非‐物語ないし反‐物語になっている。そこでは通念が転倒され、期待が裏切られ、因果関係が破壊され、個々の事件や出来事の断片性が際立っている。一方で、こうした出来事は超‐理知的なレベルで結合しうる。その可能性を提示しているのが『関係』である。そこで偶発する様々な出来事はどれも登場人物の理解を超えたところで結びついている。ハルムスが目指していた理知のむこうは、たとえ人間にとって理知を超えていようとも、無意味であるわけでは決してない。

それは別次元の理知によって統合されうるのである。

『老婆』にみられる「妨害」という手法/概念は、友人の哲学者ドゥルースキンの創案した「小さな過ちを伴うある平衡」や「これ」「あれ」といった概念をハルムスが借用し、独自に手を加えたものだ。「妨害」は論理や理知を超出するものとされ、『老婆』においては言語の指示機能のレベルで導入されている。そこでは指示するものと指示されるものとの平衡関係が破壊されているのだ。だが「妨害」による指示関係の分断そのものよりも本書にとって重要と思われるのは、およそ言語にはそのような破壊をもたらす「妨害」が必然的に備わってしまっているという、「妨害」のメカニズムのほうである。なぜなら、そのメカニズムのうちに、ハルムスの求める理知のむこうがわれわれの世界とは別個に存在するのではなく、われわれの日常世界に内在しているということが示されているからだ。

その点に留意すれば、音のザーウミから意味のザーウミや出来事、妨害への手法の変遷が、非日常語から日常語への重心の移動でもあったことが明らかになるだろう。それは詩から散文へのジャンルの移行とも事実上重なっている。理知を超えたものを文学において表現するために、ハルムスが非日常語ではなく、まさに理知そのものであるような日常語を拠りどころにしたのは、非日常語を用いたテキストは無意味なものとして人々の目に映じるにすぎないことを彼自身が早い段階から自覚していたからである。日常語への傾斜を強めてゆく彼は、ついには日常(語)のなかに、日常(語)を成立させるのに不可欠な要素として、理知を超えた=ザーウミ的なもの(「妨害」)を発見するに至るだろう。

こうして彼の創作の外貌は時を経るにしたがい著しく変化してきた。そのため、のちに彼はロシア未来派の伝統を脱した先駆的な不条理作家として評価されるようになる。しかし、詩学の本質まで変化したわけではない。ハルムスはザーウミの詩学を終生守りつづけたのである。

＊

ハルムスの詩学の一貫性を跡付けてきた本書は、彼のテキストを一直線上に配するという点で、その物語化を試みてきたといってよい。彼の考えを敷衍させれば、こうした人間の理知による物語には、物語を内破する「妨害」が必然的に生じ、それが新たな物語の胚を誕生させてゆくはずだ。以下、本書の描いた軌道から逸脱することによってはじめて出現しうる、別のレベルの解釈について少し検討してみることにする。これまではハルムスの創作を彼自身のテキストも含め、同時代の文脈から読み解こうとしてきたが、日本において今後ハルムス研究が進展することを期し、新たな成果がことのほか見込めるいくつかの分野に彼の創作を接続させてみよう。

すでに言及した不条理やシュルレアリスムのほかにも、彼の創作はノンセンス、ポストモダン、超短篇といった文脈のなかに置いて読みなおすことが可能である。たとえば、二十世紀初頭のドイツでノンセンス詩を著したクリスティアン・モルゲンシュテルンは比較対象として注目に値する。彼の詩集『絞首台の歌』(一九〇五年)の一篇「ビム、バム、ブム」には、「鐘の音の女ビム」をめぐるバムとブムの恋の行方が滑稽な筆致で描きだされている。これは鐘の音の女バームを二人組の男が追及する『エリザヴェータ・バーム』を容易に想起させるだろう。また、別の一篇「大ラルラー」は「ラルラル　ラル　ラル　ラー」をはじめとする辞書的な意味をもたない言葉で書きつけられた詩であり、音声詩を実践したダダイストに好まれたという。[2] ニコーリスカヤのいうように、ダダの詩学がクルチョーヌィフやテレンチエフらの結成した「41°」グループの詩学とも共通項をもっているとすれば、[3] そしてこの両人のハルムスへの強い影響に鑑みれば、モルゲンシュテルンとハルムスとが同一直線上に並ぶことになる。こうした両者の近似性は、直接的な影響の如何にかかわらず、各々における社会的・時代的背景や志向性を比較する積極的動機になりうるだろう。さらには、近代合理主義への違和を背景とする、言語そのものにたいする懐疑が、十九世紀以降のヨーロッパの文化的土壌に萌したことの重要な傍証ともなるにちがいない。

もう一人のノンセンス作家ルイス・キャロルの小説は様々な言語遊戯の宝庫であり、その読解はハルムスの著作、とりわけ『エリザヴェータ・バーム』を解読するためのヒントになりうる。『鏡の国のアリス』（一八七一年）においてアリスが見つけた詩「ジャバーウォックものがたり」は、語義をもたない音の自由に組み合わさった単語、様々な語義を同居させた単語、そして日常語から編成されており、音のザーウミ（音声のザーウミと形態素のあるザーウミ）と日常語の混淆したオーケストラ詩を彷彿とさせる。最初の二連を引用しよう。

あぶりの時にトーヴしならか
まはるかの中に環動穿孔、
すべて哀弱ぼろ鳥のむれ
やからのラースぞ咆囀したる。

「ジャバーウォックにゆだんすな、子よ！
かみつくあごや、ひっかける爪！
ジャブジャブ鳥に目をくばりつつ
バンダースナッチの怒りを避けよ！」[4]

この詩にみられる不可解な単語の意味を、のちに登場するハンプティ・ダンプティは次々と講釈してゆく。[5]曰く、「あぶりの時 brillig」は「夕飯のあぶり物 broiling を始める時刻」、「しならか slithy」は「しなやか lithe」と「ぬらぬら slimy」のかばん語、[6]「トーヴ」は「あなぐまみたいな」動物、「環動 gyre」は「ジャイロスコープ（回転儀）gyroscope のようにぐるぐる回ること」、「穿孔する gimble」は「きり gimlet みたいに、穴をあけること」、云々……。

だが、いま着目したいのは、こうして詮索された語意ではなく、「ジャバーウォックものがたり」を読み終えた際のアリスの言葉のほうである。「はっきりなんだかわからないわ！　でも、だれかが、何かを殺したのね、とにかく、それだけははっきりしてるわ」。[7]彼女のいうように、たしかにジャバーウォックは「子」と呼ばれる者に殺されている。「ジャバーウォックを殺して来たか？／いざ、この腕に、ほほえむわが子！」。

『ノンセンス大全』を著した高橋康也はこの詩を「怪獣退治譚」とみなしたうえで、ジャバーウォックは「《言語の混沌》を象徴する」と喝破した。[8]なぜなら、ジャバーウォックは「独特の秘教的言語」を弄する《妄語を発する怪獣》にほかならないからだ。「そうすると、この怪獣を退治した壮挙を謳った英雄詩は、取りもなおさず、《言語の混沌》の征服を物語っていることになる」。彼によれば、それこそがノンセンスの任務であり、この詩はノンセンスを顕彰しているのだという。既成の意味を破壊し新しい意味を創造する機能をノンセンスのなかに認める彼は、言語の混沌のすえに新しい意味が構築される予兆を「ジャバーウォックものがたり」のなかに看取しているのかもしれない。

しかし、『エリザヴェータ・バーム』の分析を終えたわれわれは、もうひとつの可能性に想到するはずだ。すなわち、《言語の混沌》を征服したのは日常語ではないか、と。いずれにせよ、実はジャバーウォックと「子」との対決は、秘教的言語、日常的意味、ノンセンスといった、言語の意味論的領域でおこなわれているとみなしうるのである。

高橋康也『ノンセンス大全』やシューエル『ノンセンスの領域』をはじめとして、[9]キャロルはエドワード・リアと並びノンセンス研究の分野においてしばしば俎上にのせられてきた。その過程で焦点化された点や研ぎすまされた方法論、引きだされた解釈はハルムス研究にも応用が利くだろう。実際、「ジャバーウォックものがたり」を《言語の混沌》の征服とみなす視点は、音のザーウミの使い手が斃される『エリザヴェータ・バーム』の読解に大きな示唆を与えてくれる。

また、キャロルがハルムスに及ぼした影響について正面から考察することも有意義なはずだ。ハルムスはこのノンセンス作家を翻訳しようとしていたことが知られており（6, 357）、一九三七年十一月頃の手帖には、「好きな作家」のひとりとしてエドワード・リアとともに名前を挙げている。その直前には次のように記していたことも併せて考えれば、彼がキャロルを意味と対決するノンセンス作家とみなしていたことは確からしく思われる。「興味があるのは《くだらないもの》だけ。いかなる実際上の意味ももっていないものだけ」(6, 195)。[10] 高橋康也に倣い、ノンセンスの機能を既成の意味の破壊と新しい意味の創造に求めるならば、ザーウミを駆使し、理知を超えたテキストを創出したハルムスを、ノンセンス詩人／作家として再評価することには、十分な根拠があるといえるだろう。

他方で、二十世紀末の文学や社会学を席巻したポストモダンの潮流のなかにもハルムスは置くことができる。第一に、ポストモダンはモダンの「多様な顔」のひとつであり、アヴァンギャルドと「双子のように似ている」というその性格において。[11] 第二に、「大きな物語」の衰退というその性格において。ここで注目したいのは後者だ。リオタールによれば、「大きな物語」とは、「《精神》の弁証法、意味の解釈学、理性的人間あるいは労働者としての主体の解放、富の発展」といった、「知という主人公」が平和的な目的を達成しようとする物語のことである。[12] 知が定式化される際にはしばしば「物語的形態」を取り、物語が「知の形態」を取るといわれるように、[13] リオタールの見立てでは知と物語は緊密に結びついている。ところが二十世紀後半、「大きな物語」は失効し、それに依拠していた「モダン」は自らを正当化する術を失った。そうした状況がポストモダンと呼ばれているわけだ。

理知と想像の力としての「物語る」力を拒絶する『出来事』等のハルムスの掌篇群は、ポストモダンの第二の性格とあまりにもよく合致している。とりわけ物語を破壊する身振りに着目すれば、二十世紀末にソローキンが『ロマン』等で物語を徹底的に蹂躙しようとした行為の端緒を、ハルムスの同様の実践に求めることも可能だろう。

また、「物語」の断片性という様態に着目すれば、ハルムスをいわゆる超短篇という分野の代表的な書き手とみなすことができる。超短篇とは、その極端な短さを唯一の条件とする小説の形式である。古くから存在していたとはいえ、この分野に目が向けられはじめたのは欧米では二十世紀後半のことである。アメリカの『Sudden Fiction』(一九八六年初版)がこの種の小説を集めた最初期のアンソロジーのひとつとされる。これは邦訳の際に「超短編小説」という副題を付された。[14]

ロシアにおける同様のアンソロジーは、二〇〇〇年に出版された『ジュジュカの子どもたち』が最初である。編者クドリャヴィツキーは超短篇を二〇〇〇語以内の短篇とみなしたうえで、その内容を次の三種類に分けた。[15] リアリズム、風刺的ないしユーモラスな時事評、マジック・リアリズム。彼によれば、二十世紀はロシアのマジック・リアリズムが開花した時代であり、それを発展させたのが、象徴派や未来派、そしてオベリウ派だという。つまり、彼はハルムスをマジック・リアリズム系列の超短篇の源流に位置づけているのだ。[16]

『ロシア・ミニマリズム』の著者エイドリアン・ワナーによれば、ハルムスの「小さな物語」はトゥルゲーネフの散文詩に遡る。[17] 短さを旨とするロシア・ミニマリズムの伝統は、トゥルゲーネフから象徴派、未来派を経て、ハルムスにおいて極点に達したというのが彼の大局観だ。源流であれ到達点であれ、ハルムスはこの分野を代表する書き手として評価されつつあるといってよいだろう。ニール・コーンウェルによる概括にしたがえば、物語を極小にまで突きつめた点において、ハルムスはポストモダン的、かつミニマリズム的な「物語の終わり」を主導しているといえるのである。[18]

超短篇は俳句を生みだした国・日本において馴染みの深い分野であり、実際盛んに作られている。川端康成による自身の掌篇小説アンソロジー『掌の小説』を筆頭に、幾種もの超短篇アンソロジーが編まれているのだ。[19] なかでも注目すべきは稲垣足穂の『一千一秒物語』(一九二三年)である。そこに収められている次の小品は、その極度の短さと打ち切りの唐突さにおいて、ハルムスの散文を強く喚起する。『出来事』のなかの一篇「出会い」と並置すれば、その近似性は一目瞭然だろう。

IT'S NOTHING ELSE
A氏の説によるとそれはそれはたいへんな　どう申してよいか　びっくりするようなことがあります　それでおしまい[20]

出会い
ある日ある人が仕事に出かけて、その途中で別の人に出会ったのだが、彼はポーランド風のバゲットを買って、家に帰るところだった。
実は、これでおしまい。(2, 345)

『一千一秒物語』は『出来事』よりおよそ一〇年早いだけの一九二〇年代に発表された作品である。したがって、この近似性の理由の一端は東西に共通する時代背景から検討することができる。事実、足穂はイタリア未来派のマリネッティや非ユークリッド幾何学を発見したロバチェフスキーに作中で言及してさえおり、[21] その関心の所在において、ロシア未来派やロバチェフスキーの影響を受けたハルムスとのあいだに親和性が認められる。超短篇という形式を糸口に、ハルムスのテキストを他の同様のテキストと比較することは、直接的な影響の有無にかかわらない、時代や文化、さらには個性のレベルにおける相同性の発見にもつながるだろう。

以上、ハルムスをノンセンス、ポストモダン、超短篇という回路に接続させてきた。本書の基本方針は彼のテキストを同時代の文脈に限定することであったが、最後にそれを多様な文脈と解釈にむけて——畢竟、新たな物語にむけてふたたび解放することができていれば、本望である。

1　クリスティアン・モルゲンシュテルン（種村季弘訳）『絞首台の歌』書肆山田、二〇〇三年、四六〜四八頁。ちなみに、この詩はパウル・クレーのデッサン『鐘の音の女ビム』（一九二二年）の題材ともなった。所蔵先のMoMAのウェブサイト上で公開されている。「MoMA German Expressionism」[https://www.moma.org/s/ge/collection_ge/artist/artist_id-3130_role-1_sov_page-84.html] 二〇一七年六月三日閲覧。また、次の書籍にもデッサンが掲載されている。種村季弘『ナンセンス詩人の肖像』ちくま学芸文庫、一九九二年、二一〇頁。

2　ダダ運動の嚆矢となったキャバレー・ヴォルテールでの最初の夕べに朗読された詩のひとつが、モルゲンシュテルンの音声詩「大ラルラー」であった。種村季弘「懐疑・遊戯・沈黙——Ch. モルゲンシュテルンとグロテスク詩——」モルゲンシュテルン『絞首台の歌』二七一頁。

3　*Никольская Т. Л.* Дада на сорок первой параллели // Авангард и окрестности. СПб., 2002. С. 11-38. ダダの音声詩とロシア未来派のザーウミは、その構造や機能の点で類似しているという研究もある。Nils Åke Nilsson, "The Sound Poem: Russian Zaum' and German Dada," *Russian Literature*, no. 10-4 (1981), p. 311.

4 Lewis Carroll, *Alice's Adventures in Wonderland and Thorough the Looking-Glass* (New York: Grosset & Dunlap, 1942?), p. 156. 邦訳は次の訳書にしたがった。ルイス・キャロル（岡田忠軒訳）『鏡の国のアリス』角川文庫、二〇〇二年、一六頁。

5 同前書九五～九六頁。

6 かばん語とは、二つの意味が一つの単語に詰めこまれている言葉のこと。「41°」グループが「言葉のデッサン」という小文のなかで「腹のなかの三位一体」と呼んでいる類のザーウミと事実上一致している。こちらも複数の意味を一語のなかに凝集させる。*Крученых.* Сдвигология русского стиха. С. 33. 曖昧ながらも語義を察知させうる点において、形態素のあるザーウミがこの種類のザーウミに近い。

7 『鏡の国のアリス』一八頁。

8 高橋康也『ノンセンス大全』二八頁。

9 エリザベス・シューエル（高山宏訳）『ノンセンスの領域』白水社、二〇一二年。

10 下線強調はハルムス。

11 カリネスク『モダンの五つの顔』四二一頁。

12 ジャン＝フランソワ・リオタール（小林康夫訳）『ポスト・モダンの条件』書肆風の薔薇、一九八六年、八頁。

13 同前書五四～五五頁。

14 ロバート・シャパード、ジェームズ・トーマス編（村上春樹・小川高義訳）『Sudden Fiction 超短編小説70』文春文庫、一九九六年。

15 Жужукины дети, или притча о недостойном соседе. Антология короткого рассказа. Россия, 2-я половина XX в. / Сост. А. Кудрявицкий. М., 2000. С. 621.

16　風刺的ないしユーモラスな時事評系列の超短篇については、クドリャヴィツキーは初期チェーホフのユーモア小品を例に挙げている。Там же. С. 621.

17　Adrian Wanner, *Russian Minimalism: From the Prose Poem to the Anti-Story* (Evanston, Illinois: Northwestern UP, 2003), p. ix.　ワナーは「超短篇」という用語は使用しておらず、ハルムスのテキストを「小さな物語（ミニ・ストーリー）」ないし「反小説（アンチ・ストーリー）」と呼んでいる。

18　Neil Cornwell, "Introduction: Daniil Kharms, Black Miniaturist," in Neil Cornwell, ed., *Daniil Kharms and the Poetics of the Absurd: Essays and Materials* (London: Macmillan, 1991), pp. 18-19.

19　複数の作家による日本語のみで書かれたアンソロジーとして最初期のものは、次の書籍だろう。本間祐『超短編アンソロジー』ちくま文庫、二〇〇二年。また、二〇〇三年から二〇一一年まで、主に創英社から出版された『超短編傑作選』と『超短編の世界』という両シリーズは合計九冊におよんでいる。奇しくも、日本初のハルムス翻訳集である『ハルムスの小さな船』（二〇〇七年）の挿絵を担当した西岡千晶がいずれの本でもカバー絵を手がけている。

20　稲垣足穂『一千一秒物語』新潮文庫、一九九七年、一七頁。

21　稲垣足穂「飛行機の哲理」『ヰタ・マキニカリスII』河出文庫、一九八六年、四八頁。稲垣足穂「似非非物語」同前書五八頁。

文献一覧

原則として、本書のなかで引用した文献を、「ロシア語」「ラテン文字」「日本語」の項目ごとに挙げる。ただし、少数ではあるが、推敲途中に本書から痕跡を消した文献も一覧に残してある。

〈ロシア語〉

Александров А. Материалы Д. И. Хармса в рукописном отделе Пушкинского Дома // Ежегодник рукописного отдела Пушкинского Дома на 1978 год. Л., 1980.

Александров А. Чудодей (личность и творчество Даниила Хармса) // Полет в небеса / Сост. А. Александров. Л., 1991.

Александров А. Материалы о Данииле Хармсе и стихи его в фонде В. Н. Петрова // Ежегодник рукописного отдела Пушкинского Дома на 1990 год. СПб., 1993.

Александров Ю. С. (сост.) Рисунки Хармса. СПб., 2006.

Бахтерев И. Когда мы были молодыми // Воспоминания о Н. Заболоцком / Сост. Е. В. Заболоцкая, А. В. Македонов, Н. Н. Заболоцкий. М., 1984.

Белинский Б. Г. Полное собрание сочинений. В 13 тт. Т. 7. М., 1955.

[*Бенуа А.*] Азбука в картинах Александра Бенуа. СПб., 1904 (Факсимильное издание: Азбука в картинах Александра Бенуа / Под вед. ред. В. И. Синюкова. М., 1990).

Васильев И. Е. Русский поэтический авангард XX века. Екатеринбург, 2000.

Введенский А. И. Полное собрание произведений / Сост. М. Мейлах, В Эрль. В 2 тт. М., 1993.

Введенский А. И. Всё / Сост. А. Герасимова. М., 2011.

Вранеш А., Ичин К. (ред.) Научные концепции XX века и русское авангардное искусство. Белград, 2011.

Герасимова А. ОБЭРИУ (проблема смешного) // Вопросы литературы. 1988. № 4.

Герасимова А. Даниил Хармс как сочинитель (проблема чуда) // Новое литературное обозрение. 1995. № 16.

Гиппиус В. В. Гоголь. Воспоминания. Письма. Дневники. М., 2014.

Гирба Ю. Элементы драматического в раннем творчестве Д. Хармса // Театр. 1991. № 11.

Глоцер В. И. Хармс собирает книгу // Русская литература. 1989. № 1.

Глоцер В. Марина Дурново. Мой муж Даниил Хармс. М., 2005.

Грецкий М. Н. Материализм и эмпириокритицизм // Русская философия: Энциклопедия / Под общ. ред. М. А. Маслина. Сост. П. П. Апрышко, А. П. Поляков. М., 2007.

Гречко В. Д. Хармс и А. Введенский: Язык абсурда // Japanese Slavic and European Studies. 2000. Vol. 21.

Гречко В. Словотворчество в поэтике Хармса и Введенского // 現代文芸研究のフロンティア. 2003. Vol. 4.

Грубачич С., Ичин К. (ред.) Авангард и идеология: Русские примеры. Белград. 2009.

Гюнтер Х. Художественный авангард и социалистический реализм // Соцреалистический канон / Под общ. ред. Х. Гюнтер, Е. Добренко. СПб., 2000.

Двинятина Т. М., Крусанов А. В. Эстетика «Становления» А. В. Туфанова. Статьи и выступления конца 1910-х –

начала 1920-х гг. // Ежегодник рукописного отдела Пушкинского Дома на 2003-2004 гг. СПб., 2007.

Двинятина Т. М., Крусанов А. В. К истории «Левого Фланга» Ленинградского Отделения Союза Поэтов // Русская литература. 2008. № 4.

Двинятина Т. М., Крусанов А. В. Переписка А. В. и М. В. Туфановых как историческое свидетельство 1920-1940-х годов // Письма ссыльного литератора: Переписка А. В. и М. В. Туфановых (1921-1942) / Сост., вступ. ст., подгот. текста и коммент Т. М. Двинятина, А. В. Крусанов. М., 2013.

Дмитренко А. Мнимый Хармс // Авангард и идеология: Русские примеры. Белград. 2009.

Друскин Я. С. «Чинари» // Аврора. 1989. № 6.

Друскин Я. С. «Чинари» // «...Сборище друзей, оставленных судьбою». Л. Липавский, А. Введенский, Я. Друскин, Д. Хармс, Н. Олейников: «Чинари» в текстах, документах и исследованиях / Под отв. ред. В. Н. Сажина. В 2 тт. Т.1. М., 2000.

Друскин Я. С. Дневники / Сост. Л. С. Друскина. СПб., 1999.

Друскин Я. С. Перед принадлежностями чего-либо: Дневники: 1963-1979 / Сост. Л. С. Друскина. СПб., 2001.

Jaccard Jean Philippe, Устинов Андрей. Заумник Даниил Хармс: Начало пути // Wiener Slawistischer Almanach. 1991. Bd. 27.

Жаккар Ж.-Ф. Даниил Хармс и конец русского авангарда / Пер. Ф. А. Перовской. СПб., 1995.

Жаккар Ж.-Ф. «CISFINITUM» и смерть: «Каталепсия времени» как источник абсурда // Абсурд и вокруг / Под ред. О. Бурениной. М., 2004.

Жаккар Ж.-Ф. Литература как таковая. От Набокова к Пушкину: Избранные работы о русской словесности. М., 2011.

Жуковский В. А. Полное собрание сочинений. В 20 тт. Т. 3. М., 2008.

Заболоцкий Н. А. Собрание сочинений / Сост. Е. Заболоцкая, Н. Заболоцкий. В 3 тт. М., 1983-1984.

Зелинский К. Л. Поэзия как смысл: Книга о конструктивизме. М., 2015.

Золотоносов М. Шизограмма χv, или теория психического экскремента // Хармсиздат представляет / Под ред. В. Сажина. СПб., 1995.

Иванов Вяч. Вс. Заумь и театр абсурда у Хлебникова и обэриутов в свете современной лингвистической теории // Мир Велимира Хлебникова: Статьи. Исследования 1911-1998 / Сост. Вяч. Вс. Иванов и др. М., 2000.

Ичин К. (ред.-сост.) Хармс-авангард. Белград. 2006.

Ичин К. «Заумь» у Крученых и Малевича // Искусство супрематизма. Белград. 2012.

Ичин К. Авангардный взрыв: 22 статьи о русском авангарде. СПб., 2016.

Кобринский А. А. Несколько соображений по поводу особенностей обэриутской пунктуации // Тыняновский сборник. Выпуск. 11: Девятые Тыняновские чтения. М., 2002.

Кобринский А. А. Даниил Хармс. М., 2008.

Кобринский А. А. Поэтика ОБЭРИУ в контексте русского литературного авангарда XX века. СПб., 2013.

Кобринский А. А. Ошибка, опечатка... // О Хармсе и не только: Статьи о русской литературе XX века. СПб., 2013.

Кобринский А. А. (ред.) Александр Введенский и русский авангард. Материалы международной научной конференции, посвященной 100-летию со дня рождения А. Введенского. СПб., 2004.

Кобринский А. А. (ред.) Столетие Даниила Хармса. Материалы международной научной конференции, посвященной 100-летию со дня рождения Даниила Хармса. СПб., 2005.

Крепостнов В. В., Афанасьев А. В. (шеф-ред.) Елизавета Бём: Иллюстрированный каталог почтовых открыток.

Киров, 2012.

Крученых А. Е. Фонетика театра. М., 1923.

Крученых А. Е. Избранное / Сост. В. Марков. München, 1973.

Крученых А. Е. Кукиш прошлякам / Сост. С. В. Кудрявцева. М.-Таллин, 1992.

Крученых А. Е. Декларация слова как такового // Русский футуризм: Стихи. Статьи. Воспоминания / Сост. В. Н. Терехина, А. П. Зименков. СПб., 2009.

Кудрявицки А. (сост.) Жужукины дети, или притча о недостойном соседе. Антология короткого рассказа. Россия, 2-я половина XX в. М., 2000.

Кукушкина Т. А. Александр Введенский и Даниил Хармс в Ленинградском Союзе Поэтов и Ленинградском Союзе Писателей // Ежегодник рукописного отдела Пушкинского Дома на 2007-2008 гг. СПб., 2010.

Липавский Л. Л. Исследование ужаса. М., 2005.

Липовецкий М. Паралогии. М., 2008.

Мальский И. Разгром ОБЭРИУ: Материалы следственного дела // Октябрь. 1992. № 11.

[*Заболоцкий Н. и др.*] ОБЭРИУ // Афиши дома печати. 1928. № 2 (переизд: Дмитренко А. (общ. ред. и сост.) Случаи и вещи: Даниил Хармс и его окружение: Материалы будущего музея. Каталог выставки в Литературно-мемориальном музее Ф. М. Достоевского 8 октября – 5 ноября 2013 года. СПб., 2013).「オベリウーの宣言」（貝澤哉訳）『ロシア・アヴァンギャルド５　ポエジア　言葉の復活』国書刊行会、一九九五年。

Матюшин М. Не искусство, а жизнь // Семиотика и авангард: Антология / Под общ. ред. Ю.С. Степанова. М., 2006. マチューシン、ミハイル「芸術ではなく、生を」（五十殿利治訳）『ロシア・アヴァンギャルド４

コンストルクツィア　構成主義の展開』国書刊行会、一九九一年。

Матюшин М. Опыт художника новой меры // Семиотика и авангард: Антология. М., 2006.

Мейлах М. О «Елизавете Бам» Даниила Хармса // Stanford Slavic Studies. 1987. Vol.1.

Мейлах М. Обэриуты и заумь // Заумный Футуризм и дадаизм в русской культуре / Под ред. Л. Магаротто, М. Марцадури, Д. Рицци. Bern/Berlin/Frankfurt a. M./New York/Paris/Wien, 1991.

Мейлах М. К чинарско-обэриутской контроверзе // Александр Введенский и русский авангард: Материалы междунар. науч. конф. / Под ред. А. Кобринского. СПб., 2004.

Нечаева М. Н. «...пока я буду Хармс, меня будут преследовать нужды...» （псевдоним как биография） // Русская литература. 2010. Vol. 1.

Никифоров Д. Ю. «Азбука» Е. М. Бем в XXI веке. К., 2013.

Никольская Т. Л. Заместитель председателя земного шара // Мир Велимира Хлебникова: Статьи. Исследования (1911-1998) / Сост. Вяч. Вс. Иванов, З. С. Паперный, А. Е. Парнис. М., 2000.

Никольская Т. Л. Дада на сорок первой параллели // Авангард и окрестности. СПб., 2002.

Никольская Т. Л. Игорь Терентьев – поэт и теоретик «Компании 41°» // Авангард и окрестности. СПб., 2002.

Нильвич Л. Реакционное жонглерство // Смена. 1930. № 81 (переизд: *Введенский А. Е.* Полное собрание произведений. В 2 тт. Т. 2. М., 1993).

Нора Б. Имя как прием: К загадке псевдонима Даниила Хармса // Абсурд и вокруг / Под ред. О. Бурениной. М., 2004.

Обухов Е., Горбушин С. Удивить сторожа: Перечитывая Хармса. М., 2012.

Обухов Е., Горбушин С. О композиции «Случаев» Даниила Хармса // Вопросы литературы. 2013. № 1.

Орлицкий Ю. Особенности стихосложения Даниила Хармса // Столетие Даниила Хармса. СПб., 2005.

Остроухова Е. Н., Кувшинов Ф. В. Псевдонимы Д. И. Хармса // «Странная» поэзия и «странная» проза. Филологический сборник, посвященный 100-летию со дня рождения Н. А. Заболоцкого / Под ред. Е. А. Яблокова, И. Е. Лощилова. М., 2003.

Повелихина А. (концепция выставки и сост. альбома-каталога, науч. ред.) Органика: Новая мера восприятия природы художниками русского авангарда 20 века. Выставка. Октябрь-Ноябрь 2001 года. СПб., 2001.

Рог Е. Проза Даниила Хармса в свете биокультурной теории смеха // Столетие Даниила Хармса. СПб., 2005.

Россомахин А. «REAL» Хармса: По следом оккультных штудий поэта-чинаря. СПб., 2005.

Сажин В. Н. (ред.) Хармсиздат представляет. СПб., 1995.

Сажин В. Н. (отв. ред.) «...Сборище друзей, оставленных судьбою». Л. Липавский, А. Введенский, Я. Друскин, Д. Хармс, Н. Олейников: «Чинари» в текстах, документах и исследованиях. В 2 тт. М., 2000.

Салынский А. (глав. ред.) Театр. 1991. № 11.

Семёнов В. Б. ХАРМС Даниил // Русские писатели 20 века: Биографический словарь / Сост. П. А. Николаев. М., 2000.

Сигов С. <*Никольская Т.*> «Орден заумников» // Russian Literature. 1987. № 22-1.

Твердохлебов И. Ю. (сост.) Летопись жизни и творчества А. П. Чехова. Т. 2. М., 2004.

Терентьев И. Собрание сочинений. Bologna, 1988.

Терехина В. Н. Русский футуризм: Становление и своеобразие // Авангард в культуре XX века (1900-1930 гг.): Теория. История. Поэтика / Под ред. Ю. Н. Гирина. В 2 кн. Кн.2. М., 2010.

Терехина В. Н., Зименков А. П. (сост.) Русский футуризм: Стихи. Статьи. Воспоминания. СПб., 2009.

Тильберг М. Цветная вселенная: Михаил Матюшин об искусстве и зрении / Пер. Д. Духавиной, М. Ярош. М., 2008.

Токарев Д. В. Курс на худшее: Абсурд как категория текста у Д. Хармса и С. Беккета. М., 2002.

Туфанов А. К зауми. Фоническая музыка и функции согласных фонем. Пб., 1924.

Туфанов А. Ушкуйники / Сост. Ж.-Ф. Жаккар, Т. Л. Никольская. Berkeley. 1991.

Флейшман Л. Об одном загадочном стихотворении Даниила Хармса // Stanford Slavic Studies. 1987. Vol.1.

Халатов Н. Его звали – Даниил Хармс // Что это было? / Сост. Н. Халатов; Рис. Ф. Лемкуля. М., 1967.

Чехов А. П. Остров Сахалин // Полное собрание сочинений. В 30 тт. Т. 14-15. М., 1978. チェーホフ、アントン（原卓也訳）「サハリン島」『チェーホフ全集13』中央公論社、一九七七年。

Hansen-Löve Aage A. Концепция случайности в художественном мышлении обэриутов // Русский текст. 1994. № 2.

Ханзен-Лёве Оге А. Русский формализм / Пер. С. А. Ромашко. М., 2001.

Хармс Д. И. Избранное / Под ред. Г. Гибиана. Würzburg, 1974.

Хармс Д. И. Полет в небеса / Сост. А. А. Александров. Л., 1991.

Хармс Д. И. Дней катыбр / Сост. М. Мейлах. М., 1999.

Хармс Д. И. Полное собрание сочинений / Сост. В. Н. Сажин. В 4 тт. СПб., 1999-2001.

Хармс Д. И. Полное собрание сочинений. Записные книжки. Дневник / Сост. Ж.- Ф. Жаккар, В. Н. Сажин. В 2 кн. СПб., 2002.

Хейнонен Ю. *Это* и *то* в повести *Старуха* Даниила Хармса / Под ред. Arto Mustajoki, Pekka Pesonen, Jouko Lindstedt. Helsinki. 2003.

Хлебников В. Собрание сочинений / Под общ. ред. Р. В. Дуганова. В 6 тт. М., 2000-2006.
Чагин А. И. Россия // Энциклопедический словарь сюрреализма / Под отв. ред. и сост. Т. В. Балашовой, Е. Д. Гальцовой. М., 2007.
Чагин. А. И. Пути и лица. О русской литературе XX века. М., 2008.
Шварц Е. Живу беспокойно... Л., 1990.
Шкловский В. Б. Искусство как прием // Гамбургский счет: Статьи – воспоминания – эссе (1914-1933). М., 1990. シクロフスキー、ヴィクトル（水野忠夫訳）「方法としての芸術」『散文の理論』せりか書房、一九八二年。
Шубинский В. Даниил Хармс: Жизнь человека на ветру. СПб., 2008.
Яблоков Е. А., *Лощилов И. Е.* (ред.) «Странная» поэзия и «странная» проза. Филологический сборник, посвященный 100-летию со дня рождения Н. А. Заболоцкого. М., 2003.
Ямпольский М. Беспамятство как исток: Читая Хармса. М., 1998.
Янкелевич М. Даниил Хармс и Марсель Дюшан. Измерение вещей и изобретательство в авангарде. Предварительные заметки к исследованию // Столетие Даниила Хармса. СПб., 2005.

Академия Зауми.
[http://xn--80anq1a.xn--p1ai/?page_id=5]
Даниил Хармс.
[http://www.d-harms.ru/index.html]
Исход.
[https://ru.wikisource.org/wiki/%D0%98%D1%81%D1%85%D0%BE%D0%B4]「出エジプト記」『聖書』新共同訳、

日本聖書協会、一九九七年。

〈ラテン文字〉

Aarne, Antti, *The Types of the Folktale: A Classification and Bibliography*, trans. and enl. Stith Thompson (Helsinki: Indiana UP, 1964).

Aizlewood, Robin, "Towards an Interpretation of Kharms's *Sluchai*," in Neil Cornwell, ed., *Daniil Kharms and the Poetics of the Absurd: Essays and Materials* (London: Macmillan, 1991).

Bürger, Gottfried August, "Lenore," vol. 1 of *Sämmtliche Schriften*, ed. Karl Reinhard (Hildesheim and New York: Georg Olms Verlag, 1970). ビュルガー「レノーレ」は次の論文中に邦訳あり。栗原成郎「「死んだ花婿が花嫁を連れ去る」話」『スラヴ学論叢』2号（一九九七年）。

Carroll, Lewis, *Alice's Adventures in Wonderland and Thorough the Looking-Glass* (New York: Grosset & Dunlap, 1942?). キャロル、ルイス（岡田忠軒訳）『鏡の国のアリス』角川文庫、二〇〇二年。

Carrick, N., *Daniil Kharms: Theologian of the Absurd* (Birmingham: University of Birmingham, 1998).

Chances, E., "Cexov and Xarms: Story / Anti-Story," in *Russian Language Journal*. Vol. 36. Nos. 123-124 (1982).

Cornwell, Neil, ed., *Daniil Kharms and the Poetics of the Absurd: Essays and Materials* (London: Macmillan, 1991).

Cornwell, Neil, "Introduction: Daniil Kharms, Black Miniaturist," in Neil Cornwell, ed., *Daniil Kharms and the Poetics of the Absurd: Essays and Materials* (London: Macmillan, 1991).

Cornwell, Neil, *The Absurd in Literature* (Manchester and New York: Manchester University Press, 2006).

Gibian, George, trans. and ed., *Russia's Lost Literature of the Absurd* (Ithaca, London: Cornell UP, 1971).

Jakovljevic, Branislav, *Daniil Kharms: Writing and the Event* (Evanston, Illinois: Northwestern University Press, 2009).

Janecek, Gerald, *Zaum: The Transrational Poetry of Russian Futurism* (San Diego, California: San Diego state UP, 1996).

Kharms, Daniil, *Today I Wrote Nothing: The Selected Writings of Daniil Kharms*, ed. and trans. Matvei Yankelevich (New York: The Overlook Press, 2009).

Levin, Ilya, "The Fifth Meaning of the Motor-Car: Malevich and the Oberiuty," *Soviet Union / Union Sovietique*, no. 5-2 (1978), reprint (Germantown, NY: Periodicals Service Company, 2008).

Lipovetsky, Mark, "A Substitute for Writing : Representation of Violence in Incidents by Daniil Kharms," in Marcus C. Levitt and Tatyana Novikov, eds., *Times of Trouble : Violence in Russian Literature and Culture* (Madison, Wisconsin: University of Wisconsin Press, 2007).

Milner-Gulland, Robin, "'This Could Have Been Foreseen': Kharms's *The Old Woman* (*Старуха*) Revisited. A Collective Analysis," *Studies in Slavic Literature and Poetics*, no. 32 (1998).

Nakhimovsky, Alice Stone, *Laughter in the Void* (Wien: Wiener Slawistischer Almanach, 1982).

Nilsson, Nils Åke, "The Sound Poem: Russian Zaum' and German Dada," *Russian Literature*, no. 10-4 (1981).

Roberts, Graham, *The Last Soviet Avant-garde: OBERIU—fact, fiction, metafiction* (Cambridge: Cambridge University Press, 2006).

Tumanov, Larissa Jean Klein, "Between Literary Systems: Authors of Literature for Adults Write for Children" (PhD. diss., University of Alberta, 1999).

Wanner, Adrian, *Russian Minimalism: From the Prose Poem to the Anti-Story* (Evanston, Illinois: Northwestern University Press, 2003).

Yankelevich, Matvei, "Introduction: The Real Kharms," in Matvei Yankelevich, ed. and trans., *Today I Wrote Nothing:*

The Selected Writings of Daniil Kharms (New York: The Overlook Press, 2009).
Ziegler, Rosemarie, "Группа "41°"," *Russian Literature*, no. 17-1 (1985).

UBUWEB.
[http://www.ubuweb.com/]

〈日本語〉

ハルムスにかかわる文献を、〈翻訳〉〈一般研究書〉〈研究論文〉〈WEB〉の項目ごとに網羅的に列挙する。最後に、ハルムスとは直接関係しない〈その他〉の文献を挙げる。

〈翻訳〉

①一冊すべてがハルムスの著作の翻訳にあてられた図書・雑誌

ダニイル・ハルムス（たかはしけいすけ訳、ウラジーミル・ラドゥンスキー絵）『ウィリーのそりのものがたり』セーラー出版、一九九六年。

ダニイル・ハルムス（井桁貞義訳）『ハルムスの小さな船』長崎出版、二〇〇七年。

ダニイル・ハルムス（増本浩子、ヴァレリー・グレチュコ訳）『ハルムスの世界』ヴィレッジブックス、二〇一〇年。

ダニイル・ハルムス（田中隆訳）『ズディグル　アプルル』未知谷、二〇一〇年。

ダニイル・ハルムス（田中隆訳）『シャルダムサーカス』未知谷、二〇一〇年。

ダニイル・ハルムス（田中隆訳）『ヌイピルシテェート』未知谷、二〇一一年。

『アグネブーシカ』5号（二〇〇八年）。

②ハルムスの著作の翻訳が含まれる図書・雑誌

亀山郁夫・大石雅彦編『ロシア・アヴァンギャルド5　ポエジア　言葉の復活』国書刊行会、一九九五年。

柴田元幸編『昨日のように遠い日』文藝春秋、二〇〇九年。

柴田元幸編『モンキービジネス』1、2、3.5〜8号、ヴィレッジブックス、二〇〇八〜一〇年。

『あず』4号（一九九〇年）。

『カスチョール』11号（一九九六年）。

『飛ぶ教室』8号、光村書店、二〇〇七年。


〈一般研究書〉


井桁貞義『現代ロシアの文芸復興』群像社、一九九六年。

岩本和久「忘却のテキスト――『わが夫ダニイル・ハルムス』」『ユリイカ』九月号、青土社、二〇〇〇年。

岩本和久『トラウマの果ての声』群像社、二〇〇八年。

大石雅彦『彼我等位』水声社、二〇〇九年。

風間賢二「不条理文学の奇才ダニール・ハルムス」『幻想文学　特集ロシア東欧幻想文学必携』21号、幻想文学会出版局、一九八八年。

風間賢二『快楽読書倶楽部』創拓社、一九九五年。

亀山郁夫「不条理的下層――ヴヴェジェンスキーとハルムス」『熱狂とユーフォリア』平凡社、二〇〇三年。

工藤正廣『ロシア・詩的言語の未来を読む』北海道大学出版会、一九九三年。

ゲルネット、ニーナ（金子洋訳）「ハルムスについて――モスクワ、一九七六年、D・I・ハルムス回想の夕べでの講演」『あず』4号（一九九〇年）。

鴻野わか菜「魔法使いはどこに棲む？　ロシアの絵本と児童文学」『幻のロシア絵本　一九二〇～三〇年代』淡交社、二〇〇四年。

鈴木正美『どこにもない言葉を求めて　現代ロシア詩の窓』高志書院、二〇〇七年。

沼野恭子「オベリウ文化圏」『夢のありか』作品社、二〇〇七年。

沼野充義『永遠の一駅手前』作品社、一九八九年。

『映画パンフレット　ハルムスの幻想』ケイブルホーグ、一九八九年。

以下の短評とインタビューを収録。

井桁貞義「システム消費のあとに」

貝澤哉「ハルムスのレニングラード」

桜井郁子「スタジオ劇団「人間」とハルムス原作『エリザベータ・バム』」

高橋康也（インタビュー）・鴻英良（インタビュアー）「ハルムスとノンセンスの系譜」

田端敏恵「女性（ワタシ）たちの出来事（ケース）」

沼野充義「ダニール・ハルムスとオベリウ　ロシア・アヴァンギャルド最後の閃光」

村山匡一郎「ハルムスの幻想　二重性の論理」


〈研究論文〉

石橋良生「ハルムスにおける「リアルなもの」――連作『出来事』を中心に――」『ロシア語ロシア文学研究』37号（二〇〇五年）。

石橋良生「ダニイル・ハルムスの「不可能な対象」」『ロシア語ロシア文学研究』41号（二〇〇九年）。

小澤裕之「ダニイル・ハルムスの作品における個性の問題――一九三〇年代の創作について――」『SLAVISTIKA』26号（二〇一一年）。

小澤裕之「オベリウ以前のハルムスの詩学」『SLAVISTIKA』27号（二〇一二年）。

小澤裕之「ハルムス〈笑いの問題〉――風刺・ズドヴィーク・位置ズラシ」『れにくさ』3号（二〇一二年）。

小澤裕之「なぜハルムスはトゥファノフから離反したか――人間関係と詩学の観点から」『SLAVISTIKA』29号（二〇一四年）。

小澤裕之「遊歩する眼球：エマソンの目からザボロツキーの目へ」『れにくさ』5‐2号（二〇一四年）。

小澤裕之「ザーウミへの鎮魂歌：『エリザヴェータ・バム』の三つの源泉」『ロシア語ロシア文学研究』48号（二〇一六年）。

小澤裕之「光の詩学――ハルムスにおける〈出来事〉と〈物語〉」『れにくさ』7号（二〇一七年）。

小澤裕之「ファウストの軌跡：ハルムス『報復』におけるモチーフの研究」『スラヴ研究』64号（二〇一七年）。

貝澤哉「オベリウ物語」『あず』4号（一九九〇年）。

亀田真澄「演劇における現前性とテクスト――ハルムスとヴヴェジェンスキーの戯曲作品の比較――」『SLAVISTIKA』24号（二〇〇八年）。

田中泰子「D・ハルムス（1905-1942）と「オベリウ」グループの詩人たち」『カスチョール』11号（一九九六年）［『アグネブーシカ』5号（二〇〇八年）に再録］。

プチーロワ、エヴゲーニヤ（須佐多恵抄訳）「ロシア児童文学史　vol. 5」『カスチョール』33・34合併号（二〇一七年）。

本田登「フレーブニコフの『カー』とハルムスの『ラーパ』における時間概念の共通性」『現代文芸研究のフ

ロンティア』5号（二〇〇四年）。

本田登「ダニイル・ハルムスの『エリザヴェータ・バム』における言葉とリアル――「山上の家」をめぐって――」『SLAVISTIKA』23号（二〇〇七年）。

本田登「『フニュ』の解釈に基づくダニイル・ハルムスの世界観の考察――古代エジプト神クヌムと関連させて――」『ロシア・東欧研究』37号（二〇〇八年）。

〈WEB〉
小澤裕之『Khrms! Harms! Charms!　ハルムスの研究・翻訳』二〇一二年～。
[https://japonsko-russko.jimdo.com/]
グレチュコ、ヴァレリー『ハルムス入門』二〇〇八～〇九年。
[http://www.villagebooks.co.jp/villagestyle/monkey/kharms/kharms_intro.html]
沢月尋（小澤裕之）『ハルムスを読もう！』二〇一五～一六年。
[http://m.kaji-ka.jp/daily/columns/kharms/1824]
武田昭文『アカデミヤ・ザーウミの詩人たち――あるいはロシア・アヴァンギャルドのもうひとつの系譜――』一九九八年。
[http://src-h.slav.hokudai.ac.jp/literature/akademiia-1.html]
増本浩子&ヴァレリー・グレチュコ『ハルムスの世界　online only』二〇〇八～一〇年。
[http://www.villagebooks.co.jp/villagestyle/monkey/kharms/]
村田真一『ベオグラードのハルムス生誕一〇〇年記念国際学会『ダニイル・ハルムス――活動と消滅のアヴァンギャルド――』』二〇〇六年。

[http://yaar.jpn.org/robun/kokusai/2005kharms.html]

〈その他〉


飯田梅子「ロシアにおける『レノーレ』受容」『文化と言語』75号（二〇一一年）。

稲垣足穂『キタ・マキニカリスⅡ』河出文庫、一九八六年
稲垣足穂『一千一秒物語』新潮文庫、一九九七年。

イヨネスコ、ウージェーヌ（諏訪正訳）「禿の女歌手」『ベスト・オブ・イヨネスコ　授業　犀』白水社、一九九三年。

宇野邦一『物語と非知』書肆山田、一九九三年。

エスリン、マーティン（小田島雄志訳）『不条理の演劇』晶文社、一九六八年。

大石雅彦『ロシア・アヴァンギャルド遊泳』水声社、一九九二年。

オルテガ・イ・ガセット「芸術の非人間化」（神吉敬三訳）『オルテガ著作集3』白水社、一九七〇年。

カミュ（清水徹訳）『シーシュポスの神話』新潮文庫、一九八六年。

亀山郁夫「錯誤と逸脱の科学——ルイセンコとマル」『熱狂とユーフォリア』平凡社、二〇〇三年。

亀山郁夫『甦るフレーブニコフ』平凡社、二〇〇九年。

ガリツォヴァ、エレーナ（桑野隆訳）「ロシア・アヴァンギャルド文学理論における〈ダダ的コラージュ〉クルチョヌイフ、テレンチエフ、シャルシュン」『水声通信』7号（二〇〇六年）。

カリネスク、マテイ（富山英俊、栂正行訳）『モダンの五つの顔』せりか書房、一九八九年。

川端康成『掌の小説』新潮文庫、二〇〇七年。

栗原成郎「「死んだ花婿が花嫁を連れ去る」話」『スラヴ学論叢』2号（一九九七年）。

栗原成郎「西スラヴと南スラヴにおける〝レノーレ〟譚」『西スラヴ学論集』4号（二〇〇一年）。

クレーリー、ジョナサン（遠藤知巳訳）『観察者の系譜　視覚空間と変容のモダニティ』以文社、二〇〇五年。

グロイス、ボリス（亀山郁夫・古賀義顕訳）『全体芸術様式スターリン』現代思潮社、二〇〇〇年。

小林康夫『出来事としての文学』作品社、一九九五年。

近藤洋逸『新幾何学思想史』ちくま学芸文庫、二〇〇八年。

シャパード、ロバート&トーマス、ジェームズ編（村上春樹・小川高義訳）『Sudden Fiction　超短編小説70』文春文庫、一九九六年。

シューエル、エリザベス（高山宏訳）『ノンセンスの領域』白水社、二〇一二年。

高橋康也『ノンセンス大全』晶文社、一九七七年。

谷川渥『美のバロキスム』武蔵野美術大学出版局、二〇〇六年。

種村季弘『ナンセンス詩人の肖像』ちくま学芸文庫、一九九二年。

トゥイニャーノフ、ユーリー（水野忠夫・大西祥子訳）『詩的言語とはなにか』せりか書房、一九八五年。

ドゥルーズ、ジル（小泉義之訳）『意味の論理学』上下、河出文庫、二〇〇七年。

トドロフ、ツヴェタン（三好郁朗訳）『幻想文学論序説』創元ライブラリ、二〇一七年。

沼野充義「オーウェル、チェーホフ、ヤナーチェック『1Q84』をより深く楽しむための注釈集」『村上春樹『1Q84』をどう読むか』河出書房新社、二〇〇九年。

ブルトン、アンドレ（巖谷國士訳）『シュルレアリスム宣言・溶ける魚』岩波文庫、一九九二年。

フロレンスキイ、パーヴェル（桑野隆・西中村浩・高橋健一郎訳）『逆遠近法の詩学――芸術・言語論集』水声社、一九九八年。

ベンヤミン、ヴァルター「物語作者」（三宅晶子訳）『ベンヤミン・コレクション2』ちくま学芸文庫、二〇〇七年。

本間祐『超短編アンソロジー』ちくま文庫、二〇〇二年。

モルゲンシュテルン、クリスティアン（種村季弘訳）『絞首台の歌』書肆山田、二〇〇三年。

ヤコブソン、ロマン「言語学と詩学」（桑野隆訳）『ヤコブソン・セレクション』平凡社ライブラリー、二〇一五年。

リオタール、ジャン＝フランソワ（小林康夫訳）『ポスト・モダンの条件』書肆風の薔薇、一九八六年。

リワノワ（松野武訳）『ロバチェフスキーの世界』東京図書、一九七五年。

レヴィ、エリファス（生田耕作訳）『高等魔術の教理と祭儀』人文書院、一九九二年。

『聖書』新共同訳、日本聖書協会、一九九七年。

初出一覧

はじめに　本書のための書下ろし。

序章　博士論文『理知のむこう――ダニイル・ハルムスの手法と詩学』序章。

第一章　「オベリウ以前のハルムスの詩学」『SLAVISTIKA』27号（二〇一二年）、「なぜハルムスはトゥファノフから離反したか――人間関係と詩学の観点から」『SLAVISTIKA』29号（二〇一四年）。

第二章　「ザーウミへの鎮魂歌：『エリザヴェータ・バム』の三つの源泉」『ロシア語ロシア文学研究』48号（二〇一六年）。

第三章　「ファウストの軌跡：ハルムス『報復』におけるモチーフの研究」『スラヴ研究』64号（二〇一七年）。

第四章　「光の詩学――ハルムスにおける〈出来事〉と〈物語〉」『れにくさ』7号（二〇一七年）。

第五章　博士論文『理知のむこう――ダニイル・ハルムスの手法と詩学』第5章。

結論　博士論文『理知のむこう――ダニイル・ハルムスの手法と詩学』結論。

ダニイル・ハルムス略年譜

コブリンスキーの伝記『ダニイル・ハルムス』に掲載の年譜をもとに作成。

一九〇五年

12月17日（新暦30日） かつての革命家イワン・パーヴロヴィチ・ユヴァチョーフ（一八六〇〜一九四〇）とナジェージダ・イワーノヴナ・コリュバキナ（一八六九〜一九二九）の次男として、サンクト・ペテルブルグにダニイル誕生。長男パーヴェルは前年一九〇四年に生まれたが、数ヶ月後に死去している。妹にエリザヴェータ（一九〇九〜九四）と早世したナターリヤ（一九一二〜二〇）。

一九一五年

9月 ペトリシューレ（ロシアで最も古いドイツ人学校のひとつ）の系列校である実科学校に入学。

＊ペトリシューレは一九九一年まで名称が何度か変更しているが、ここではその点は省く。

一九二二年

9月 ペテルブルグ郊外に位置するジェーツコエ・セローに移り、伯母が校長を務めていたことのあるペトリシューレのジェーツコエ・セロー校に転校。ハルムスは学校を卒業した後もたびたびこの伯母の家を訪れた。なお、ジェーツコエ・セローは革命前までツァールスコエ・セローと称され、プーシキンなど多くの文豪が少年時代を過ごしたことで有名な場所。

この年、《ДСН》(「ダニイル・チャルムス Даниил Charms」の略語か)という署名入りの詩を残す。ただし、これはオリジナルではなく、二十世紀初頭に学校用の読本として流布していた詩をほとんどそのまま引き写したもの。

一九二四年

春　のちに最初の妻となるエステル・ルサコーヴァと出会う。
7月　学校を卒業し、レニングラードに戻る。＊ペテルブルグは14年にペトログラード、24年にレニングラードと名称変更している。
9月　レニングラード第一電気工学学校に入学。願書は「ユヴァチョーフ＝ハルムス」の名で出された。
秋　自他の詩を公の場(学校や図書館など)で朗読しはじめる。また、顔にペイントしてネフスキー大通りを歩くなど、アヴァンギャルド芸術家たちによる一昔前の実践を模倣。

一九二五年

3月　未来派詩人トゥファーノフと出会い、「ザーウミ派結社DSO」に加入。
3月から4月　ドゥルースキン、ヴヴェジェンスキー、リパフスキーと知り合う。夏には、この友人らのサークル「チナリ」に参加。
10月9日　全ロシア詩人同盟レニングラード支部に加盟するための申請書を提出(翌年3月に許可が下りる)。『セーク』『馬丁たちが大地を発明したそうだ』『長詩『ミハイル家』のスケッチ』など音のザーウミを用いて書かれた詩を同時に提出している。
11月　「ザーウミ派結社DSO」が「左翼」に改組。

一九二六年
1月　「左翼」とイマジニストたちの共同作品集の出版が企画されるが、頓挫する。「左翼」を脱退。
2月13日　電気工学学校を放校になる。
4月3日　ヴヴェジェンスキーとの連名で、二人の詩を添えた手紙をパステルナークに送る。彼らはパステルナークを自分たちと同じ左翼詩人とみなしていた。
5月　ザボロツキーと知り合う。
9月21日　国立芸術史研究所の演劇科の学生たちの実験演劇グループ「ラジクス」と協働を開始。ヴヴェジェンスキーとともに戯曲『ママは全身すっぽり時計の中』を執筆。しかし、「ラジクス」は11月頃に解体し、戯曲も上演の機会を失う。
10月12日　マレーヴィチと出会う。
12月　ハルムスは左翼勢力の結集を目指し、マレーヴィチを勧誘、「絶対的同意」を取りつける（実現せず）。
この年の後半　全ロシア詩人同盟レニングラード支部が出版した『詩集』に「鉄道での出来事」が掲載され、自分の詩が初めて活字になる。

一九二七年
3月25日　仲間内で「左翼的古典作家アカデミー」と名乗りはじめる。翌日、国立芸術史研究所内の文学サークルの集会に登壇し、スキャンダルを引きおこす。同月28日、彼らのパフォーマンスを厳しく批判した記事が『交替』紙に掲載される。
4月16日　「ラジクス」の監督ゲオルギー・カーツマンが逮捕される。
春　国立芸術史研究所で教鞭を取っていたトマシェフスキー、エイヘンバウム、シチェルバ、トゥイニャーノフ、シクロフスキーの五人と、ハルムス、ヴヴェジェンスキー、バーフテレフ、ヴァーギノフ、ザボロツキーの五人が出会う。
この年の後半　ハルムスの詩「共産主義者ピョートル・ヤーシキンの詩」が全ロシア詩人同盟レニングラード支部の作品集『焚き火』に掲載される。彼の「大人向け」の詩が活字になったのは、これが二度目にして、生前最後。
7月28日　アンドレイ・ベールイの散文について、短い論考を著す。
8月8日　『ダニイル・イワーノヴィチ・ハルムスによって発見された物と形象』執筆。
10月　出版会館の館主バスカコフが「左翼的古典作家アカデミー」にたいし、グループの名称を変えることを条件に、出版会館で正式に活動するよう提案。この結果、グループは「オベリウ」と名を改める。バスカコフが名称変更を求めたのは、「左翼」という言葉が政治的に危険視されはじめている当時の情勢を憂慮したためだと思われる。
11月　マルシャーク、オレイニコフ、ジトコフが児童文学の仕事にハルムスを勧誘。マルシャークはハルムスに児童書三冊を出版することを約束し、翌28年、その約束を果たす。
12月20～24日　翌年1月に開催予定の夕べ「左翼の三時間」にて上演するための戯曲『エリザヴェータ・バーム』を執筆。

一九二八年

1月24日　「オベリウ」の最初にして最大の夕べ「左翼の三時間」が出版会館で催される。翌25日、この夕べをこき下ろした記事「派ウリベオ」が『赤い新聞』夕刊に掲載される。
3月5日　エステルと結婚。
4月9日　出版会館の館主バスカコフが逮捕される。

9月28日　ホテル「ヨーロッパ」にてマヤコフスキーと対面。翌29日、マヤコフスキーの夕べにおいて、ハルムスが「オベリウ宣言」を朗読。
10月　ザボロツキーとヴァーギノフが「オベリウ」から事実上の脱退。
12月25日　ハルムスとバーフテレフの戯曲『冬の散歩』が出版会館で上演される。

一九二九年

2月18日　母親が肺結核で死去。
3月10日　全ロシア詩人同盟レニングラード支部から会費未納のため除名される。
3月15日　フォルマリストたちとともに、フレーブニコフを記念する夕べに参加。
春　オベリウ派とフォルマリストたちの共同作品集『アルキメデスの風呂』の出版が企画されるが、フォルマリストのなかには反対する者もおり、頓挫。ハルムスは10月1日に滑稽詩「アルキメデスの風呂」を執筆。
9月　ユーリー・ウラジーミロフが「オベリウ」に加入。
9月28日　『樫の木と知恵者の衝突』執筆。
11月19〜20日　『サーベル』執筆。
11月〜12月　エステルとの関係が悪化し、事実上の離婚に至る。ただ、エステルはハルムスにとって「運命の女」ともいわれる通り、このあとも彼は彼女をなかなか思い切ることができない。翌30年12月には、戯曲『グヴィドン』を彼女に捧げている。
12月12日　出版会館で「オベリウ」の夕べが催される。

一九三〇年

4月1日　レニングラード大学の学生寮で「オベリウ」の夕べが催される。

4月9日　『交替』紙にレニングラード大学での夕べを激烈に批判した記事が掲載される。オベリウ派は「階級の敵」とされ、以後、彼らは公の場でパフォーマンスする機会を失う。
5月1日　レニングラード大学新聞『学生のプラウダ』紙に、オベリウ派の詩を社会主義建設に敵対するものと断じた記事が掲載される。
5月　雑誌『レニングラード』に「オベリウ」のパフォーマンスや詩を「反動的」と攻撃した記事が掲載される。この一連の批判記事は政治色が強く、その点において、28年1月に催された「左翼の三時間」の内容を批判した記事とは性格を異にする。
5月30日　『われらせかい』執筆。
8月17日　『ラーパ』脱稿。22～24日、『報復』執筆。
秋　妹の女中だったナースチャとの恋。

一九三一年

1～2月　魔術、神秘主義、タロットへの関心が高まり、ヘブライ語を覚えようとする。
3月28日　『一九三一年三月二十八日夜七時の就寝前の祈り』執筆。
3月29日　『水とフニュ』執筆。
4月23～27日　『フニュ』執筆。
夏から秋　ライサ・ポリャコフスカヤに恋をする。彼女への手紙に、「ぼくは七年間エステルを愛していました。今度は七年間あなたを愛します」と記す。
7月　ジェーツコエ・セローの伯母の家にて、『零とゼロ』『円について』執筆。
10月4日　オベリウ派の一人ウラジーミロフが死去（溺死といわれる）。
12月10日　ハルムス、ヴヴェジェンスキー、トゥファーノフが逮捕される。トゥファーノフは33年

5月に釈放され、各地を転々としたのち、41年9月にウクライナのガリチに移住、43年3月15日に死去した。

一九三二年

3月21日　強制収容所での三年間の懲役を宣告される。

6月18日　かつて革命家だった父親の奔走の甲斐あり、二年間の流刑に減刑される。

7月13日　流刑地クルスクに到着。当地にはすでにヴヴェジェンスキーが流されており、同居する。しかし、几帳面なハルムスと大雑把なヴヴェジェンスキーとでは共同生活が難しく、まもなく別々に暮らすようになる。

10月12日　レニングラードに一時帰還。このまま滞在する許可を得る。

11月　フラウ・レネ（レネ夫人）に恋をする。アリサ・ポレートとの恋愛。

一九三三年

1月15日　ハルムスの部屋でオベリウ五周年が祝われる。

夏　リパフスキーの部屋で頻繁に集会が開かれるようになる。

8月　二人目の妻となるマリーナ・マリッチと出会う。

秋　女優プガチョワと何度も手紙のやり取りをする。

一九三四年

4月26日　ヴァーギノフが結核で死去。

7月16日　マリッチと結婚。

9月　ヴヴェジェンスキーとリパフスキーとともに映画のシナリオ執筆を計画（実現せず）。

9月18日　『平衡について』執筆。

一九三五年

5月5日　オレイニコフとの関係が悪化（ただし決裂には至らなかった）。彼に宛てたと思しき詩『ニコライへの手紙』執筆。

5月15日　マレーヴィチ死去。『ニコライへの手紙』を『カジミール・マレーヴィチの死に』に改作し、同月17日の告別式の折にそれを朗読。翌18日、出棺を見送る。

一九三六年

春　ドイツの風刺画家・絵本作家ヴィルヘルム・ブッシュの「プリシュとプルム」を翻訳し、児童雑誌『マヒワ』に掲載する。

この年の中頃　雑誌『獏』を自主制作しようとするが、実現せず。

晩夏から初秋　ヴヴェジェンスキーがハリコフへ移住。

一九三七年

3月　『マヒワ』にハルムスの詩「男が家を出ました」が掲載される。政治風刺と受けとられたか、このあと一年間、雑誌掲載の機会を奪われる。その結果、家計は困窮する。

7月　ハルムスの訳した『プリシュとプルム』が刊行。

7月3日　オレイニコフ逮捕。

11月24日　オレイニコフ銃殺。

一九三八年

3月19日　ザボロツキー逮捕。

7月18日　グループ「小さな過ちを伴うある平衡結社」を設立。

一九三九年

10月19日　児童文学作家のジトコフが死去。

2月14日　『多かれ少なかれエマソンの要点に基づく論文』執筆。

2月19日　『作家クラブにおける一九三九年二月十九日のエミール・ギレリスのコンサート』執筆。

5月末〜6月前半　『老婆』執筆。

9月初め　精神疾患に関する文献を調査。

10月5日　統合失調症と診断される。

12月3日　兵役を免除される。

年末　『出来事』が完成する。

一九四〇年

3〜4月　『存在について、時間について、空間について』執筆。

5月初め　詩人アンナ・アフマートワと知り合う。

5月17日　父親が死去。

一九四一年

6月10日　『名誉回復』執筆。これがハルムスの最後の短篇となった。

8月23日　ハルムス逮捕。

8月25日　尋問中に精神疾患の兆候をみせたため、精神鑑定されることに決まる。

9月2日　監獄病院の精神科に移送される。

9月8日　ドイツ軍によるレニングラード封鎖がはじまる。レニングラードは飢饉に陥る。

9月10日　統合失調症と診断される。

9月27日　ハリコフにてヴヴェジェンスキー逮捕。カザンへ連行される途上、死去。
10月22日　ハルムスが監獄に戻される。
12月半ば　監獄病院の精神科にふたたび移送される。

一九四二年

2月2日　監獄病院にて餓死。享年36歳。

作品名索引

本書で言及したハルムスのテキストを立項した。なお、「　」でくくっているものはアンソロジー『出来事』所収のテキスト。

な ……………………………………………

は ……………………………………………

ま ……………………………………………

や ……………………………………………

人名索引

本書に登場する人物を立項した。ただし、ごく一部の例外を除き、研究者の名前は省いている。

跋　彼方の光に導かれて、あるいは「走れ、オザワ！」

沼野充義

いまではどこで読んだのか、思い出せないのだが——書庫を探してもそれらしい本が出てこない——「異化」の理論を提唱したことで有名なロシア・フォルマリストのシクロフスキーは晩年に誰かの本に寄せた序文で、「老人には老人の楽しみがあり、その楽しみは尊重すべきである」というギリシャの哲人の言葉を引きながら、「序文や回想を書くことも、多分そのような楽しみの一つだろう」と述べている。私もその顰にならって、小澤裕之君の著書に跋文を寄せるにあたり、少々回想にふけるという老人くさい悪癖から始めることをお許しいただきたい。

本書の主人公ダニール・ハルムスや彼が率いた前衛文学・芸術グループ「オベリウ」は、

私がロシア文学研究を本格的に始めた大学院時代、つまり一九七〇年代末には日本ではまったく知られていなかった。いや日本だけでなく、欧米でも知る人はごくわずかだったし、ソ連本国では彼らについての記憶は封印されていたのである。ロシア文学の古典などもう研究され尽くしているから、誰もまだ手をつけていない何か面白いことないかなあ、といつも物欲しげにあれこれの本を渉猟していた私が、ハルムスにたまたま行き当たったのは、本書の冒頭の研究史にも言及されている、ジョージ・ギビアンというアメリカのロシア文学者が編纂した『ロシアの失われた不条理文学――ある文学的発見』(初版はコーネル大学出版会から一九七一年に出ているが、私が入手したのは一九七四年刊のノートン・ライブラリー版)という本を読んでのことだった。

衝撃的だった。ハルムスの英訳作品集に編者のギビアンが、当時まだ乏しかった資料に基づいて詳しい序文を添え、ハルムスという二〇世紀ロシア文学最大の奇才にして、ロシア・アバンギャルド最後の光芒のごとく消えていった人物の姿を世界に初めて示したのだから。夢中になった私は、自分の発見をロシア文学研究仲間に吹聴し、すぐにある同人誌に「傷だらけの魅惑」というハルムス論まで書いたほどだった。自慢ではなく、単に歴史的事実の確認として言うのだが、これが日本における最初のハルムス紹介であったことは、間違いない。しかし、当時面白がっていたのは私だけで、日本ではロシア文学の専門家の誰一人としてハルムスやオベリウに見向きもしなかったのだ。

この頃の私の熱中を跡付けるもう一つの証拠がある。ソ連の作家ヴェニアミン・カヴェーリンが晩年にまとめた『文机』という回想・書簡集に収められた、私宛の手紙だ。カヴェーリンはソ連きってのリベラル派の優れた作家だが、一九二〇年代初頭にはペトログラード（後にレニングラードと改名される）で伝説の若手作家グループ「セラピオン兄弟」に加わって実験的な幻想小説を書いていて、それを私が「再発見」し、翻訳までしていたのだ。そんな作家だけに、同じ町で少し後に活動したオベリウと個人的な接触があったのではないか、と思った私は、質問を書き連ねてモスクワの彼に送ったのだった。それに対する返事が、『文机』に収録された一九八〇年十一月付の書簡である。そこでカヴェーリンは、活動した時代がずれているのでセラピオン兄弟とオベリウの間には何の関係もなかったけれども、「私はハルムスとは非常にいい関係にあった」と答えている。外国との文通がすべて厳しく検閲されていた当時、ソ連文学の完全に「失われた環」となっていたハルムスについてこのように手紙でやりとりすること自体、危険とまでは言わないものの、ある種の緊張を伴う行為だった。この時代の雰囲気は、小澤君のようないまの若い世代のロシア文学研究者には想像しにくいにちがいない。

やがてソ連でいわゆる「ペレストロイカ」が始まって文芸出版に対する規制が大幅に緩和され、ハルムスが「再発見」されて一九八八年頃から続々と彼の作品が出版されるようになると、突如ソ連でもハルムス・ブームが巻き起こった。旧ソ連時代に支配的であった社会主義リアリズムの桎梏から解放されたロシアの特に若い読者は、ハルムスの「出来事」という、あらゆるイデオロギーを脱臼させるような超短篇のナンセンスな面白さを歓迎し、ハルムスはなんと、当時驚くべき勢いで勃興し始めていたソビエト版ポストモダンの旗手に祭り上げられたのである。日本のロシア文学研究者たちも、こういったペレストロイカ期の動向を熱心に追いかけていたから、ハルムスとオベリウはようやく日本でも注目の的となった。しかしその後は……

その後の日本での研究動向について（本来研究を盛り立てるべきであった一人として若干苦い思いも込めつつ）一言で振り返るならば、ペレストロイカ期のオベリウ再発見の際にハルムスに飛びついた若手研究者たちの熱は一過性のものとしていつの間にか冷めたと言うべきだろうか。一般向けの翻訳は次々に出たものの（それも広く読まれたとは言い難い）、本格的な学術研究が日本では盛んにならないままという状態が今日まで続いていた。無理もない。ハルムスのテクストはちょっと読んで面白いと思えばそれで終わりだとも言えるし、真面目に考えるには不可解過ぎるとも言えるし、重厚長大なロシア文学の伝統のなかではあまりに断片的だし（生前出版された作品がほとんどないうえ、作品総体としての量も少ない）、先行するロシア・アバンギャルドの逞しい巨人たちと比べるとなにやら「二次的」にも見えるからだ。しかし、その間にも（本書冒頭の研究史概観において、簡潔ながら的確に紹介されている通り）欧米でもロシア本国でもハルムス研究は驚異的な発展を遂げ、テクスト分析、哲学的考察、伝記的実証研究など、あらゆる分野で大量の文献が出版されるようになった。

この状況は新進の研究者にとって、好都合な面と、不都合な面と両方があっただろう。

好都合というのは、先行研究が豊富にあれば研究の手がかりも指針も容易に得られるからだ。しかし同時にそのこと自体が不都合にもなり得る。参考文献が多すぎて、通読して理解することはおろか、集めることさえ容易ではないという物理的な事情はさておく。研究者にとってより本質的な問題は、すでに主要な論点が出尽くしていて、自分が何か独創的な論点や発見をもって学界に参入し、貢献することが途方もなく困難だということだろう。しかし本書を通読した読者ならば誰もが即座に理解するように、著者は見事にその困難に打ち勝つことができた。その結果生まれたのが長年の研究の蓄積と集中的に考え抜く作業をもとにした、日本で初めてハルムスを主題とする博士論文であり、それを推敲して広い読者にも読んでもらえるような形に仕立て直した本書である。

ここでようやく、この跋文は本書の著者、小澤裕之君のことに移る。彼が慶應義塾大学文学部の国文学専攻を卒業後、ロシア語とロシア文学を本格的に勉強したいと言って東京大学に学士入学したのは、もう十数年も前のことである。文学を広くよく読み、チェーホフを愛する繊細な若者だった（それは今でも変わっていないけれども）。しかし、その後の道は必ずしも平坦なものではなかった。本人が「まえがき」で自ら告白するように、個人的に「辛い出来事」がいろいろと続いたようで、大学院博士課程への進学、ロシア留学といった傍からは順調に見える経歴を辿りながらも、博士論文完成に向けてすぐには邁進できなかったのである。それは「辛い出来事」もさることながら、文学に携わる人間としての小澤君の潔癖で真摯な姿勢によるところが大きかったと私は見ている。

一つには、世界の最先端の研究に接するようになった若手研究者ならば誰でも直面する事態だが、彼は自分が世界の研究者に伍して何か「新しい言葉」を発信するにはどうしたらいいのか、という難問に突き当たった。もっと「軽薄」な、要領のいい若者ならば、外国の文献をあれこれ読み漁って、その内容を適当につまみ食いしながら「自分の業績」として売り出すところだろうが、小澤君は性格上、それができなかった。しかしこれは、外国文学研究者にとって基本的な美点である。もう一つは、小澤君にはそもそも、こまごました脚注をつけ、個人的な感覚を押し殺して、アカデミックな文章を書くことが耐え難かった。ある時彼は、皆が守っている学術的なスタイルで論文を書くことなど自分にはできない、と私に告白したことがある。それに対して私は、それならば自由な自分の物語、自分の作品を書くつもりでともかく書けばいいじゃないか、ここまでやってきたんだからともかく机に向かえばすぐに書けるはずだ、と励ました。どんなに型破りなスタイルの博士論文でも、私がいる限り受理するから、とも言った。

だから彼の「指導教授」としての私の功績は、日本で初めてハルムス論を書いたことでもなければ、的確な学問的指導をしたということでもない(後者について言えば、指導などじつは殆どしていない。すべては彼が自力で読み、考えたことである)。彼が同意してくれるかどうか分からないが、私の手柄がもしあるとすれば、それはともかく書くことを諦めるな、と説得したことだと思う。

その結果、できあがった彼の「物語」は期待を遙かに超えるものになった。学士入学当初はまだロシア語で簡単な文章を読むことさえ覚束なかったのに、その後めきめき語学力を高め（などと教師くさいことをあえて言うが）、いまやハルムスの不可解な原文も、世界中の膨大な研究文献も読みこなすロシア語読解力は、十分に高い水準のものだ。そして彼が織りなした「物語」も魅力的である。本人が雄弁に語っていることを詳しくここで繰り返す必要もなさそうだが、従来の先行研究ではハルムスの生涯の軌跡は、未来派的なザーウミ（超意味言語）の詩人から出発し、社会風刺の意図を秘めた不条理作家に変貌したとして捉えられることが多かった。ところが小澤君はそういった見方に異を唱え、ハルムスはザーウミという手法を理念の次元で一貫して追求してきたと論証している。その主張は一次資料や先行研究の徹底的な調査と作品テクストの緻密な分析に支えられており、独創的であると同時に十分説得力を持つものだ。

彼が描き出すハルムスの生涯とは、初期の「音のザーウミ」から「意味のザーウミ」へと移行しながら、一貫して「理知の向こう」を目指すものだった。ここで彼が論破すべき「敵」と見なすのは、二つの立場である。一つはハルムスのザーウミを安易に西欧の「不条理文学」と結びつけ、不条理文学の先駆者として片付けてしまうこと。もう一つは、ソ連スターリン時代の抑圧的な社会状況の不条理という文脈でハルムスを理解しようとすること。私個人としてはそのどちらも一定の意味はあって否定できないと思うが、そのどちらもハルムスの文学をそれ以外のものと比較したり、それ以外の文脈に置いたりするものである。それに対して小澤君はあくまでも、ロシア・アバンギャルドの流れをくむハルムスがたどった道を内的な一貫性という視点から捉えようとした。彼自身の言葉を借りれば、「不条理的なものに覆われているテキストの下へ潜行し、彼の詩学の根本を究明する」というのが、彼が自らに課したことだった。

正直なところ、そこまで内的一貫性にこだわると、必要な外部を遮断して見失うものが多いだろうという危惧を私は禁じ得ない。社会主義下の政治的文脈においてハルムスの奇矯な文学的実践が持った意味はもっと追求されるべきだろうし、個人的にはハルムスの「不条理」な演劇をポーランドの同時代人ヴィトカーツィと並べて論じたいという欲望に抗うことは難しい。ちなみに、先に言及したジョージ・ギビアンは一度東京の拙宅に遊びに来たことがあるが、ハルムスのテクストを一九六〇年代末のプラハで入手できたのも、ある政治状況のおかげだったという話を聞いて、私は驚いた。ハルムスの作品はタイプ原稿がソ連から東欧へと地下ルートで流れて来たが、ほんの一握りの人たちが隠し持っているだけだったのである。ところが一九六八年のチェコ事件以来、ロシアが大嫌いになったあるチェコ人が、もうこんなもの見たくもなくなったと言って、収集していたハルムスのテクストをギビアンに譲り渡してくれたのだというのだ。こんな風にハルムス作品の運命にはいつも政治が絡んでいた。

とはいうものの、外部を捨象して物語の一貫性を追求することにこそ、世界の学界の趨勢にあらがってまで小澤君が発揮した独創性が現れている。私は彼の「物語」のこういった一貫性を評価する。それは先にも述べた小澤君の文学者としての（文学研究者の、というよりは）integrityという浮世離れした美点の証である。ある意味では、外部を遮断する純粋性の追求は、切断というモーメントを突出させたロシア・アバンギャルドの精神を受け継ぐものでもある。

ここまで書いてきたことから誤解される恐れもありそうなので、あえて書き添えれば、小澤君の「物語」は決してアカデミックな手続きを無視した自由な創作ではないし、彼の博士論文は充分に個性的ではあるが、覚悟していたほど型破りなものでもなかった。文献の博捜、テクストの緻密な読解、そして何よりもきちんと考え抜くという手続きを経て完成したこの本は、専門家ではない広範な読者にも開かれた「物語」であると同時に、専門的に見れば国際的にも注目されるべき高度な学術的達成になっている。

とはいえ、これですべてが完結したわけではない。むしろ小澤君にはこれは第一歩にすぎないと心得てもらったうえで、餞の言葉を送りたい――「走れ、オザワ！」と。そもそも「ザーウミ」（理知を超えたもの）について一貫して理知的に語り続けて話を完結させようとすること自体が――本人もよく自覚しているように――自己撞着でしかない。そうだとすれば、一貫した物語を自らまた崩し、理知を突き抜けるところまで走り続けてこそ、光が見えてくるのではないか。いや理知の向こうにあってこちらには届かない光源の目も眩むほどの輝きを予感し、それに導かれながら、私たちは読み、書き、考え続けるしかない。ある詩人が言ったように、

詩人が詩を考え出すのではない
詩はどこか彼方に
ひとりで存在している
のだから。

2019.01.15

おざわ　ひろゆき

1982年東京生まれ。東京大学大学院人文社会系研究科博士課程修了。博士（文学）。現在、関東学院大学講師。専門はロシア文学。共著書に『ロシア文化事典』（丸善出版、近刊）、主な論文に「ザーウミへの鎮魂歌：『エリザヴェータ・バム』の三つの源泉」『ロシア語ロシア文学研究』48号（2016年）、「ファウストの軌跡：ハルムス『報復』におけるモチーフの研究」『スラヴ研究』64号（2017年）がある。

理知(りち)のむこう

ダニイル・ハルムスの手法と詩学

2019 年 2 月 25 日初版印刷
2019 年 3 月 5 日初版発行

著者　小澤裕之
発行者　飯島徹
発行所　未知谷
東京都千代田区神田猿楽町 2 丁目 5-9　〒 101-0064
Tel. 03-5281-3751 / Fax. 03-5281-3752
［振替］ 00130-4-653627

組版　柏木薫
印刷所　ディグ
製本所　難波製本

Publisher Michitani Co, Ltd., Tokyo
Printed in Japan
ISBN 978-4-89642-572-7　C0098